Christiane Bößel

Ethan & Claire -

A San Francisco College Romance

Das Buch

Drei College-Studenten, eine WG und jede Menge romantische Verwicklungen

Als Ethan sein Studium an der SFSU, der San Francisco State University, beginnt steht fest: Er zieht in eine WG mit seinen beiden besten Freunden. Das Zusammenleben mit Zane und Cole ist allerdings alles andere als leicht, denn die drei Männer könnten unterschiedlicher nicht sein. Ethan, der tiefgründige Musikliebhaber, Cole, der angehende Footballstar mit Stipendium, und Zane, der Erbe aus reichem Hause. Die drei Bad Boys genießen das Studentenleben, frei nach dem Motto Partys, Alkohol und Affären, aber bloß keine festen Beziehungen. Doch dann trifft Ethan auf Claire, die seine Entscheidung, nicht auf Dates zu gehen, gehörig ins Wanken bringt. Kann Claire Ethans selbsterbaute Mauern einreißen? Oder sind die Wunden aus seiner Vergangenheit zu tief?

Die Autorin

Christiane Bößel, geboren 1975, hat ursprünglich als Krankenschwester gearbeitet, bevor sie Germanistik und Philosophie studierte. Sobald sie alle Buchstaben konnte, fing sie an zu schreiben. Mit ihren Erzählungen hat sie mehrmals den Augsburger Poetry Slam und einen Schreibwettbewerb gewonnen und ist in verschiedenen Anthologien vertreten. Seit 2014 schreibt sie Liebesromane und Fachbücher. Wenn sie nicht neue Geschichten erfindet, unterrichtet sie in der beruflichen Bildung Jugendliche und Erwachsene. Außerdem ist sie büchersüchtig, liebt Nudeln, ihren Garten und skurrile Bildunterschriften im Privatfernsehen. Sie lebt mit Mann, Sohn und zwei Katern als Landei in Bayern.

Christiane Bößel

Ethan & Claire

A San Francisco College Romance

Roman

FOREVER

Forever by Ullstein
forever.ullstein.de

MIX
Papier aus verantwortungsvollen Quellen
FSC® C083411

Originalausgabe bei Forever
Forever ist ein Digitalverlag
der Ullstein Buchverlage GmbH, Berlin
Juli 2018 (1)

Umschlaggestaltung:
zero-media.net, München
Titelabbildung: © FinePic®
Innengestaltung: deblik Berlin
Gesetzt aus der Quadraat Pro powered by pepyrus.com
Druck- und Bindearbeiten: CPI books GmbH, Leck
ISBN 978-3-95818-307-0

September

Ethan

Viel zu früh. Eindeutig. Schlaftrunken und barfuß schlurfe ich in Boxershorts Richtung Bad. Ich bin so müde, dass ich beinahe im Laufen wieder einschlafe. Dabei bin ich gestern Abend bewusst früh ins Bett gegangen, weil ich heute eine wichtige Klausur in meinem Sprachphilosophie-Seminar schreibe. Wochenlang habe ich mir den Arsch aufgerissen und für diese Klausur gelernt, jetzt will ich auch eine gute Note bekommen. Und dafür muss ich einigermaßen wach sein.

Aber meine Mitbewohner hatten mal wieder andere Pläne, als mir einen ruhigen Abend zu gönnen. Ich liebe Zane und Cole. Echt, das tue ich. Seit der Highschool sind wir beste Freunde. Aber manchmal – oder vielleicht auch öfter – nerven die beiden mich wahnsinnig. Für sie ist das College in erster Linie eins: eine nie endende Party. Auf jeden Fall ein Lebensstil, der fleißigen, motivierten Studenten wie mir oft in die Quere kommt. Vielleicht liegt ihre gechillte Einstellung zum College auch daran, dass sie nicht wie ich selbst ihre Studiengebühren bezahlen müssen.

Zane kommt aus einer Familie, in der Geld keine Rolle spielt. Seit Generationen ist es einfach da, von irgendeinem Großgrundbesitzer mit vermutlich nicht immer moralisch einwandfreien Methoden erwirtschaftet. Ich frage lieber nicht nach, ob seine Vorfahren Sklaven besaßen. Eigentlich müsste Zane in seinem Leben niemals arbeiten, sein Treuhandfond war schon größer als das Bruttosozialprodukt eines kleinen Landes, kurz nachdem er gezeugt wurde. Okay, vielleicht nicht ganz so groß. Aber er ist theoretisch reich genug, um sich keine Gedanken darüber machen zu müssen, wie er seine Miete oder sein Mittagessen bezahlt. Oder seine Studiengebühren.

Cole stammt dagegen aus einer stinknormalen Mittelklassefamilie, durchschnittlicher geht's kaum. Mit liebenden Eltern mit ganz normalen Berufen, einem kleinen Bruder und einem Hund. Selbst der Hund ist durchschnittlich groß. Aber Cole hat ein Football-Stipendium ergattert, was es ihm ermöglicht, das Collegegeld, das seine Eltern für ihn angespart haben, für sein ausschweifendes Studentenleben auszugeben.

Ich muss aber neben dem Studium in der Bibliothek der SFSU, der San Francisco State University, arbeiten. Zwar gibt es schlimmere Jobs, als Bücher zu sortieren – nichts gegen Bücher, ich liebe Bücher –, aber auch welche, in denen ich mehr verdienen würde. Sicher wären meine Eltern in der Lage gewesen, monatlich oder zumindest sporadisch für ihr einziges Kind etwas fürs College beiseitezulegen. Haben sie aber nicht. Stattdessen sind sie mit mir von Metal-Festival zu Metal-Festival gezogen. Meine Kindheit spielte sich vorwiegend zwischen besoffenen Rockern, lauter, harter Musik und Mini-Zelten ab. Behütet aufwachsen ist anders. Bis heute habe ich keine Ahnung, ob meine Eltern damals eigentlich durchgehend eine feste Wohnung hatten. Erst als ich in die Schule kam, bezogen wir offiziell ein richtiges Appartement in New Orleans. Warum gerade dort, weiß ich nicht und habe ich sie nie gefragt. Vielleicht wegen der Musikszene. Im Nachhinein auch egal. Endlich hatte ich ein Zuhause, auch wenn wir Ferien und Wochenenden größtenteils woanders verbrachten, um die Musik, die meine Eltern so liebten, zu »leben«.

Mein Dad nahm eine Zeit lang sogar einen richtigen Job als Lehrer an einer privaten Musikschule an, meine Mom arbeitete stundenweise in einem Sexshop, verkaufte Lederdildos, Liebeskugeln und Viagra. Oft hing ich nach der Schule bei ihr im Laden herum und erledigte meine Hausaufgaben zwischen Pornoheften, Gleitgel und seltsamen Geräuschen aus den Filmkabinen. Als hätte mich das Schicksal so auf die Geräusche meiner sexbesessenen Mitbewohner vorbereiten wollen.

Wenn sie nicht gerade auf irgendwelchen Konzerten rumhängen, leben Mom und Dad auch heute noch in New Orleans. Allerdings arbeiten sie nicht mehr regelmäßig, seit ich ausgezogen bin. Nur jeweils so viel, dass sie sich ihr Festivalleben finanzieren können.

Es ist nicht so, dass ich nie Partys feiere oder nicht auch mal ein Mädchen mit nach Hause bringe. Nur weiß ich im Gegensatz zu meinen lieben Freunden, was wann wichtig ist. Prioritäten heißt das Zauberwort. Und die Prioritäten von Zane und Cole lagen gestern mal wieder bei Party machen und Sex mit irgendwelchen Frauen. Selbst meine Ohropax konnten das Gelächter, die laute Musik und später das rhythmische Stöhnen nebenan nicht ausblenden. Dummerweise befindet sich mein Zimmer genau zwischen denen meiner Mitbewohner. Sandwich sozusagen. Deswegen bekomme ich sämtliche Aktivitäten der beiden quasi hautnah mit. Es fühlt sich an, als würde ich direkt in Coles oder Zanes Bett liegen. Die Wände in unserem Appartement sind nicht besonders dick.

Normalerweise ist mir das Sexleben meiner Freunde egal. Auch, mit wem sie sich vergnügen. Sollen sie ruhig Spaß haben. Es ist ihr Leben. Aber gestern wäre es mir lieber gewesen, wenn sie ein wenig diskreter vorgegangen wären. Oder sich wenigstens für leise Sexpartnerinnen entschieden hätten. Aber nein, sie mussten sich natürlich die am lautesten stöhnenden Frauen von ganz San Francisco aussuchen. Absichtlich wahrscheinlich. Nur um mich zu ärgern. Zuzutrauen wäre es ihnen.

Ich hasse sie.

Es gibt nur wenige Dinge, die mir wirklich wichtig sind. Mein Studium gehört dazu. Meine Eltern, auch wenn sie mich nerven und keinen Pädagogik-Preis als »Best parents of the planet« gewinnen würden. Es gibt sicher bessere Orte, an denen ein Kind aufwachsen sollte, als matschige Zeltplätze. Aber sie lieben mich und waren immer für mich da. Und ich liebe sie.

Und Schlaf. Schon immer war mir Schlafen wichtiger, als mir bis morgens um fünf die Nächte um die Ohren zu schlagen. Man sollte meinen, dass ich mich durch die vielen Übernachtungen auf Festival-Campingplätzen an einen gewissen Lärmpegel gewöhnt hätte und immer und überall schlafen könnte wie ein Baby. So ist es aber nicht.

Scheiße, bin ich müde. Wie soll ich da ernsthaft Wittgensteins analytische Sprachtheorie wiedergeben, geschweige denn Fragen dazu beantworten?

Als ich die Badezimmertür öffne, schlägt mir nicht nur eine heiße Nebelwand entgegen, sondern vor allem ein Stöhnduett, begleitet vom Klatschen von nasser Haut auf nasse Haut. Der tiefen Stimme nach handelt es sich beim männlichen Part um Cole. Sehen kann ich niemanden, was zum einen am Dampf und andererseits am undurchsichtigen Duschvorhang liegt. Warum nur haben wir bloß ein einziges Badezimmer? Ach ja, weil wir nichts anderes finden konnten. Und weil wir uns irgendwann so an die ursprünglich reine Übergangswohnung gewöhnt hatten, dass keiner es mehr für notwendig hielt, sich anderweitig umzusehen. Zum Beispiel nach einer Bleibe, in der jeder sein eigenes Bad hätte.

Ein »Oh ja, Cole, genau da, du Tier« bestätigt meine Vermutung bezüglich der Protagonisten dieses Live-Hör-Pornos. Wegen des *Tiers* muss ich unwillkürlich lachen, und kurz frage ich mich, warum seine heutige Freundin ihn so nennt. Wegen seines riesigen bärenartigen Körpers? Wegen seiner Stimme, die so tief ist, dass sie beinahe nur von Tieren wahrgenommen werden kann? Wegen der Haare an seinem Körper? Oder ist er so ein tierisch guter Liebhaber?

Ich will es lieber nicht wissen.

Warum duscht er überhaupt um diese Zeit? Ist er *schon* wach oder *immer noch*? Vermutlich Letzteres, wie ich meinen Freund kenne, der nicht nur beim Sport eine schier unendliche Ausdauer zu besitzen scheint. An eine längere Geräuschpause heute Nacht aus seinem Zimmer kann ich mich auch nicht erinnern. Zumindest keine, die lange genug gedauert hätte, dass an Schlafen zu denken gewesen wäre.

Es hört sich nicht so an, als würden die beiden in den nächsten Minuten fertig werden. Duschen kann ich also vergessen. »Ich muss dringend zur Uni. Ich putz nur schnell meine Zähne und lass euch Turteltäubchen dann wieder allein«, zwitschere ich mit übertrieben hoher Stimme.

»Hau ab, Alter«, brummt Cole hörbar unwillig.

Mir egal. Mit Mundgeruch werde ich sicher nicht meine Klausur schreiben. Er kann froh sein, dass ich nicht auch noch aufs Klo gehe.

Seelenruhig greife ich meine Zahnbürste, drücke Zahnpasta darauf und fange an, mir summend die Zähne zu putzen. Auf mich nimmt hier auch niemand Rücksicht. Warum sollte ich also jetzt nett sein und mich unverrichteter Dinge zurückziehen?

»Warte mal«, höre ich Cole grummeln. Es folgen ein Quietschen, das wie Füße auf nasser Badewanne klingt, und das gequälte Jammern einer weiblichen Stimme. Dann streckt Cole seinen roten Kopf hinter dem Duschvorhang hervor und funkelt mich an. »Verschwinde endlich. Du störst.«

Ohne mit der Wimper zu zucken, putze ich zu Ende, spucke aus, schaufle mir ein paar Handvoll Wasser ins Gesicht und besprühe mich mit Zanes sündhaft teurem Deo. Cole schaut mich sichtlich genervt an.

»Was ist denn los?«, quengelt die weibliche Stimme, und einen Augenblick später erscheint das dazugehörige, mir unbekannte Gesicht. »Oh, noch so ein Schnuckel. Seid ihr eine WG von lauter heißen Männermodels?« Sie zwinkert mir zu. »Hi, Hübscher, willst du dich zu uns gesellen?«

Nein danke, ich verzichte.

»Will er nicht!«, brummt Cole. Wenigstens sind wir uns einig.

Mit einem zuckersüßen Lächeln hebe ich meine Hand und winke den beiden zum Abschied. Cole verdreht die Augen, spart sich aber weitere Kommentare und zieht sich mit seiner Sexfreundin wieder hinter den Vorhang zurück.

In meinem Zimmer schlüpfe ich in Jeans und meinen SFSU-Hoodie. Morgens ist es selbst hier in Kalifornien noch nicht warm genug, um nur im T-Shirt rauszugehen. Was niedrige Temperaturen angeht, bin ich ein echtes Weichei. Aber ich friere nun mal nicht gerne. Als ich fertig angezogen bin, setze ich meine Brille auf. Kontaktlinsen mag ich nicht, auch wenn Zane immer behauptet, dass das besser aussieht, weil ich dann nicht mehr so nerdig und intellektuell wirke. Ich stehe zu meiner Brille. Warum auch nicht? Ist doch keine Schande, schlecht zu sehen. Und was ist schlimm daran, intellektuell zu sein?

Aus Zanes Zimmer dringt ein Schnarchen. Wenigstens einer, der schläft.

Draußen empfängt mich das typische Sonnenwetter, wie man es von kitschigen San-Francisco-Postkarten kennt. Weil das Duschen ausgefallen ist, habe ich nun mehr Zeit als geplant. Deswegen beschließe ich, die zwanzig Blocks zum Campus zu Fuß zu gehen. Vielleicht werde ich dadurch ja ein wenig wacher. Wenn ich mir auf dem Weg auch noch einen Kaffee kaufe, könnte das sogar funktionieren.

Am Campus angekommen, habe ich immer noch eine Viertelstunde Zeit, bis die Klausur beginnt. Gemächlich schlendere ich den Weg zum Eingang entlang, die eine Hand in der Tasche meines Hoodies, in der anderen den Kaffeebecher, meinen Rucksack habe ich lässig über die Schulter geworfen. Ich hebe den Becher an meine Lippen, um den letzten Schluck zu genießen, da werde ich von hinten gestoßen, und der Kaffeerest ergießt sich über meinen Hoodie.

Verdammt, was …?

»He«, beschwere ich mich bei dem Rempler, aber der ist schon weg. Oder besser gesagt, sie. Alles, was ich sehe, ist die Rückseite eines rennenden Mädchens. Wer oder was ist denn hinter der her? Ihre langen braunen Haare wehen, als laufe sie gegen eine Windmaschine. Die schlanken Beine stecken in kurzen Shorts, die weder zu den Temperaturen passen noch an die Uni gehören. Eher an den Strand. Oder verboten. Aber ich bin der Letzte, der sich über den Anblick toller Frauenbeine beschweren würde. Auch nicht über den knackigen Po, an dem die Wahnsinnsbeine enden.

Kurz darauf ist sie im Gebäude verschwunden, und ich stehe wie ein Idiot mit einem riesigen Kaffeefleck auf dem Bauch in der Gegend herum und starre ihr hinterher. Den leeren Becher werfe ich in den Mülleimer, greife mit beiden Händen in meinen Nacken und ziehe mir den Pulli über den Kopf. Dann stopfe ich ihn in meinen Rucksack und mache mich frierend auf den Weg zu meinem Kumpel Ludwig Wittgenstein.

Claire

Warum nur tue ich mir das an? Seit Tagen, seit ich dieses blöde Hausarbeitsthema angenommen habe, ärgere ich mich nur noch. Spaßig ist anders. Aber selbst schuld. Wäre ich nicht so planlos und hätte meinen Wecker falsch gestellt, hätte ich am entscheidenden Tag nicht verschlafen, wäre nicht zu spät zum Seminar gekommen und hätte ein besseres Thema erwischt.

Hätte, wäre ...

Der Konjunktiv ist eine Bitch. Dabei war ich nur zehn Minuten zu spät, und das auch nur, weil ich – als ich schon halb aus der Tür draußen war – gemerkt habe, dass ich meine Seminarunterlagen nicht eingepackt hatte. Natürlich habe ich sie nicht sofort gefunden, was in dem Chaos, das in meinem Zimmer herrscht, kein Wunder ist.

Wenn ich ganz ehrlich bin, komme ich eigentlich meistens zu spät. Und uneigentlich auch. Ich schaffe es einfach nie, wirklich pünktlich zu sein. Wie andere das machen, ist mir schleierhaft. Immer kommt mir irgendetwas dazwischen, was ich noch dringend erledigen muss. Und meistens fällt mir das erst ein, wenn ich schon längst losmüsste. Am Tag der Hausarbeitenvergabe aber wollte ich unbedingt pünktlich sein. Hatte sogar meinen Wecker eine halbe Stunde vorgestellt. Und dann das. Ich hatte doch tatsächlich vergessen, ihn einzuschalten. Gäbe es einen goldenen Preis für Planlosigkeit, ich würde ihn garantiert gewinnen.

Dabei liegt mein Wohnheim gerade mal zwei Blocks vom Campus entfernt. Es ist also kein Problem, rechtzeitig anzukommen, sogar wenn man später als geplant das Haus verlässt. Bei normalem Schritttempo kann man den Weg in zehn Minuten zurücklegen. Rennend sogar in sechs. Aber das hilft nichts, wenn man erst aufbricht, wenn das Seminar schon begonnen hat.

In der Regel ist es nicht so schlimm, ein paar Minuten zu spät zu kommen, unser Professor ist diesbezüglich recht entspannt. Ellen meint, das liegt sicher an San Francisco. Hippie-Chillness und so. Dass Professor MacGillan mit seinen braunen Slippern, den beigen Bundfaltenhosen und den von hinten über die Glatze gekämmten Haaren genau das Gegenteil eines Hippies ist, lässt sie nicht gelten.

An besagtem Tag X, vor drei Tagen, wurden allerdings die Seminararbeiten für dieses Semester verteilt. Und MacGillan ist dafür bekannt – oder vielmehr berühmt-berüchtigt –, dass er gerne mal seltsame Arbeitsaufträge vergibt. Dieses Semester müssen alle Studenten eine empirische Studie durchführen, was bei meinem Studiengang, Gender Studies, meistens in eine Richtung geht, die Männer und Frauen und ihre Beziehungen untereinander betrifft.

Klar, um nichts anderes geht es in meinem Studium: Geschlechter, unterschiedliche Geschlechterrollen und ihre jeweiligen Definitionen und Verhaltensweisen und so Kram. An sich ein spannendes Thema. Nur manchmal wünschte ich mir, ich hätte einfach BWL oder etwas in der Richtung studiert. Dann müsste ich jetzt nicht hier mit einem Typen sitzen, der mich weniger interessiert als das aktuelle Wetter in Aserbaidschan, und auch nicht gute Miene zum bösen Spiel machen.

Denn das Thema, das noch übrig war, lautete (frei zitiert): »Das Dating-Verhalten der männlichen Studenten – Fakultäten im Vergleich«. Das heißt, ich bin quasi dazu gezwungen, regelmäßig mit Vertretern der einzelnen Studiengänge auszugehen, meine Erfahrungen anschließend zu dokumentieren und empirisch zu vergleichen. Zumindest wenn ich meine Credits erhalten will.

Gott sei Dank ist die SFSU so groß, dass ein häufiger Wechsel der Dating-Partner nicht wirklich auffällt. Vor allem nicht, wenn man oft genug die Fakultät wechselt. Auf den Stempel einer Schlampe kann ich nämlich gut verzichten. Zum Glück ist es nicht nur ein Klischee, dass Mathematiker und Sportler wenig Kontakt miteinander haben.

Ein Exemplar der zweiten Kategorie sitzt mir gerade breitbeinig gegenüber und versucht seit einer halben Stunde, mich zu beeindrucken. Es war nicht besonders schwer, in seinen Reihen jemanden zu finden, der mich daten wollte. Zugute kommt mir dabei, dass ich, wenn man den Aussagen anderer Leute glaubt, einigermaßen hübsch anzusehen bin. Die Meinungen reichen von »Verdammt sexy, Baby« bis schlichtweg »gut aussehend«. Ich selbst finde mich okay, wenn auch nicht spektakulär. Ich mag mein Äußeres, speziell meine schlanken, langen Beine und meine großen braunen Augen. Die sind besonders praktisch, wenn man nicht selbst die Dating-Initiative ergreifen will. So wie bei Burt, den ich in der Cafeteria nur mit Rehaugen anblinzeln musste, und schon kam er an meinen Tisch geschlendert, die Hände lässig in seiner Baseball-Jacke vergraben, ein durchtriebenes Grinsen im Gesicht. Vermutlich sollte es lasziv wirken, und vermutlich fallen viele Mädels bei diesem Blick beinahe in Ohnmacht und bekommen Schnappatmung. Ich nicht. Ich stehe nicht auf Typen wie Burt. Schon gar nicht, wenn sie so heißen. Aber es hilft ja nichts, da muss ich durch. Eine Dating-Studie ohne Sportler wäre wie ein neues Outfit ohne Schuhe.

Burt sieht objektiv betrachtet gut aus, hat wie die meisten Sportler einen tollen Körper und ein megagroßes Selbstbewusstsein. Das war's aber auch schon. Leider.

Selbst über den Tisch hinweg kann ich seinen Zwiebel-Bier-Atem riechen, worüber ich als einmaliges Versehen à la »Nicht-nachgedacht-und-vor-einem-Date-einen-Burger-gegessen« hinwegsehen könnte. Wenn nicht sein fortwährendes Gerede und seine ständige Selbstbeweihräucherung wären. Bekommt er so tatsächlich Mädels rum? Mich auf jeden Fall nicht.

Genervt nippe ich an meiner Limo, lasse Zwiebelluft und Geschwätz über mich ergehen und wünsche mich nach Hause. Kurz überlege ich, ob ich das Date vorzeitig abbrechen soll, aber dann müsste ich mir einen weiteren Sportler-Kandidaten suchen. Denn zu den Rahmenbedingungen meiner Arbeit zählt, dass ich mindestens drei Stunden mit einem Probanden verbracht haben muss, damit der Versuch gültig ist. Aber das wären noch mehr als zwei Stunden.

»Voll krass, wie ich den Pitcher von LA in den Boden gestampft habe. Keine Chance, Sweetie!«

Warum er sich berufen fühlt, mir schon nach so kurzer gemeinsamer Zeit einen Kosenamen zu verpassen, noch dazu einen so lächerlichen, ist mir ein Rätsel. Im Kopf schreibe ich eine Pro- und Kontra-Liste.

Kontra:

Er stinkt. Selbst wenn das eine einmalige Sache sein sollte, heute riecht er schlichtweg erbärmlich. Das kann auch sein Rasierwasser nicht ausgleichen. Die Zwiebeln schon zweimal nicht.

Er ist dumm. Nein sorry, das ist politisch unkorrekt. Er ist kognitiv dissonant. (Ellens und mein Ausdruck für »Dumm wie Brot«).

Er hat einen Mittelscheitel. Hallo? Wer bitte hat seit den Neunzigern noch einen Mittelscheitel? Er kann froh sein, dass er einen guten Körper und ein schönes Gesicht hat, denn Mittelscheitel ist ein absolutes No-Go. Bei allen Frauen. Überall auf der Welt.

Er ist heillos selbstverliebt. Wenn es möglich wäre, würde er wahrscheinlich mit sich selbst ausgehen. Wobei eine weibliche Version von ihm mit den ganzen Muskeln und dem Mittelscheitel sicher lustig aussehen würde.

Ich stütze mein Kinn auf die Hände, lege meinen Kopf schief und stelle mir Burt mit langen Haaren, einer Schleife und im Minikleid vor. Mein albernes Kichern bekommt er vor lauter Eigenlob gar nicht mit.

Er ist langweilig. Seit fast einer Stunde redet er nur über sich selbst und seine Heldentaten. Pausenlos. Ohne Punkt und Komma. Selbst wenn er sich auch nur annähernd für mich und mein Leben interessieren würde, würde ich gar nicht zu Wort kommen. Warum ist er überhaupt mit mir ausgegangen? Bin ich eine weitere Trophäe?

Bestimmt fängt er gleich noch an, seine fulminanten Fähigkeiten als

Liebhaber zu lobpreisen. Bitte verschone mich damit. Meine sexuellen Erfahrungen beurteile ich bezüglich ihrer Qualität am liebsten immer noch selbst. Männer neigen dazu, gerne mal alles ein wenig zu beschönigen.

Pro:

Es war sehr einfach, ihn als Probanden anzuwerben Ich musste nichts weiter tun, als dazustehen und hübsch auszusehen. Den Rest hat er selbst erledigt.

Die erste Stunde ist schon fast vorbei.

»Sweetie?«

Hat er mich gerade etwas gefragt? Im Ernst?

»Hm?«, antworte ich. »Sorry, ich war gerade in Gedanken.«

»Hast an meinen sexy Body gedacht, oder? Was ich mit ihm alles anstellen kann.« Er wackelt mit den Augenbrauen.

Öhm, nein. Garantiert nicht. Eher, wie ich möglichst schnell hier rauskomme, ohne dass ich wie eine Irre wirke. Plötzlich wegzurennen wäre vermutlich äußerst befremdlich.

Er grinst überheblich. »Wir könnten mal schnell aufs Klo verschwinden. Wie wär's?« Seine eine Augenbraue ist immer noch hochgezogen, sodass seine Stirn seltsam in Falten liegt. Wie ein Schildkrötenhals.

Ich gehe nicht auf sein absurdes Angebot ein, sondern lächle unverbindlich und nehme einen Schluck Limo. »Was hast du mich vorhin gefragt?«

»Vorhin?« Er kratzt sich am Kopf. Sein Gesicht nimmt einen verwirrten Ausdruck an. »Keine Ahnung. Vergessen.«

Ja, offensichtlich. Er zuckt mit den Schultern und trinkt von seinem Bier. Unglaublicherweise schweigt er ein paar Sekunden. Ich sage auch nichts, obwohl Konversation zu den Vorgaben der Studie gehört. Ich will gar nicht mit ihm reden. Ich will nur eins: weg von hier.

Als er brummt: »Ich geh mal pissen, schön brav warten, Sweetie«, wittere ich meine Chance auf unbemerkte Flucht. Doch weil ich ein höflicher Mensch bin und nicht einfach verschwinde, auch nicht bei einem Idioten wie Burt, bleibe ich brav sitzen.

Stattdessen schreibe ich Ellen eine Nachricht.

HILFE!!!!

Sie antwortet sofort.

??

Hol mich hier raus!!!! Bitte!!!!

Diese Situation erfordert sehr viele Ausrufezeichen.

Es folgt eine Reihe tränenlachender Smileys.

So schlimm?

Noch viel schlimmer!

Ich schiebe zwei Kackhaufen-Emojis hinterher. Der lachende Kackhaufen ist unser geheimes Zeichen für eine absolute Ausnahmesituation, aus der wir dringend gerettet werden müssen. Schickt eine von uns beiden dieses Zeichen, weiß die andere, dass sie in zehn Minuten anrufen muss. Der alte Ein-wichtiger-Anruf-ich-muss-gehen-Trick.

Denk an deine Hausarbeit.

Sie soll mich retten, nicht Moralapostel spielen.

SCHEISS AUF DIE HAUSARBEIT!!! ICH WILL WEG!!!!

Ihre Antwort sehe ich nicht mehr, denn Burt kommt zurück zu unserem Tisch. Statt sich auf seinen Platz mir gegenüber zu setzen, rutscht er neben mich auf die Bank und legt seinen Arm hinter mir auf die Lehne. Echt jetzt? So etwas machen doch nur Dreizehnjährige, die denken, sie könnten auf diese Weise unauffällig ihren Schwarm begrapschen. Doch Burt wartet nicht wie ein Teenie auf seine Chance, sondern lässt seinen Arm direkt auf meine Schultern plumpsen. Seine andere Hand landet auf meinem Oberschenkel. Mit einem seltsamen Brummen, das wohl sexy sein soll, beugt er sich zu mir herüber.

»Sollen wir irgendwohin verschwinden, wo weniger Zuschauer sind, Sweetie?«

Denk an deine Studie, Claire. Noch kannst du ihn nicht abweisen. Auch wenn ich ihm am liebsten eine reinhauen würde, weil er mit seinen Grapschhänden mein Bein quetscht. Langsam wird es mir zu viel. Burt ist ein Arsch, mit dem ich keine Minute länger Zeit verbringen möchte. Hausarbeit hin oder her. Selbstaufopferung ist kein Bestandteil der Studie.

Entschlossen pflücke ich Burts Hand von meinem Schenkel und rutsche ein Stück weg. »Hör zu, Burt«, beginne ich, doch mein Handy klingelt, und Ellens Gesicht erscheint auf dem Display. Gott sei Dank. »Entschuldige, da muss ich ran«, sage ich, setze ein zerknirschtes Lächeln auf und greife mein Handy.

Burt verzieht missbilligend sein Gesicht, nickt aber und lässt von mir ab.

Ein paar Minuten später stehe ich auf der Straße vor dem Diner. Burt hat es mir tatsächlich abgenommen, dass ich dringend meine kranke Tante zum Arzt fahren muss. Was nicht für seinen Intellekt spricht.

Ihn muss ich, was meine Studie angeht, wohl oder übel abhaken. Denn unser Date hat nur unwesentlich länger als eine Stunde gedauert. Also beschließe ich, erst einmal nach Hause zu gehen und eine Excel-Liste anzulegen, in die ich die Probanden eintragen kann.

Ethan

Die Klausur lief besser als befürchtet. Selbst unausgeschlafen und frierend konnte ich alle Fragen problemlos beantworten. Ergebnisse habe ich noch keine, ist ja erst wenige Tage her, dass ich die Arbeit geschrieben habe. Ich bin zuversichtlich, dass ich auch diesmal eine gute Note erhalten werde. Vorhin hat unsere Dozentin die Lösungen mit uns besprochen, und ich habe so ziemlich alles richtig. Wenn mich meine Erinnerung nicht täuscht. Tut sie aber selten. Deswegen bin ich ungewohnt gut gelaunt.

Ich bin kein Miesepeter oder Spielverderber oder so, auch wenn mir das zuweilen vorgeworfen wird. Ich wäge nur ab, worüber ich lache oder was mich glücklich macht.

Wobei Glück ohnehin etwas ist, an dessen Existenz ich stark zweifle. War ich schon mal richtig glücklich? Keine Ahnung. Verknallt ja, geil ja, zufrieden, entspannt, stoned, ich habe mich gefreut, weil etwas Schönes passiert ist.

Aber glücklich?

Glück ist nicht das, was meine Eltern ausstrahlten, wenn sie sich etwas eingeschmissen hatten und sich dümmlich grinsend inmitten Tausender anderer Menschen tranceartig hin und her wiegten. Oder ekstatisch auf und ab hüpften, während eine beliebige Heavy-Metal-Band spielte und ein Sänger seine Verse ins Mikrophon brüllte. Glück ist auch nicht das, was einen bei einem Orgasmus überflutet. Das ist reine Chemie. Oder von mir aus auch Biologie. Hormone, die der Körper ausschüttet und die einem vorgaukeln sollen, man sei glücklich. Auch wenn ich nicht abstreiten kann, dass ein Orgasmus echt eine gute Erfindung der Natur ist. Glück ist etwas, das man fühlt. Innen. Im Herzen. In der Seele. Im Geist. Im Selbst. Im Ich. Und Gefühle sind etwas, das man weder definieren noch messen noch vergleichen kann. Sicher ist lediglich, dass wir alle nach Glück streben. Ob die alten Griechen, die hedonistischen Philosophen oder die zeitgenössischen Denker, alle reden davon, aber keiner kann es wirklich fassen. Oder, schlimmer noch, sie behaupten, dass der Mensch im irdischen Leben niemals Glückseligkeit erfahren kann. Warum streben wir dann überhaupt danach, wenn wir sie nie erreichen können? Manchmal wünsche ich mir, so sorglos durchs Leben zu hüpfen wie Zane und Cole. Oder wie Pippi Langstrumpf. Aber ich bin nun mal, wie ich bin. Jemand, der ständig nachdenkt und zweifelt. Deswegen frage ich mich zuweilen, ob meine Eltern wirklich meine leiblichen Eltern sein können. Ernsthaftigkeit wäre das Letzte, womit ich sie beschreiben würde. Von ihnen habe ich das sicher nicht.

Ich seufze.

»Nicht immer so viel grübeln, Bruder. Davon bekommt man Falten und graue Haare am Sack.«

Eine Hand schlägt mir so fest zwischen die Schulterblätter, dass ich stolpere. Cole. Kurz dahinter sehe ich Zane, eine Blondine am einen Arm, am anderen eine sommersprossige Rothaarige. Ich wundere mich darüber, meine beiden Mitbewohner auf dem Campus zu treffen. Noch dazu um diese Zeit. Es ist noch nicht einmal Mittag.

»Was macht ihr denn hier?«

»Studieren?« Cole zieht fragend eine Augenbraue hoch. Offenbar ist er sich selbst nicht ganz sicher. »Ich bin sogar schon seit sieben hier. Frühtraining. Gar nicht bemerkt, dass ich schon weg war, als du aufgestanden bist?«

»Ich bin doch nicht deine Mama und kontrolliere, wann du aus dem Haus gehst«, sage ich, und Cole grinst.

»Wenn du meine Mama wärst, müsstest du mir auch was zu essen kochen und meine Klamotten bügeln.«

»Und vielleicht auch noch deinen Hintern abwischen?«

Cole lacht. »Nö, bloß nicht. Das wär mir zu schwul. Aber weißt du, warum ich sicher bin, dass du nicht meine Mama bist?«

Nein, aber er wird es mir sicher gleich verraten.

»Meine Mama hat keinen kleinen hutzeligen Schwanz.« Er wirft den Kopf in den Nacken und lacht lauthals. »Wann hast du ihn das letzte Mal benutzt? Funktioniert er eigentlich noch? Du bist ja nur am Lernen und Arbeiten.«

Stimmt gar nicht. Laufen gehe ich auch regelmäßig.

Zane hat seine Begleiterinnen verabschiedet und gesellt sich zu uns. Aus seiner hinteren Hosentasche zieht er ein Päckchen Zigaretten und steckt sich eine an.

»Hab ich was verpasst? Was ist so witzig?«

Er kneift ein Auge zu, weil ihm ein wenig Rauch hineingeraten ist. Zane beim Rauchen zu beobachten ist immer faszinierend. Er zieht so fest, dass sich seine Wangen nach innen wölben, saugt den Rauch mit der Nase in einem Schwall in sich hinein, lässt ihn dann ein paar Sekunden mit angehaltenem Atem in der Lunge und stößt ihn befriedigt aus. Der Rest, der danach aus ihm herauskommt, ist beinahe durchsichtig. Als würden sich die Dreckpartikel direkt in seinem Körper absetzen. Er wäre die Idealbesetzung für einen Anti-Raucher-Spot. Ich wünschte, er würde endlich aufhören. Seltsam, dass es die Frauen nicht stört, ihn zu küssen. Wenigstens raucht er nicht in der Wohnung, sondern geht dafür auf unseren winzigen Balkon oder nach draußen.

»Ich habe unseren Herrn tiefsinnigen Philosophen nur gefragt, ob sein Schwanz schon beleidigt abgefallen ist, weil er ihn so selten benutzt.« Wieder gackert Cole, als hätte er den besten Witz aller Zeiten gerissen. »Holst du dir wenigstens regelmäßig einen runter?«

Ja, das tue ich durchaus. Wie jeder andere Mann im Universum auch. Aber ich werde meinen Freunden sicher nicht sagen, wie oft ich masturbiere. »Ich bin eben keine Schlampe wie ihr«, gebe ich zurück, nehme Zane die Kippe weg und rauche sie zu Ende.

Ich rauche nicht oft, besitze auch nie eigene Zigaretten oder Tabak.

Aber ab und zu habe ich Lust auf einen Zug. Vor allem, wenn mich meine Psycho-Freunde mal wieder derart in die Mangel nehmen. Weil ich noch nichts gegessen habe, steigt mir das Nikotin sofort zu Kopf und in den Magen, und mir wird ein wenig flau.

»Lieber Schlampe als Mönch, sonst verkümmert mein bester Freund vor Traurigkeit, weil er nie randarf.« Zane zuckt mit den Schultern und zündet sich eine neue Zigarette an. »Wann war denn dein letztes Mal? Kannst du dich noch erinnern? Oder ist es zu lange her?«

»Es geht euch zwar einen Scheißdreck an, aber …« Ich muss tatsächlich überlegen. In den letzten Wochen war einfach viel zu tun. Lernen, arbeiten, lernen, arbeiten. »Mit dieser einen, die Freundin von der, die Cole abgeschleppt hat. Tami hieß die, glaub ich.«

Cole schnappt nach Luft. »Tami? Von der Party bei Rob? Du weißt schon, dass mittlerweile September ist? Das war ja noch im alten Semester! Du bist krank, Alter!«

Nein, bin ich nicht, nur beschäftigt. »Können wir jetzt bitte mein Sexleben abhaken? Ich brauche dringend was zu essen. Wenn euer Verhör jetzt vorbei ist, könnt ihr ja mit in die Cafeteria kommen.« Ich gehe los.

Cole bleibt erst stehen, trottet mir dann aber kopfschüttelnd hinterher, Zane folgt ihm.

»Kein Wunder, dass du immer so schlecht drauf bist«, diagnostiziert Zane und schließt zu uns auf, sodass wir wie Tick, Trick und Track nebeneinander laufen. »Du musst dringend mal wieder ficken. Du bist zwar ein Spinner, aber die Mädels stehen da doch drauf.« Er fuchtelt vor meinem Gesicht herum. »Noch dazu mit deinen wirren Haaren und deinem geheimnisvollen Schlafzimmerblick. Den musste ich mir erst mühsam antrainieren. Die anderen aus deinen Fächern sind nicht cool, sondern einfach nur Nerds. Schlau, aber sonst … Also nutz deine Vorzüge, E-Man. Wer hat schon beides?« Er wuschelt mir durch die Haare, und ich ziehe genervt meinen Kopf weg. Ich bin doch kein Kindergartenkind. »An deinem Aussehen liegt es also nicht. Wenn du bloß keine Zeit hast, dir eine zu suchen, wir helfen gerne. Stimmt's, Cole?«

Cole nickt eifrig, als wolle er einen Wackelkopf-Contest gewinnen, und streckt beide Daumen hoch. »Klar helfen wir. Freunde lassen sich nicht gegenseitig hängen.«

Ich schweige und lasse sie reden. Wenn meine Freunde eine Mission haben, sind sie ohnehin nicht mehr davon abzubringen. Während ich stumm und immer angepisster Richtung Cafeteria stapfe, schmieden meine selbst ernannten Sexhelfer bereits Pläne.

»Wir müssen eine finden, die es ihm ohne große Umstände besorgt«, überlegt Cole laut. »Keine Dates, keine Blümchen oder Pralinen oder anderweitigen Ansprüche und so. Er geht ja nicht auf Dates.«

»Vielleicht sollten wir ihm einfach eine Nutte bezahlen«, schlägt Zane vor.

Die beiden nerven echt.

Endlich sind wir bei der Cafeteria angekommen, und ich hoffe, dass sie jetzt in der Öffentlichkeit das Thema wechseln. Doch meine Hoffnung wird nicht erfüllt. War ja abzusehen.

Cole klopft mir mit seiner Pranke auf die Schulter und dirigiert mich zu einem Tisch in der Mitte des Raumes. »Schau dich ein bisschen um und check mal die Frauen-Lage, ich hol uns was zu essen. Wenn dir eine gefällt, dann sag's. Ich mach sie für dich klar.«

»Wenn ich eine kennenlernen will, kann ich sie schon selbst ansprechen. Ihr geht mir so was von auf den Sack!«, blaffe ich.

Ein paar Studenten drehen sich zu uns um.

Cole hebt in einer beschwichtigenden Geste die Hände. »Schon gut. Reg dich nicht auf, sonst kriegst du noch einen Herzinfarkt. Dann eben nicht.« Er stiefelt davon zur Theke.

»Braucht ihr den, Mädels?« Zane deutet auf einen freien Stuhl am Nebentisch. Die Angesprochenen strahlen ihn an, als hätte er ihnen gerade eine Medaille verliehen. Bei Zanes Anblick werden die meisten Frauen schwach. Wenn er sie sich ungefragt unter den Arm klemmen und knurrend aus dem Raum tragen würde, würden sie sich nicht wehren. Wahrscheinlich fänden sie es sogar toll. Er zwinkert den beiden zu. Dann zieht er sich den Stuhl heran, setzt sich umgekehrt darauf und stützt seine Unterarme auf die Lehne. »Im Ernst, Kumpel, wir machen uns einfach Sorgen um dich. Du bist nur am Lernen oder hängst in deinem Zimmer ab und denkst nach. Du wirst selbst bald zu einem deiner Philosophen aus dem Studium. Genieß das Leben. Hab Sex, hab Spaß, tob dich aus. Wir sind nur einmal jung.«

Mit beiden Händen fahre ich mir durch die Haare. Da ich das ungefähr eine Milliarde Mal am Tag mache, sind meine Haare immer wirr. Zane, dem eine perfekte Frisur unglaublich wichtig ist, zieht mich deswegen immer auf und meint, ich passe mich ganz dem Klischee eines verrückten Professors an. Die Frauen hat es noch nie gestört. Oder zumindest hat sich noch keine über meine nicht vorhandene Frisur beschwert.

»Ich weiß ja, dass wir nur einmal jung sind. Meine Eltern trichtern mir das ein, seit ich fünf bin. Oder wahrscheinlich noch länger.«

Zane beugt sich weiter vor, legt sein Kinn auf die Arme und schaut mich von unten an. »Und was hält dich davon ab, richtig zu leben? Deine selbst auferlegten Regeln?«

Ich hebe die Schultern. »Keine Ahnung.«

Doch, ich weiß es schon. Neben meinem Studium und meinem Job, die beide fast meine gesamte Zeit verbrauchen, gibt es noch einen anderen Grund, warum ich mich nicht zu intensiv um Frauen bemühe. Aber den werde ich ihm nicht schon wieder erläutern. Wir haben oft genug darüber diskutiert.

»Vermisst du den Sex nicht?«

»Doch, schon irgendwie. Mir war nicht bewusst, dass es so lange her ist. Ist ja nicht so, dass ich absichtlich den Frauen abgeschworen habe oder so. Es hat sich einfach nicht ergeben. Ich hatte so viele andere Sachen im Kopf. Du weißt, dass ich meine Prinzipien habe.«

Zane verzieht das Gesicht und schüttelt seufzend den Kopf. »Ethan, Ethan, Ethan. Vergiss doch mal deine Scheißprinzipien und gönn deinem Schwanz ein wenig Spaß. Alles Ausreden. Es gibt immer eine Gelegenheit für Sex. Moment.« Er hebt den Zeigefinger, um mir zu bedeuten, dass ich einen Augenblick warten soll. Dann dreht er sich zu den

Mädchen am Nebentisch um und setzt sein Zane-bricht-alle-Frauenherzen-Lächeln auf. »Welche von euch beiden Hübschen würde gerne in den Genuss dieses Prachtkörpers kommen?« Mit den Händen zeigt er auf seine Vorderseite und grinst breit. Eines der Mädchen kichert wie ein Teenager, das andere lacht lauthals. »Oder habt ihr einen Freund? Nicht dass mich das abhalten würde ...«

»Ich muss jetzt in mein Seminar, aber danach gerne«, flirtet die eine. Die, die so laut gelacht hat. Eindeutig die Selbstbewusstere der beiden. Ihre Freundin reißt in einer Mischung aus Entsetzen und Bewunderung die Augen auf.

»Alles klar, Darling. Dann um zwei. Wo soll ich dich abholen?«

Unglaublich der Kerl.

Sie verrät ihm die Nummer ihres Seminarraums. Mit einem Augenzwinkern und einem Luftkuss verabschiedet er seine neue Eroberung und wendet sich wieder mir zu.

»Siehst du? Ganz leicht. Die Frauen stehen doch auf so Sensibelchen wie dich. Mit dieser furchtbar geheimnisvollen Aura.« Er fuchtelt vor meinem Körper herum, als umfahre er eine tatsächlich vorhandene Aura. »Sie wollen dich knacken. Wollen wissen, wie du tickst. Welche Geheimnisse und Gedanken in diesem hübschen, aber viel zu vergeistigten Köpfchen rumschwirren.« Mit dem Finger klopft er mir gegen die Stirn.

Ich habe kein Köpfchen. Ich wische seine Hand beiseite und rücke ein Stück nach hinten. Hoffentlich ist seine Predigt bald vorbei. Aber er gönnt mir keine Pause.

»Greif zu. Du musst sie ja nicht gleich heiraten. Mach ich ja auch nicht.«

Kann er nicht mal aufhören?

»Es ist okay, dass du dich so in dein Studium reinhängst«, sagt Zane, »aber du übertreibst es echt. Schalt 'nen Gang runter.«

Er tut ja gerade so, als wäre ich noch Jungfrau oder so verklemmt, dass ich mich nicht trauen würde, eine Frau anzusprechen. Damit hatte ich noch nie Probleme. Nur im Vergleich zu den Profi-Playern Zane und

Cole wirke ich wie ein Anfänger. Damit er endlich aufhört, auf mich einzureden, nicke ich.

»Brav. Heute Abend ziehen wir zu dritt los. Und wenn du nicht mindestens ein Mädchen mit heimnimmst oder wahlweise zu ihr mitgehst, dann trete ich dir in deinen dürren Arsch und zwinge dich zu deinem Glück. Heute Abend wird gefickt, Kumpel. Versprochen?«

Seine derbe Sprache macht alles nur noch schlimmer. Er streckt mir seine Hand hin. Aber je länger ich darüber nachdenke, desto eher muss ich zugeben, dass er recht hat. Es ist eine Schande, mit zweiundzwanzig Jahren Monate lang keinen Sex zu haben. Wenn ich hässlich wäre und keine finden würde, könnte ich das ja noch verstehen. Aber ich bin nicht hässlich. Ich war einfach nur zu ... was? Zu faul? Zu beschäftigt? Was auch immer.

Cole kommt mit einem Tablett voller Essen und Getränke zurück an unseren Tisch und stellt es vor uns ab.

»Dieser Mann hier wird heute Abend eine Frau beglücken«, verkündet Zane für meinen Geschmack viel zu laut und klopft mir auf den Rücken. Als sich eine Gruppe Studentinnen, vermutlich Erstsemester, umdreht und uns anstarrt, winkt Zane ihnen zu und ruft: »Irgendwelche Freiwilligen, Ladys?«

Mit hochroten Köpfen wenden sich die Mädchen ab. »Schade, die waren süß. Aber wen hättet ihr dann genommen?«

Cole und Zane klatschen ab, und einmal mehr frage ich mich, warum ich immer noch mit diesen aufgedrehten Idioten befreundet bin.

Claire

Ellen ist nicht zu Hause. Seit dem ersten Semester teilen wir uns ein Wohnheimzimmer. Die meiste Zeit schläft sie jedoch bei ihrem Freund, mit dem sie schon zusammen war, als wir uns vor drei Jahren durch unser gemeinsames Zimmer kennengelernt haben. Ich frage mich, warum sie nicht gleich mit ihm zusammengezogen ist. Matt ist bereits Ende zwanzig und damit ein ganzes Stück älter als Ellen und ich. Er arbeitet ganztags in einem Steuerbüro. In seiner Wohnung wäre genug Platz für zwei Personen, trotzdem hat sich Ellen entschieden, vorerst allein zu wohnen. Das »allein« muss man aus zwei Gründen in Anführungszeichen setzen. Erstens weil sie ja mit mir zusammenwohnt und zweitens weil sie ohnehin nie zu Hause ist. Sobald Ellen das College beendet hat, werden sie heiraten und endgültig offiziell zusammenziehen.

Ellens eheähnliche Beziehung hat den Vorteil, dass ich unser Zimmer die meiste Zeit für mich habe. Und das zum halben Preis. Jackpot quasi.

Das Zimmer ist in etwa so groß wie ein durchschnittlicher Schuhkarton, und da wir uns beide schwer damit tun, Ordnung zu halten, herrscht immer ein heilloses Chaos. Überall liegen Klamotten und Bücher herum, die Fenster müssten mal wieder geputzt werden und den Schreibtisch kann man nur als solchen erahnen, weil ein Stuhl davorsteht.

So gern ich allein bin, heute würde ich mir Gesellschaft wünschen. Das sogenannte Date mit Burt hat mich aufgewühlt. Nicht weil er mich so beeindruckt hat und ich mich Hals über Kopf verliebt habe. Gott bewahre. Nein, es hat mir nur unangenehm deutlich gemacht, dass die Zeit bis zur Abgabe meiner Hausarbeit echt anstrengend werden kann.

Leider kann ich an den Rahmenbedingungen der Studie nicht wirklich etwas ändern, da sie von Professor MacGillan festgelegt wurden.

Ellen hat mit ihrem Thema mehr Glück. Bei ihr geht es um die weibliche Rolle in Pornos für unterschiedliche Zielgruppen. Sie muss also in der ersten Phase ihrer Studie nichts weiter tun, als Pornos zu sichten. Mittlerweile hat sie ihre Studien vor allem auf die Abendstunden verlegt, um ihren Freund miteinzubeziehen. Um zu beobachten, wie er auf die verschiedenen Geschlechterrollen reagiert, wollte sie mir weismachen. In Wahrheit haben Ellen und Matt schlichtweg Spaß daran, gemeinsam Pornos zu schauen und anschließend die besten Szenen nachzustellen. Noch ein Grund, weswegen ich froh bin, dass Matt seine eigene Wohnung hat.

Unverhofft habe ich nun wegen des vorzeitigen Abbruchs meines Desaster-Dates zwei Stunden freie Zeit. Ich bin es nicht gewohnt, Freizeit zu haben. Zumindest nicht so viel.

Da mein Dad sich weigert, »so ein sinnloses Gender-Gedöns-Studium« zu finanzieren, bin ich gezwungen, selbst für mich, die Studiengebühren und meine Miete zu sorgen. Als guter Vater hat er natürlich Collegegeld für mich gebunkert, aber das bekomme ich nur, wenn ich – wie er es hat – Jura studieren würde. Auf meine Mom kann ich dabei auch nicht zählen, sie hat Dad verlassen und ist in eine Esoterik-Sekte eingetreten, als ich etwa vier war. Seitdem hat Dad vier Ehefrauen verbraucht. Spätestens wenn seine aktuelle Flamme die dreißig überschreitet, tauscht er sie gegen eine jüngere Ausgabe aus. Keine davon konnte ich als Mutterersatz akzeptieren, und keine wollte mit mir wirklich etwas zu tun haben. Mittlerweile ist Dad Mitte fünfzig und seine derzeitige Gattin fünfundzwanzig. Kein Wunder also, dass mein Erzeuger nicht viel von der Gleichstellung von Mann und Frau und der Wissenschaft der Geschlechterrollen hält. Soll er. Ich brauche sein Geld nicht. Brauchen theoretisch schon, aber wollen nicht. Ich komme gut ohne ihn klar. Ich will mein eigenes Leben und nicht als hübsches Anhängsel an der Seite eines erfolgreichen Anwalts, Arztes, Richters, CEOs oder was auch immer enden.

Zwar halten Dad und ich nach wie vor sporadisch Kontakt, doch besonders eng ist dieser nicht. Ohnehin bin ich viel zu beschäftigt mit Arbeiten und Studieren und ab und zu auch ein wenig damit, zu leben. Für ein Liebesleben fehlt jedoch die Energie. Gegen einen festen Freund hätte ich nichts, nur ist mir schon lange keiner mehr über den Weg gelaufen, den ich dafür in die engere Wahl gezogen hätte. One-Night-Stands sind mir zu doof, Sex ohne Liebe oder zumindest Zuneigung funktioniert bei mir nicht. Alles schon ausprobiert. Insofern hat die mir aufgehalste Studie vielleicht doch etwas Gutes: Mit viel Glück ist ein Kandidat dabei, der eines festen – oder wenigstens zeitweisen – Freundes würdig wäre. Schließlich bin ich ohnehin gezwungen, Dates zu organisieren. Dann kann ich mir genauso gut Männer aussuchen, die mir potenziell gefallen. Ich will ja nicht als alte Jungfer sterben.

Natürlich hatte ich schon feste Beziehungen und auch Sex. Als ich in der Highschool mit Tomas zusammen war, sogar viel und zugegeben guten Sex. Bis er mit seinen Eltern nach Philadelphia zog und ich nie wieder etwas von ihm hörte. Der folgende Liebeskummer währte nicht lange. Vermutlich, weil ich damals noch nicht wusste, was Liebe ist.

Aber ob ich es jetzt weiß? Wann war ich eigentlich das letzte Mal richtig verliebt? Wird Zeit, dass mein nonnengleiches Leben endlich ein Ende hat. Nutze die Chance und genieß dein Leben, Claire!

Die Aussicht, mir meine Studie mit Jungs der attraktiven und anziehenden Sorte zu versüßen, heitert mich ein wenig auf. Ellen wäre stolz auf mich. Positiv denken, aus Negativem Kraft schöpfen ist ihr Lebensmotto. Allerdings hat sie auch noch nie etwas wirklich Schlimmes erlebt.

Mit diesen Gedanken im Kopf mache ich auf dem Schreibtisch Platz, klappe meinen Laptop auf und suche die Vorgaben für meine Studie heraus. Dann öffne ich ein Dokument und mache mir die ersten Notizen.

Die nächsten Stunden verbringe ich damit, mir zu überlegen, welche Fakultät ich als Nächstes angehen soll, kann mich aber nicht wirklich entscheiden. Vielleicht hilft mir die Ablenkung auf Arbeit, zu der ich dringend losmuss, wenn ich nicht hoffnungslos zu spät kommen will.

Ich komme zu spät in die kleine Konditorei – wenn auch nur wenige Minuten -, in der ich seit fast zwei Jahren an der Theke die Kunden bediene. Schnell binde ich mir im Hinterzimmer meine Schürze um, stecke mir mein Namensschild an und haste wieder nach vorne. Meine Chefin Camille wartet bereits auf mich, einen seltsamen Ausdruck im Gesicht. Besorgt? Wütend? Genervt?

»Tut mir leid, dass ich zu spät bin, Boss. Wird nicht wieder vorkommen. Versprochen.«

Camille seufzt nur und sieht mich mit einem jetzt eindeutig traurigen Blick an. »Claire, wir müssen reden. Kommst du bitte mit nach hinten?« Mit hängenden Schultern verlässt sie den Verkaufsraum. Unsicher folge ich ihr. »Setz dich, Schätzchen, und nimm dir einen Cupcake.«

Ich schüttle den Kopf. Ich habe keinen Hunger, erst recht nicht, wenn ich nicht weiß, worauf ich mich jetzt gefasst machen muss. Wir setzen uns gegenüber an den kleinen Tisch, an dem ich normalerweise meine Pausen verbringe.

Camille schließt die Augen und holt tief Luft. »Was soll's. Ich sag's einfach«, flüstert sie mehr zu sich selbst als zu mir. »Ich werde den Laden vorerst schließen müssen. Das heißt, ich kann dich nicht weiter beschäftigen. Es tut mir so leid.« Sie sackt in sich zusammen und knetet ihre Hände. Die Situation ist ihr sichtlich unangenehm.

»Was? Nur weil ich ein paar Minuten zu spät gekommen bin?«, stammle ich. »Ich brauche den Job! Das kannst du mir nicht antun!«

Sie greift meine Finger und drückt sie.

»Das ist es nicht. Ich ...« Sie schluckt. »Meine Mom ist schwer krank. Mein Dad schafft es allein nicht. Ich muss zu ihnen. Ich weiß nicht, wie lange ich weg sein werde. Aber sicher lange genug, dass du dir besser einen anderen Job suchst.«

»Ich kann dir helfen«, schlage ich verzweifelt vor.

Ich liebe diesen Job. Ich liebe Camille, sie ist eine wunderbare Chefin, ich liebe die Cupcakes, die sie bäckt, und den Umgang mit den Kunden und überhaupt alles hier. Und Camille zahlt besser, als ich bei vielen anderen Arbeitsstellen verdienen würde. Mit dem Trinkgeld zusammen kam ich mit meinem Gehalt gut über die Runden, ohne meinen Dad anpumpen zu müssen. Wo soll ich jemals wieder so einen Job finden?

»Du kannst in der Nacht backen, und ich kann morgens den Laden aufsperren und alles regeln. Ich kenne mich aus. Wir schaffen das. Wenn du einmal am Tag im Laden vorbeischaust und kontrollierst, ob ich alles richtig mache, kriegen wir das hin!«

Sie schüttelt den Kopf. »Meine Eltern wohnen in Portland, Schätzchen. Da kann ich nicht jeden Tag pendeln.«

Portland. Am anderen Ende der USA. Mehr als sechshundert Meilen.

Meine Augen werden feucht und schließlich laufen mir ebenfalls Tränen über die Wangen. Camille schließt mich schluchzend in die Arme, und wir weinen gemeinsam, bevor ich den letzten Arbeitstag in Camilles Konditorei beginne.

Ethan

»Bereit?« Cole wartet bereits mit dem Autoschlüssel in der Hand und in seiner obligatorischen Jacke mit dem SFSU-Logo seiner Football-Mannschaft im Wohnzimmer. Er ist davon überzeugt, dass er mit dieser Jacke noch bessere Chancen auf eine Eroberung hat als ohnehin schon. Ob das stimmt, kann ich nicht beurteilen, ich bin ja kein Mädchen und stehe auch nicht auf Männer. Mein Verzicht auf eine feste Partnerschaft hat andere Gründe.

»Du weißt, dass ich allzeit bereit bin, Cole-Darling«, säuselt Zane und grinst.

Wenn ich nicht wüsste, dass Cole trotz seines oft oberflächlich wirkenden Verhaltens ein netter und reflektierter Mensch ist, würde ich ihn abgrundtief hassen. Er ist schlichtweg meistens gut gelaunt und hat eine durchweg positive Einstellung zum Leben. Wenn auch ein wenig sehr offen den Frauen gegenüber. Aber das hat er mit Zane gemein.

»Was zu beweisen wäre, Bro.« Cole klopft Zane lachend auf die Schulter. Der zieht die Augenbrauen zusammen. Lässt er sich wirklich von Coles blödem Geschwätz provozieren?

»Willst du sehen?«, fragt Zane und nestelt an seinem Gürtel herum. »Kein Problem. Von mir aus jetzt gleich.«

Cole zuckt zurück.

»Könnt ihr beiden euren Schwanzvergleich auf später verschieben?«, werfe ich ein. »Ich würde gerne losfahren, wenn es den Herren beliebt.«

»Kannst es wohl kaum erwarten, endlich wieder zwischen den

Schenkeln einer Frau zu liegen, oder?« Mein Sportler-Freund wackelt mit den Augenbrauen.

Nein, so dringend nötig habe ich es dann doch nicht. Ich würde gerne mit einem Spruch kontern wie »Wer am meisten über Sex redet, hat selbst am wenigsten«. Aber ich weiß, dass Cole und Zane tatsächlich so häufig mit Frauen schlafen, wie sie behaupten. Also widerspreche ich nicht.

»Willst du *so* bleiben?« Zanes Blick wandert an mir herunter, den geschürzten Lippen nach gefällt ihm mein Aufzug nicht.

»Wieso?«

»Musst du unbedingt wie ein Nerd aussehen, wenn wir weggehen? Das wird es dir bei den Mädels nicht leichter machen.«

»Ich bin kein Nerd«, beschwere ich mich.

Cole stimmt Zane zu.

Müssen die beiden immer einer Meinung sein? Würde ich sie nicht bereits seit der Highschool kennen, wäre ich schon längst schreiend abgehauen, weil wir einfach so verdammt verschieden sind.

»Doch, bist du«, sagt Cole ernst. »Nerd-Brille«. Mit seinem Wurstfinger tippt er auf mein rechtes Glas und hinterlässt einen großen Fettfleck. Ich setze die Brille ab und poliere sie mit meinem Hemdzipfel. Ich kann es nicht leiden, wenn ich nicht klar sehen kann. »Nerd-Hemd«, fährt er fort und zupft an mir. Ich verstehe nicht, was er meint. Es ist ein ganz normales blaues Hemd. »Nerd-Hose.« Er klopft mir auf den Po. »Nerd-Gehirn.« Er tätschelt meinen Kopf.

»Leck mich«, blaffe ich ihn an, schlüpfe in meine Sneakers und schubse Cole Richtung Wohnungstür. Zane folgt uns lachend.

»Nein danke, Nerdi-Boy. Das soll heute jemand anders übernehmen.«

• • •

Die Kneipe, in der wir uns mit unseren Freunden Gavin und Jacob verabredet haben, ist brechend voll. Laute Musik dröhnt aus den Lautsprechern, Menschen lachen, schreien, rempeln sich an. Ein paar tanzen, obwohl es offiziell keine Tanzfläche gibt. Alle Tische sind besetzt, sodass wir uns um einen Stehtisch drängen müssen. Bei fünf großen Jungs bedeutet das mehr Körperkontakt, als ich es mir unter normalen Umständen von anderen wünsche.

»Na, schon eine dabei, die dein Schwänzchen fröhlich werden lässt?«, brüllt mir Cole ins Ohr.

Ich weise ihn nicht darauf hin, dass ich kein Schwänzchen, sondern einen ansehnlichen Penis habe, der laut Größentabelle sogar im oberen Bereich liegt. Außerdem ist es wissenschaftlich bewiesen, dass die Größe für die Befriedigung einer Frau völlig irrelevant ist. Die Technik ist das Entscheidende. »Wir sind gerade mal zehn Minuten hier!«, schreie ich zurück. »Ich hol uns erst mal etwas zu trinken.« Mit dem Finger deute ich Richtung Bar und forme das Wort »Bier?« mit den Lippen. Alle vier nicken.

Ich schlängle mich durch die Menschenmasse zur Bar und schiebe ein paar Im-Weg-Steher zur Seite. Indem ich meine Handfläche mit gespreizten Fingern hochhebe, gebe ich dem Barkeeper zu verstehen, dass ich fünf Bier will. Er stellt sie mir hin, öffnet jedes und nimmt das Geld dafür entgegen. Während ich auf mein Wechselgeld warte, stütze ich mich mit dem Rücken an die Bar und schaue mich um. Ein Mädchen fällt mir auf. Sie ist hübsch, mit schlanken Beinen in einem Rock, der eher wie ein breiter Gürtel aussieht, und Schuhen mit hohen Absätzen.

Der Barkeeper tippt mir auf die Schulter, ich drehe mich zu ihm um und stecke mein Wechselgeld ein. Als ich die Flaschen greife und sie zu unserem Tisch tragen will, steigt mir ein leichter Duft nach Vanille in die Nase. Die Frau von eben. Sie lächelt mich an und zwinkert mir zu.

»Ist eins davon für mich?«, fragt sie kokett und legt ihren Kopf schief.

»Wenn du ganz nett bist, ja«, antworte ich und ahme ihre Kopfbewegung nach.

Sie lacht und nimmt sich eins der Biere. Die anderen stelle ich zurück auf den Tresen.

»Ich bin immer nett. Zumindest zu so süßen Typen wie dir.«

Sie gefällt mir, auch wenn ich es nicht leiden kann, wenn man mich als süß bezeichnet.

»Bist du mit deiner Freundin hier?« Sie trinkt einen Schluck und leckt einen herunterrinnenden Wassertropfen vom Flaschenrand. Ihre Lippen sind dezent rosa geschminkt und glänzen.

Mit dem Kinn deute ich zu den vier Kerlen ein paar Meter entfernt. »Nö, mit meinen Jungs.«

Sie schaut kurz rüber, im selben Moment entdeckt uns Cole. Ein breites Grinsen dehnt sich auf seinem Gesicht aus, und er nickt und streckt den Daumen nach oben.

Das Mädchen wirkt irritiert.

Ich verdrehe genervt die Augen. »Meine Freunde«, sage ich und deute mit meinen Fingern zwei Anführungszeichen an, »denken, ich habe zu wenig Sex, und haben mich quasi gezwungen, heute mit ihnen auszugehen und diesen Umstand zu ändern.«

»Und, stimmt es?«, hakt sie nach.

»Was stimmt?« Plötzlich unsicher, weil sie mich so intensiv mustert, drehe ich die Flasche in meiner Hand.

»Dass du zu wenig Sex hast.«

Sie ist ganz schön neugierig. Aber ich habe ja mit dem Thema angefangen, also ist es nur höflich, ihr zu antworten.

»Das kommt darauf an, worauf du das ›zu wenig‹ beziehst. Statistisch gesehen, haben Menschen in den USA zwischen zwanzig und vierundzwanzig zwei- bis dreimal die Woche Sex. Zugrunde gelegt wird hier eine feste Beziehung. Da ich allerdings keine Beziehung habe, ist diese Zahl nicht aussagekräftig. Abgesehen davon lehne ich Beziehungen auf emotionaler Basis zwischen Menschen, die nicht familiär oder freundschaftlich verbunden sind, ab. Eine glaubwürdige Statistik dazu, wie häufig ungebundene junge Männer den Beischlaf praktizieren, ist mir nicht bekannt. Ich frage mich sowieso, wie ehrlich die Probanden bei solchen Themen antworten. Wer gibt schon gerne zu, dass ihn niemand ranlässt? Und außerdem geht der Trend eher dahin, dass die

Menschen überall auf der Welt immer seltener miteinander Sex haben. Die Gründe dafür würden jetzt zu weit führen.« Ich trinke einen Schluck Bier. »Wenn ich meine Mitbewohner als Maß nehme, die beide keine Freundin haben, aber beinahe täglich eine Frau beglücken, könnte man sagen, ich habe eindeutig zu wenig Sex. Wenn ich meine subjektiven Bedürfnisse betrachte, ist dies auch nicht aussagekräftig, denn Bedürfnisse sind ja nicht immer gleich. Es gibt Phasen, in denen ich gerne öfter Sex hätte, und es gibt Phasen, in denen ich völlig zufrieden bin, ganz ohne körperliche Nähe oder meine eigene Hand. Müsste ich nicht so viel lernen und gleichzeitig arbeiten, um mein Studium zu finanzieren, hätte ich garantiert mehr Muße und Ruhe und damit auch mehr Lust auf Sex. Denn Stress, insbesondere negativer, reduziert die Libido. Könnte mein Penis sprechen, würde er vermutlich lauthals Ja schreien, aber die Natur hat es ja auch so eingerichtet, dass junge Männer immer wollen und können. Beantwortet das deine Frage?«

Sie schaut mich verwirrt an, die Augen weit aufgerissen. Ihr Mund steht ein wenig offen. Sie hat mir eine Frage gestellt, und ich habe sie beantwortet. Keine große Sache.

»Öhm«, stammelt sie bloß. »Ich denke schon.«

Offenbar weiß sie nicht, was sie noch sagen soll, denn sie klammert sich an der Flasche fest, als wolle sie sie auswringen. Ich gebe ihr Zeit, meine Antwort zu verdauen. Klare Verhältnisse. Von Anfang an.

Nach einer Weile hat sie sich wieder gefangen, trinkt einen Schluck und fragt mich dann ernst: »Und wie ist dein subjektives Empfinden bezüglich deines Bedürfnisses nach Sex im Moment?«

»Dass ich gerne mit dir Sex hätte«, antworte ich ehrlich. Warum lügen?

Sie lächelt. »Okay«, sagt sie nur. »Das trifft sich gut. Ich hätte nämlich auch gerne welchen mit dir.«

Mein Penis und ich freuen sich über ihre Antwort. »Ich will nichts weiter. Wir werden nur Sex haben. Keine Beziehung, keine Anrufe, kein aneinandergekuscheltes Einschlafen.«

»Okay«, sagt sie wieder. »Dann sind wir uns ja einig. Bist du mit dem Auto da?«

Ich schüttle den Kopf. Ein wenig erstaunt bin ich schon, dass es so unkompliziert sein kann, eine Sexpartnerin zu finden. Vielleicht sollte ich noch einmal darüber nachdenken, ob es sich lohnt, das häufiger zu machen. Kann ja nicht schaden. Und ich hätte weniger Stress mit meinen Mitbewohnern, weil sie dann keinen Grund mehr hätten, mich zu verarschen. Wobei das wohl nicht der Anlass dafür sein sollte, Sex zu haben.

»Wie heißt du eigentlich?«, fragt das Mädchen jetzt.

Kurz überlege ich, welchen meiner zwei Namen ich ihr nennen soll: meinen richtigen oder den, den ich nach außen trage, weil mein echter mit einem Menschen verbunden ist, der, na ja, mittlerweile ein versoffener, alter, hässlicher Sack ist. »Ethan«, sage ich deshalb.

Sie streckt mir ihre schmale Hand entgegen. »Hi Ethan. Sehr erfreut, dich kennenzulernen. Ich bin Scarlett.«

Wir schütteln uns die Hand und grinsen uns an. Könnte ein netter und befriedigender Abend werden.

Ich beuge mich zu ihr hinüber. »Ich sag nur kurz meinen Kumpels Bescheid, dass ich verschwinde. Warte draußen auf mich und ruf schon mal ein Taxi. Ich zahle natürlich.«

Sie nickt und tänzelt davon.

Ich bringe meinen Freunden die Bierflaschen und klopfe auf den Tisch. »Ich hau ab, Jungs. Wir sehen uns zu Hause.«

»Etwa mit der Blonden mit den Bombentitten und dem Nichts von Kleidchen?«, fragt Cole in einem Tonfall, als könne er nicht glauben, dass ein Mädchen wie Scarlett mich wählt und nicht ihn.

»Genau die«, bestätige ich und hebe zum Abschied die Hand. Zane nickt nur und wünscht mir viel Spaß. Den werde ich haben. Ganz sicher.

Bereits im Taxi klettert sie auf meinen Schoß und reibt ihren Schritt an meinem. Mit den Händen packt sie meine Haare, drückt ihre Lippen auf meine und ihre Brüste an meinen Körper und drängt ihre Zunge in meinen Mund. Mein Schwanz reagiert zuverlässig. Nur weil ich kein Player bin, heißt das nicht, dass bei mir anatomisch nicht alles einwandfrei funktioniert.

»Wo geht's denn hin?«, fragt der Taxifahrer gelangweilt. Ach ja, wir sollten ihm vielleicht besser sagen, wo er uns hinbringen soll, bevor wir übereinander herfallen wie zwei Irre. Scarlett dreht sich zum Fahrer und nennt ihm ihre Adresse. Auch gut. Dann kann ich gehen, wenn ich nach Hause will, und muss sie nicht rausschmeißen. Obwohl ich nicht denke, dass Scarlett mir Probleme machen würde. Schließlich haben wir die Rahmenbedingungen für unsere gemeinsamen Stunden klar definiert.

Scarlett wohnt in einem familiär wirkenden Haus nicht weit von meiner eigenen Wohnung entfernt. Sehr praktisch, dann brauche ich für den Rückweg nicht noch ein Taxi. Das Geld sitzt bei mir nicht so locker.

In ihrer Wohnung fackeln wir nicht lange und gehen zielstrebig ins Schlafzimmer. Das ist ein Grund, warum ich unverbindlichen Sex bevorzuge. Man muss nicht vorher herumeiern und langweiligen Smalltalk führen, sondern kann gleich dazu kommen, wofür man eigentlich da ist. Sich gegenseitig zu befriedigen.

Ohne Hektik zieht sie sich aus, und während ich mich ebenfalls meiner restlichen Sachen entledige, wartet mein Schwanz ungeduldig auf seinen Einsatz. Rückwärts rutscht sie aufs Bett und lockt mich mit dem Finger zu sich. »Ich will dich jetzt. Ich brauche kein Vorspiel mehr. Mach schon«, drängt sie.

Als ich meine Brille absetzen will, stoppt sie mich.

»Lass sie auf. Ich war noch nie mit einem mit Brille im Bett. Das ist heiß.«

Ich weiß nicht, was ich davon halten soll. Aber okay. Die Leute stehen auf die abgefahrensten Dinge.

»Kondom?«, presse ich hervor.

»Nachtkästchen.«

Ungeduldig krame ich in der Schublade und fische ein Kondompäckchen heraus. Schnell streife ich mir ein Gummi über und schiebe mich auf Scarlett. Ich lasse mir gerne ein wenig Zeit, aber Scarlett greift zielstrebig nach meiner Erektion und dirigiert mich dorthin, wo sie mich haben will. Genüsslich lasse ich meinen Schwanz zwischen ihre Beine gleiten, dringe mit einem Schlag in sie ein und beginne, sie mit rhythmischen Stößen zu ficken. Es ist ein unglaubliches Gefühl, das ich viel zu lange nicht mehr gespürt habe. Sie zieht die Knie an und spreizt die Beine noch weiter und bewegt sich mir entgegen. Sie stöhnt laut, als ich einen Punkt tief in ihrem Inneren berühre. Ihre Finger sind in meine Pobacken gekrallt, sodass sie stumm das Tempo bestimmen kann. Ich stoppe kurz, löse mich von ihr und setze mich auf meine Fersen. Schnell atmend liegt sie vor mir, die Beine einladend geöffnet, der Mund und ihr Schoß feucht glänzend. Ihre Wangen sind gerötet. Auch wenn ich sie danach nicht wiedersehen möchte, im Moment genieße ich einfach, wie sexy und leidenschaftlich sie ist. Sie leckt sich über die Lippen, stützt sich auf die Hände und grinst mich an. Dann rutscht sie zu mir, schubst mich an den Schultern in eine liegende Position.

»Du unten«, keucht sie.

Wie gerne komme ich ihrer Bitte nach. Sie platziert sich rittlings auf mir, hebt ihr Becken und lässt sich dann auf mich herabsinken, nimmt mich in sich auf, den Kopf mit geschlossenen Augen in den Nacken gelegt. Meine Hände ruhen auf ihren Oberschenkeln. Sie greift meine Handgelenke und führt sie zu ihren Brüsten, drückt sie mit mir gemeinsam. Meine Daumen reizen ihre Brustwarzen. Dann beginnt sie, sich auf mir zu bewegen. Sie lässt meine Hände los und stützt sich auf meinen Schultern ab, hebt und senkt ihr Becken, kreist auf mir, mal langsam, mal wild und hart. Ich komme ihr von unten entgegen. Bei jedem meiner Stöße schaudert sie und stöhnt.

»Das ist so gut. So gut. So gut.« Bei jedem *gut* wird ihre Stimme atemloser. Meine Bewegungen werden immer schneller und unkontrollierter, unser Stöhnen lauter. Wir vögeln wild und gelöst, weil wir wissen, dass es eine einmalige Sache ist. Plötzlich verharrt sie, presst ihren Unterleib auf mich, rutscht hektisch vor und zurück, küsst mich hart, bis sie zitternd ihren Höhepunkt erreicht und mich in die Lippe beißt. Sofort lasse auch ich los und komme unter ihr.

Danach ist es weder seltsam noch wünsche ich mir mehr. Auch wenn das gerade wirklich guter Sex war. Ihr scheint es ebenso zu gehen. Befriedigt lächeln wir uns an. Sie küsst mich noch einmal beinahe zärtlich und rollt sich von mir weg. Ich ziehe das Kondom ab und knote es zu. Aber ich entdecke keinen Mülleimer, in dem ich es entsorgen kann.

»Passt schon. Leg es auf den Boden, ich werfe es nachher weg.«

Ich zucke mit den Schultern, tue, was sie sagt, und setze mich an den Bettrand. Sie schmiegt sich von hinten an mich und küsst mich auf die Schulter. Unwillkürlich verspanne ich mich.

»Keine Sorge, Ethan, ich klammere nicht. Alles gut. Alles wie besprochen. Ich wollte mich nur für den Hammer-Orgasmus bedanken.« Sie rutscht von mir weg und lehnt sich ans Kopfende ihres Bettes.

»Ebenfalls danke«, antworte ich schmunzelnd und klaube meine im Zimmer verteilten Klamotten zusammen. Doch bevor ich mich anziehen kann, schält sich Scarlett aus dem Bett und greift nach meinem Arm.

»Lust auf eine zweite Runde?« Sie fasst um mich herum, drückt meine immer noch nackten Pobacken und winkt mit einem neuen Kondompäckchen.

Will ich? Soll ich? Die Antwort ist eindeutig ja.

Ich drehe mich zu Scarlett, streichle mit meinen Daumen über ihre Brüste und lasse meine Hände dann langsam nach unten bis zu ihren Hüften gleiten. Mit leichtem Druck dränge ich Scarlett zur einen Seite des Raumes und presse sie gegen die Wand. Dann schiebe ich eine Hand zwischen ihre Beine und spüre, wie feucht sie immer noch ist. Ein leises Keuchen kommt über ihre Lippen. Ich werde sofort wieder hart. Mit einem Ruck dringe ich in sie ein, hebe sie hoch und ficke sie hart im Stehen. Ihre Beine schlingen sich um meine Hüften, und ihre Finger krallen sich in meinen Nacken. Ihr Keuchen wird zu einem lauten Stöhnen, als ich sie erneut in Richtung Höhepunkt treibe. Ich spüre, dass auch ich kurz davor bin. Schließlich kommen wir beide ein zweites Mal.

Scarlett sinkt in meinen Armen zusammen und seufzt erleichtert. Ihr Kopf ruht auf meiner Schulter. Meine Arme und Beine zittern von der Anstrengung und den beiden Orgasmen. Ich fühle mich erschöpft, aber unheimlich befriedigt. Und zufrieden.

Kurz darauf verabschieden wir uns, ohne Telefonnummern auszutauschen oder einen Plan für ein Wiedersehen.

Meine Mitbewohner sind noch wach, als ich unsere Wohnung betrete. Sie fläzen auf der Couch, jeder eine Flasche Bier in der Hand. Der Fernseher läuft und ist stumm geschaltet, ich erkenne irgendeine Krimiserie mit spärlich bekleideten Frauen am Strand. Dafür ist die Musik umso lauter. Was ist mit denen los? Keine Mädels mitgebracht? So kenne ich die beiden gar nicht.

»Wie war's?«, fragt Zane schläfrig, als ich ins Wohnzimmer komme.

Weil ihn das nichts angeht, beantworte ich seine Frage nicht. Auch wenn ich weiß, dass Cole und Zane am liebsten alles bis ins kleinste Detail wissen wollen würden. Diesbezüglich sind sie wie zwei neugierige Waschweiber.

»Was ist mit euch? Niemanden aufgerissen heute?«

Zane wedelt unmotiviert in der Luft herum, als wolle er eine imaginäre Gestankwolke vertreiben. »Schon nach Hause geschickt. War nicht so der Brüller. Ich hab wenigstens eine abbekommen. Im Gegensatz zu unserem Freund hier.« Mit dem Kopf nickt er zu Cole.

Mein Blick folgt der Bewegung.

»Was? Glotz nicht so. Mir war heute nicht danach«, blafft Cole.

Zane prustet so heftig los, dass das Bier wie in einer Fontäne aus ihm herausspritzt. »Dir war nicht danach? Bist du krank, Mann? Soll ich dir Suppe kochen?« Immer noch kichernd wischt er sich mit dem Sofakissen Bier von Brust und Hose.

»Fick dich«, brummt Cole nur und dreht sich weg. In großen Schlucken trinkt er sein Bier aus, knallt die Flasche auf den Beistelltisch und hievt sich hoch. »Ich geh ins Bett.« Mit diesen Worten schlurft er davon.

»Was hat er denn? Muss man sich Sorgen machen?«

Zane schaltet mit der Fernbedienung die Musik aus und setzt sich aufrecht hin. Seine gesamte Vorderseite ist voller Biersprenkel.

»Kein Plan. Seit Gavin mit dieser Tussi abgezogen ist, ist er so schlecht drauf. Vielleicht wollte er sie haben. Was weiß denn ich? Der wird sich schon wieder einkriegen. Vielleicht hat er ja PMS oder so.« Er nimmt sich ein weiteres Bier aus dem Sixpack auf dem Tisch und hält es mir hin. Ich lehne ab. Durst habe ich nach meinem Sexmarathon schon, aber heute Abend beschränke ich mich auf Wasser. Zane schlägt das Bier gegen die Tischkante und öffnet es so, dann trinkt er es selbst. »Und jetzt lass hören, Schnucki. Wie war's bei dir?«

Schon wieder diese Frage. Damit er nicht noch weiter nervt, werfe ich ihm wenigstens ein Bröckchen hin. »Sagen wir mal so: Mein Körper fühlt sich äußerst befriedigt und ausgepowert an.«

Zane grinst und nickt. »Wusst ich's doch, dass die Kleine was draufhat. Gut gemacht, E-Man. Ich bin stolz auf dich.«

Stolz? Weswegen denn? Weil ich unverbindlichen Sex hatte? Wenn ihn das schon stolz macht, was wäre dann, wenn ich etwas tun würde, was wirklich Lob verdient? Einen guten College-Abschluss bekommen zum Beispiel? Mein erstes Buch über die Diskrepanz zwischen Realität und Idealität veröffentlichen? Ein Kind aus einem brennenden Haus retten?

Na ja, so setzt eben jeder andere Prioritäten.

Allerdings ist Sex schon eine der schönsten Nebensachen der Welt. Der Abend heute war entspannend und befriedigend und einiges mehr. Ich hoffe jedoch, Scarlett hält ihr Versprechen und meldet sich nicht mehr.

Um Zane am Weitersprechen zu hindern, schalte ich den Fernseher wieder lauter und tue so, als interessiere mich das Geschehen auf der Mattscheibe brennend.

Irgendwann schläft Zane im Sitzen ein, den Kopf nach hinten auf die Sofalehne gelegt. Vorsichtig nehme ich ihm die Flasche aus der Hand, decke ihn zu und lösche das Licht.

Claire

Ellen ist heute tatsächlich mal wieder zu einem Seminar erschienen. Endlich kann ich Zeit mit meiner Freundin verbringen. Die Sonne scheint, wir haben uns Sandwiches geholt, die wir auf der Wiese im Schatten unseres Lieblingsbaums auf dem Campus essen.

Ich stütze mich auf die Ellbogen und richte meinen Blick in den Himmel. Sonnenstrahlen dringen durch die Blätter und wärmen meine Haut.

Während ich genieße, plappert Ellen von ihrem gestrigen Abend und dem Film, den sie mit ihrem privaten Pornodarsteller analysiert hat. Ich bekomme nur die Hälfte von dem mit, was sie erzählt, aber das scheint sie nicht zu stören. Nur für ein paar Minuten will ich das College und die Tatsache, dass ich ab sofort arbeitslos bin, vergessen.

»Wie läuft's denn mit deiner Studie, Bommelinchen?«

Seit wir uns kennen, gibt mir Ellen ständig neue alberne Spitznamen. Sie sticht mir mit dem Zeigefinger in die Taille, und ich zucke zusammen. Sie weiß ganz genau, wie kitzlig ich bin.

Träge öffne ich die Augen und setze mich auf. »Nicht so besonders. Ich hatte erst ein Date, das mit dem unsäglichen Burt, und das zählt nicht mal. Wie soll ich denn bis Januar so viele Dates auf die Reihe kriegen?«

»So viele sind es überhaupt nicht. Du tust ja gerade so, als stündest du vor einer unlösbaren Aufgabe. Du sollst keinen Drachen töten oder Tibet befreien, Prinzessin Rambo, du sollst einfach nur ein paar Dates hinter dich bringen und darüber berichten.«

»Du hast leicht reden«, beschwere ich mich. »Du darfst den ganzen Tag Pornos gucken und musst dich nicht besonders anstrengen.«

Sie hebt wie eine Oberlehrerin den Zeigefinger. »Das ist anstrengender, als du denkst, liebste Freundin. Die Geschichten in den Dingern sind ja nicht gerade Autorenkino. Und sich ständig um den dauergeilen Freund kümmern zu müssen, ist Schwerstarbeit.«

»Dann schau die Filme eben allein an«, schlage ich vor.

Sie grinst. »Nö, das macht ja nur halb so viel Spaß.«

Mit der Motivation, mit der Ellen ihre Studie angeht, wird sie sie vermutlich bereits fertig geschrieben haben, bevor ich überhaupt das nächste Date organisiert habe.

Ich erzähle ihr von meinem Plan, die Dates zu nutzen, um mich in der Männerwelt ein wenig umzuschauen und vielleicht einen Partner für mich an Land zu ziehen.

»Das finde ich eine hervorragende Idee, Krapfenmündchen. Ich fände es toll, wenn du mal wieder einen Freund hättest. Stell dir mal vor, dann könnten wir zu viert ausgehen.«

»Wenn's nur so einfach wäre«, murmle ich und rupfe aus Frust ein paar Grashalme aus. »Heute habe ich drei Kerle angesprochen, und keiner wollte mit mir ausgehen. Hab ich Mundgeruch oder so? Oder bin ich zu hässlich?«

Ellen funkelt mich finster an. »Spinn nicht rum, Kermit. Du siehst toll aus. Dann hattest du heute eben Pech oder hast genau die angesprochen, die eine Freundin haben und der ausnahmsweise auch treu sind – was ja bekanntlich nicht sooo häufig vorkommt. Oder es sind welche von der Sorte, die lieber erobern, als erobert zu werden. Gender Studies hin oder her, wenn es um Dates geht, leben manche Männer eben immer noch in der Steinzeit. Da konnten auch Simone de Beauvoir und Co nichts daran ändern. Du weißt doch, wie Männer ticken.«

Nein, weiß ich nicht. Selbst mein Studium hilft da nicht viel weiter. Wenn ich es wüsste, würde ich ein Buch darüber schreiben und schweinereich werden. *Die Decodierung des Mannes im 21. Jahrhundert* wäre ein hervorragender Titel.

Ellen legt sich auf die Seite und stützt ihren Kopf in die Hand. »Was waren es denn für welche?«, fragt sie.

Ich setze mich aufrecht hin und pfriemle mir Grashalme von der Hose. »Zwei waren Physiker, einer aus Chemie.«

Sie schnaubt und lässt sich auf den Rücken fallen. Mit der Handfläche schützt sie ihre Augen vor der Sonne. »Was willst du denn mit denen? Die haben vermutlich nicht einmal gecheckt, dass du ein Date mit ihnen willst. Vergiss die Naturwissenschaften, das ist viel zu anstrengend. Da wimmelt es vor Jungfrauen und verklemmten Psychos. Für den Anfang solltest du dich auf die konzentrieren, die leichter zu kriegen sind.«

Eigentlich müsste Ellen nach mehreren Semestern Studium wissen, dass man nicht so mit Klischees um sich werfen sollte. Es gibt garantiert auch ganz normale Studenten in den naturwissenschaftlichen Fachbereichen.

Ich schüttle vorsichtig meine Getränkedose, um zu prüfen, ob eine Wespe hineingefallen ist. Wäre nicht das erste Mal, dass ich beinahe ein Insekt mittrinke. Nichts. Bedächtig setze ich an. »Aber ich brauche nun mal Probanden aus verschiedenen Fakultäten. Das steht in den Vorgaben für meine Hausarbeit.«

Ellen dreht sich auf den Bauch, stützt das Kinn auf die gefalteten Hände und wackelt mit den Beinen. »Schon klar, aber zum Üben sind andere Studiengänge viel einfacher. Sportler, Juristen, Wirtschaft, von mir aus auch Kunst. Die Schwierigen hebst du dir bis zum Schluss auf. Nur so ein Rat von mir«, sagt sie in belehrendem Ton und sieht mich streng an.

Wann, bitte schön, hatte sie denn ihr letztes Date, dass sie sich als Expertin aufspielen kann?

»*Wie lange* bist du mit Matt zusammen?«, frage ich scheinheilig.

»Pfff, du meinst, weil ich seit Jahren den gleichen Freund habe, habe ich keine Ahnung von Verabredungen?«

Ich nicke grinsend und zucke die Schultern.

Sie rappelt sich auf und kniet sich vor mich. »Das heißt nicht, dass ich nicht mit offenen Augen durch die Welt spaziere, Fräulein Pumpel.«

Ich pflücke ein Gänseblümchen und reiße gedankenverloren die Blütenblätter ab.

»Das arme Blümchen.« Ellen nimmt mir den kahlen Stängel ab und wirft ihn weg. »Schau mal, der Typ da drüben zum Beispiel schaut die ganze Zeit zu uns rüber.« Verstohlen prüfe ich, ob sie recht hat. »Ich schätze mal, viertes Semester, irgendeine Sprache. Englisch vielleicht oder Spanisch. Er sieht so lateinamerikanisch aus, vielleicht studiert er ja auch was in dieser Richtung.«

Auf jeden Fall sieht er nett aus. Diesmal schaue ich weniger unauffällig zu ihm hinüber und lächle ihn an. Als Antwort hebt er zum Gruß sein Getränk und lächelt ebenfalls.

»Ich geh mal aufs Klo und gebe ihm die Gelegenheit, in der Zwischenzeit zu dir rüberzukommen. Wehe, du verpasst deine Chance auf erstens: einen Probanden, und zweitens: einen potenziellen Mehrwert à la körperliche Ertüchtigung und/oder eventuelle Beziehung.«

»Körperliche Ertüchtigung? Echt jetzt?« Ich pruste so laut los, dass der Typ, den Ellen mir auserkoren hat, erschrocken zu uns herüberschaut. »Vielleicht sollte ich etwas mit einem Gymnastiklehrer anfangen.«

Ellen schlägt mir mit der Hand auf den Unterarm. »Doofie. Du weißt, was ich meine.« Sie küsst mich auf die Wange und steht auf. »Bis später. Erzähl mir dann alles, okay?« Sie schlüpft in ihre Schuhe, hängt sich die Tasche um und geht davon.

Und tatsächlich. Nur wenige Augenblicke, nachdem sie weg ist, schlendert der Typ zu mir herüber.

»Sieht gemütlich aus bei dir im Schatten. Ist da noch ein Plätzchen frei?« Seine Stimme klingt tief und leicht heiser. Als hätte er eben eine hartnäckige Halsentzündung überstanden. Weil er gegen die Sonne steht, kann ich nur seine Umrisse erkennen. Deswegen kann ich nicht beurteilen, ob er von Nahem genauso gut aussieht wie aus der Ferne.

Es gibt ja Leute, die sehen von Weitem gigantisch aus und je näher sie kommen, umso unattraktiver werden sie. Umgekehrt natürlich auch.

»Klar, setz dich«, antworte ich. Ich habe ja nichts zu verlieren. Das behalte ich aber lieber für mich.

»Ramon«, stellt er sich vor und lässt sich auf der Wiese nieder. Er rollt das R auf diese angenehme Art, die zeigt, dass seine Muttersprache Spanisch oder Portugiesisch ist.

»Claire.«

Eine Weile sitzen wir schweigend mit höflichem Abstand nebeneinander im Gras, ich lesend, er in regelmäßigen Abständen von seiner Cola trinkend. Unauffällig betrachte ich ihn. Auch von Nahem sieht er recht gut aus. Nicht männermodelmäßig scharf, aber attraktiv. Seine dunklen Haare sind kurz geschnitten, seine braunen Augen wirken freundlich und offen. Obwohl es heute warm ist, trägt er ein Longsleeve und lange Jeans. Kein Wunder, dass es ihm in der Sonne zu heiß wurde.

Nach ein paar Minuten rutscht er ein wenig näher und beugt sich zu mir herüber. Er riecht nach Cola und Männerduschgel. »Was liest du da?« Ich zeige ihm das Cover meines Liebesromans. Mit gerunzelter Stirn studiert er es und zuckt die Achseln. »Kenn ich nicht. Ist das gut?«

Ich stecke mein Lesezeichen zwischen die Seiten und lege das Buch neben mich. »Ich finde schon. Ist aber eher was für Frauen. Unser Prof meint, wir sollen nicht so einen Schund lesen, weil darin das Männer- und Frauenbild total verzerrt dargestellt wird und Frauen auf die Rolle des zu beschützenden Weibchens reduziert werden.«

Er zieht seinen Kopf zurück. »Aha. Was studierst du denn?«

»Gender Studies. Fünftes Semester.«

»Ah, alles klar. Ihr seid die, die bestimmen, wie viele Frauentoiletten es in Betrieben geben muss, selbst wenn da nur Männer arbeiten.« Er zwinkert und schmunzelt.

Ich lache. »So ungefähr.« Manchmal kommt mir mein Studium reichlich unnütz vor. Denn trotz der immer wieder aufkeimenden Frauenbewegungen hat sich in den letzten paar Hundert Jahren nicht wirklich viel an den klassischen Rollen geändert. Was soll's. Ich bin gerne

Frau. Und ich mag Männer. Richtige Männer, und keine Weicheier, die schon zusammenzucken, wenn man sie nur anschaut. »Aber eigentlich geht es um etwas anderes. Zum Beispiel darum, wie Männer und Frauen sich definieren und nach außen hin inszenieren. Hast du dir schon mal überlegt, warum Dragqueens sich wie überzogen gezeichnete Frauen präsentieren? Keine echte Frau sieht so aus. Dragqueens entwerfen quasi das Bild einer Frau, wie Männer – egal ob schwul oder nicht – sich das Ideal einer Frau vorstellen. In der Realität bevorzugen sie aber dann doch Frauen, die eben nicht die weibliche Version von Dragqueens darstellen.«

Er streicht mit den Fingern über sein glattrasiertes Kinn. »Hm. Interessanter Aspekt. Darüber habe ich mir bisher noch keine Gedanken gemacht. Dragqueens sind nicht das, worüber ich in der Regel nachdenke.«

»Worüber denn dann?«, hake ich nach und versuche dabei, möglichst kokett zu klingen.

»Zum Beispiel, wohin ich dich ausführen kann.«

Na, das ging ja leicht. »Überrasch mich. Ich bin gespannt.«

»Okay«, stimmt er zu. »Freitag, zwanzig Uhr?«

Das ist in drei Tagen. Ich nicke. Warum aufschieben? Ich habe schließlich eine empirische Studie durchzuführen.

»Wo soll ich dich abholen?«

Ich nenne ihm meine Adresse.

Auf einmal wirkt er nervös. Er reibt sich die Hände, als sei ihm kalt. »Cool. Ich freu mich. Gibt es etwas, was du überhaupt nicht ausstehen kannst?«

Ich überlege. »Diese Tunnel-Aquarien, in denen man unter den Fischen durchläuft. Da bekomme ich klaustrophobische Anfälle. Und mexikanisches Essen.« Er verzieht enttäuscht den Mund. »Sorry. Ich mag Mais, aber der Mais mag mich nicht. Zwing mich nicht, es weiter auszuführen.«

Er schüttelt den Kopf. »Sonst noch was?«

»Ich hasse Malls. Also komm bitte nicht auf die Idee, mit mir shoppen zu gehen. Und ich hasse Schokolade.«

Er beugt sich zu mir und senkt die Stimme. »Tut mir leid, ich muss das jetzt fragen. Du bist aber schon ein Mädchen, oder?«

Ich lache. Ramon scheint echt witzig zu sein. Könnte ein netter Abend werden. Schon jetzt amüsiere ich mich besser als mit Burt. »Finde es heraus«, erwidere ich flirtend.

Er schluckt und starrt auf meine Brüste. Seine Finger zucken, als müsse er sich zurückhalten, nicht sofort die Echtheit meines Busens zu überprüfen.

»Was studierst du eigentlich?«, frage ich, um seine Aufmerksamkeit wieder in geordnete Bahnen zu lenken.

Es funktioniert, denn er hebt seinen Kopf und schaut mir ins Gesicht. »Tourismusmanagement. Schwerpunkt Lateinamerikanische Staaten. Ich bin im letzten Semester. In ein paar Monaten habe ich meinen Bachelor.«

Tja, Ellen, deine These war falsch. Im Geiste notiere ich mir seine Eckdaten. Ich darf nicht vergessen, später zu Hause alles zu dokumentieren.

»Und was willst du dann machen?«

Er schiebt die Unterlippe vor und kaut darauf herum. »Weiß nicht so genau. Vielleicht reise ich erst einmal ein bisschen. Besuche meine Oma in Mexiko und fahre dann runter bis nach Chile. Mal sehen.«

Wir plaudern, bis es Zeit ist, zum nächsten Seminar aufzubrechen. Vor meinem Gebäude verabschiedet sich Ramon mit einer unbeholfenen Umarmung und Küsschen auf beide Wangen. Machen das nicht nur die Franzosen? Ich lasse seine Berührungen geschehen, schließlich gehört das alles zu meiner Studie. Außerdem fühlt sich sein Körper gar nicht schlecht an.

Ethan

»Ethan, komm mal bitte her«, ruft mein Chef, als ich wie üblich nur kurz zur Begrüßung nicke und dann mein Lager ansteuere. Ohne dass wir das beschlossen hätten, sind alle mit unserer Rollenverteilung hier in der Uni-Bibliothek einverstanden. Ich bin gerne für mich allein, liebe Ordnung und Struktur, und es macht mir nichts aus, den ganzen Tag in einem Raum ohne Fenster zu verbringen. Also sortiere ich die Bücher, die aus der Ausleihe zurückkommen, katalogisiere Neuzugänge und räume alles an seinen vorgesehenen Platz.

Zwar habe ich keine Ahnung, warum mein Chef mich sprechen will, trotzdem folge ich ihm in sein Büro. Mein Chef ist nur wenige Jahre älter als ich und ein ähnlicher Eigenbrötler wie ich. Ich kenne ihn, seit er Student war. Ich war damals Ersti, er kurz vor seinem Bachelor, und wir besuchten beide das gleiche Seminar über radikalen Konstruktivismus. Er verhalf mir auch zu der Stelle hier. Seitdem sind Ed und ich nicht nur Kollegen, sondern auch so etwas wie Freunde, obwohl wir uns nie außerhalb unseres natürlichen Lebensraums – der Bibliothek – verabreden. Direkt nach seinem Abschluss hat er seine Studentenstelle gegen die des Bibliothekleiters getauscht, der genau zum richtigen Zeitpunkt in Pension ging. Glück gehabt, würde ich sagen. Er lebt mit seiner Frau in einem kleinen Häuschen am Stadtrand. In wenigen Wochen werden sie ihr erstes Baby bekommen.

Sofort kommt Ed zur Sache. »Wir haben eine neue Mitarbeiterin. Du wirst sie die nächsten Tage einarbeiten und ihr alles zeigen. Sei bitte nett zu ihr.«

»Ich bin immer nett. Ich mag nur manche Menschen nicht so gerne. Zumindest von den lebenden. Wenn du Sokrates zum Einarbeiten vorbeischicken würdest oder Glasersfeld, kein Problem, ich bin dabei. Aber echte Menschen? Warum ich?«

Sonst übernimmt mein Chef die Einarbeitung entweder selbst oder übergibt sie Hanna, die neben mir am längsten hier arbeitet. Aber nein, ich als der sozial inkompetenteste Mensch des Universums soll jemanden in die Geheimnisse des Opac und der Bücherausgabe einweihen?

»Stell dich nicht immer seltsamer hin, als du bist. Du kommst besser mit Menschen klar, als du es gerne nach außen darstellst. Also jammer nicht herum. Das Leben ist kein Ponyhof. Ich bin dein Chef, und das ist eine Dienstanweisung.« Dabei grinst er. Wir wissen beide, dass er viele Talente und Kompetenzen hat, aber Autorität gehört nicht dazu. Ich atme genervt aus. »Außerdem hat sich Hanna krankgemeldet. Eine fiese Grippe hat sie erwischt und sie wird vermutlich die nächsten zwei Wochen ausfallen. Ich muss mit Kim Babysachen kaufen gehen, Wickelkommode aufbauen und so Kram. Ist höchste Zeit.« Er zuckt die Schultern. »Also, Ethan, dein Einsatz.« Er klopft mir auf den Rücken. »Du schaffst das schon. Claire ist prima. Ihr werdet euch sicher gut verstehen.«

Ich habe keine Sorge, dass ich mich mit meiner neuen Kollegin nicht verstehe. Ich komme mit beinahe jedem klar, außer der oder diejenige ist ein wirklicher Idiot oder lässt mich nicht Ich sein. Mir ist es nur lieber, mich im Lager zu verschanzen und mich mit meinen Freunden, den Büchern, zu befassen als mit fremden Menschen.

Meine Eltern sind diesbezüglich das genaue Gegenteil. Sie wechseln ihre Freundschaften wie andere Leute ihre Unterhosen, tingeln trotz ihres fortgeschrittenen Alters von Festival zu Festival und von Konzert zu Konzert. Wahrscheinlich sind sie die ältesten Festivalfans der Welt. Momentan reisen sie ihrer Lieblingsband, den Guns N' Roses, hinterher. Schon als Kind fragte ich mich oft, ob ich überhaupt ihr echter Abkömmling bin oder ob sie mich nicht im Suff auf einem der vielen Festivals versehentlich mit einem anderen Kind vertauscht haben. Aber jedes Mal, wenn ich meinem Dad gegenüberstehe, verschwinden diese Zweifel, denn wir sehen uns nicht einfach nur ähnlich. Lächerlicherweise sind wir wie zwei Klone, jeweils in einer jungen, frischen und einer alten, verbrauchten Version. Beide sind wir groß, größer als der amerikanische Durchschnitt, haben eine etwas überdimensioniert geratene Nase und unspektakuläre braune Haare und braune Augen. Hier endet die Ähnlichkeit aber auch schon. Während mein Dad sich seinen Rocker-Vorbildern angepasst hat und hager und verlebt aussieht, ist mein Körper zwar schmal und nicht übermäßig trainiert, aber muskulös. Und während sich Dad seine langen, mittlerweile immer spärlicher werdenden Flusen schon immer schwarz färbt, lasse ich meine Haare natürlich, in Straßenköterfarbe. Er ist gesellig, mir reichen wenige, dafür gute Freunde. Er liebt Menschenmassen, ich bevorzuge Ruhe. Klingt, als sei ich der totale Langweiler. Mag sein, und es ist mir auch ziemlich egal, was andere über mich denken. Ich bin, wie ich bin.

»Okay«, sage ich und ergebe mich in meine neue Aufgabe als Anleiter.

Mein Chef nickt und macht eine wedelnde Handbewegung, die mir bedeutet, dass ich jetzt verschwinden soll.

Die Neue, Claire, erscheint drei Minuten zu spät zu ihrem Arbeitsantritt. Etwas unsicher dreinblickend tritt sie durch die Tür. Während sie sich umsieht, lächelt sie leicht, als fühle sie sich inmitten so vieler Bücher wohl. Mein Magen macht einen Satz. Von irgendwoher kommt sie mir bekannt vor, ich weiß bloß nicht, von wo. Vielleicht ist sie eine von Coles oder Zanes Eroberungen. Oder von beiden. Denn es ist durchaus schon vorgekommen, dass sie sich ein Mädchen teilen.

»Du musst Claire sein.«

Sie nickt. Im Gegensatz zu vielen anderen Menschen wirkt ihr Lächeln echt und nicht aufgesetzt. »Hast du auch einen Namen? Oder bist du der namenlose Bibliotheksgeist, der seit Jahrhunderten das Gemäuer durchstreift und sich von den Gedanken längst verstorbener Gelehrter ernährt?«

Unwillkürlich muss ich grinsen. Fast ins Schwarze getroffen. So ganz daneben liegt sie mit ihrem Witz nämlich nicht.

»Axl«, platze ich heraus, ohne darüber nachzudenken. Aus irgendeinem nicht ersichtlichen Grund will ich, dass sie meinen wahren Namen kennt.

»Axl? Wie Axl Rose? Von Guns N' Roses?«

Sieh an, sie kennt die Band. Viele meiner Altersgenossen haben noch nie etwas von ihr gehört.

Ich stoße ein genervtes Geräusch aus. »Ja, genau wie der. Meine Eltern sind vermutlich die größten Axl-Rose-Fans, die jemals gelebt haben.«

»Na, immerhin haben sie dich nicht Slash oder Dizzy genannt.« Sie kichert. »Oder Buckethead.«

Sie kennt alle Namen der Mitglieder von Guns N' Roses? Auch wenn ich nicht annähernd so ein fanatischer Fan wie meine Eltern bin, mag ich die Band. Sie hat mich geprägt.

Offenbar interpretiert sie meinen verwirrten Gesichtsausdruck richtig, denn sie antwortet: »Eine Zeit lang fand ich die ganz gut. Aber mehr aus Protest meinem Dad gegenüber, der grundsätzlich nur Klassik und Jazz hört und denkt, Rockmusik führe geradewegs in die Drogensucht oder auf den Strich. Oder beides. Aber eigentlich ist mir die Musik zu hart. Bis auf die Balladen. *November Rain* und so. Die liebe ich immer noch.«

War ja klar. Die meisten Frauen stehen auf die Balladen. Dabei hat die Band viel bessere Songs als das Geschnulze. Aber sie hat recht. *November Rain* ist eins der besten Lieder, die jemals gesungen wurden.

»Also, Axl Rose, wie läuft das alles nun hier?«

Den Spitznamen werde ich wohl nicht mehr los. Normalerweise nervt es mich, wenn mich jemand wegen der Namenswahl meiner Eltern aufzieht. Bei ihr stört es mich seltsamerweise nicht. Bei ihr ist es irgendwie süß. Trotzdem berichtige ich sie: »Ethan.«

Sie blickt mich fragend an.

»Alle nennen mich Ethan. Axl ist schrecklich. Kein Mensch heißt so.

Und wenn, dann denken sie an Axl Rose, wie er heute aussieht, oder den Typen aus dieser Fernsehserie.«

Sie stemmt die Hände in ihre schmalen Hüften. »Die Serie ist super. Und der Axl dort ist niedlich. Vielleicht weil er so verplant ist.«

Na toll, alles das, was ich nicht sein will.

»Außerdem ist Axl Rose durchaus sexy«, protestiert sie und schlägt sich dann die Hand vor den Mund, als hätte sie mir gerade gebeichtet, dass sie *mich* sexy findet.

»Früher vielleicht. Als er jung war. Weißt du, wie er jetzt aussieht? Sexy ist anders.«

»Wir werden alle alt«, belehrt sie mich. »Dann eben Ethan. Schade.« Sie setzt sich in Bewegung, um mir zu folgen, weil ich bereits losgelaufen bin. Ich will diesem Gespräch entkommen. Die Diskussion über meinen Namen musste ich ungefähr eine Million Mal mit meinen Eltern führen. Mittlerweile sind sie dazu übergegangen, es einfach zu ignorieren, dass ich anders genannt werden möchte. Sie meinen, man müsse sich wegen gar nichts schämen. Weder wegen seines Namens noch seines Aussehens oder Benehmens. Da sie sich selbst oft genug sehr peinlich aufgeführt haben, müssen sie so denken. Sie können mir aber nicht verbieten, mich mit dem Namen vorzustellen, mit dem ich möchte. Mein Großvater hieß Ethan. Ein intelligenter, fröhlicher, schwer arbeitender Mann, der mich schon immer mit seinen einfachen Weisheiten zum Staunen brachte. Mit seinem Namen halte ich die Erinnerung an ihn in Ehren.

Claire macht mich nervös. Das mag ich nicht. Wenn ich nervös bin, muss ich mich bewegen. Deswegen laufe ich schneller, als es höflich wäre. »Chefbüro, Pausenraum, Mitarbeitertoilette. Wir haben nur eine, wenn du also drauf bestehst, unbedingt auf ein Mädchenklo zu gehen, musst du das für die Studentinnen benutzen«, erkläre ich, als wir durch den Gang nach hinten zum Lager hasten. Sie läuft aufmerksam neben mir her und nickt jedes Mal ernst, wenn ich etwas sage. »Und hier, das Lager.« Ich mache eine ausladende halbkreisförmige Handbewegung, als würde ich ihr eine teure Immobilie anpreisen. Geht's noch doofer, Ethan? »Meistens bin ich hier hinten. Mein Reich sozusagen.«

Ich höre mich an wie Gollum, wenn er über seinen Schatz redet. Sie bringt mich dazu, mich völlig dämlich zu benehmen. Weil sie mir gefällt? Nein. Ich verliebe mich grundsätzlich nicht. Und habe das auch in nächster Zeit nicht vor. Niemals, genauer gesagt. Warum denke ich überhaupt übers Verlieben nach?

Claire schlendert durch den Raum und liest die Aufschriften an den Regalen. Ihre langen Haare hat sie zu einem Pferdeschwanz gebunden, der bei jeder Bewegung hin und her schaukelt. Genau wie ihre Brüste. Weil es hier im Lager immer kälter ist als draußen, friert sie offenbar ein wenig, denn ihre Nippel drücken sich hart gegen ihr T-Shirt. Warum starre ich ihr wie notgeil auf den Busen? Ich soll sie einarbeiten, nicht abchecken. Das Bild, wie ich sie gegen eines der Bücherregale dränge und meinen Mund auf ihren presse, während meine Hände ihre Brüste kneten, kommt mir in den Sinn, ohne dass ich mich dagegen wehren kann. Um die ungewollte Fantasie zu vertreiben, schüttle ich meinen Kopf. Was ist los mit mir? Ich bin doch schon längst über das Alter hinaus, in dem mich ein Frauenkörper, auch wenn es ein so ansehnlicher ist wie ihrer, derart aus der Fassung bringen sollte.

Sie dreht sich von mir weg und fährt mit den Fingern beinahe zärtlich über die Buchrücken. Ihr knackiger Po in den engen Jeans erinnert mich an etwas. An jemanden.

»Du hast mich letztens angerempelt, als du wie von der Tarantel gestochen über den Campus gerannt bist!«, rufe ich aus. »Mein Pulli war hinterher voller Kaffee!«

Sehr intelligente Rede, Ethan. Wie ein Kindergartenkind, das sich bei seiner Erzieherin beschwert, dass ein anderes Kind es geschubst hat.

Sie wendet sich wieder mir zu und runzelt die Stirn. Mit dem Zeigefinger an ihren ungeschminkten Lippen überlegt sie.

»Hm, keine Ahnung. Wenn, dann habe ich es nicht bemerkt. Tut mir leid«, sagt sie zerknirscht. »Wahrscheinlich war ich mal wieder viel zu spät dran. Ich hab´s nicht so mit Pünktlichkeit.«

Ja, offensichtlich. Wer rennt sonst wie irre über den Campus oder kommt am ersten Arbeitstag zu spät?

»Bist du sauer? Wegen deines Pullis?«

Sie sieht so geknickt aus, dass ich das Gefühl habe, ich müsste sie trösten. »Nein. Schon okay.«

»Kann ich dich zum Wiedergutmachen nachher auf einen Kaffee einladen? Natürlich diesmal ohne ihn dir drüberzuschütten.«

Sie will mit mir ausgehen? »Wäre das ein Date?«

Claire sieht mich verwirrt an. »Ähm, nö?« Sie ist sich wohl selbst nicht sicher.

Trotzdem entspanne ich mich etwas. »Gut. Ich gehe nämlich auf keine Dates«, erkläre ich.

»Wirklich nicht?«, fragt sie ungläubig. »Warum?« Ihre Augen weiten sich. »Bist du etwa schwul?«

Obwohl ich mich nicht für meine Entscheidung rechtfertigen muss, antworte ich: »Nein, ich bin nicht schwul. Außerdem gehen Schwule auch auf Dates.« Sie scheint erleichtert. Und ich fühle mich im selben Moment seltsam erleichtert, weil sie erleichtert ist. Menschen sind komisch, vor allem Frauen. »Ich gehe nur grundsätzlich auf keine Dates. Dates sind dazu da, zu eruieren, wie weit das Interesse aneinander reicht und wo besagtes Interesse hinführt. Sie setzen also voraus, dass man zumindest theoretisch dafür offen ist, eine wie auch immer geartete Beziehung zu führen. Ein Interesse, das über das rein Körperliche hinausgeht. Dass man also jemanden als Mensch kennenlernen will, auf etwas wie Gefühle oder am Ende sogar Liebe hofft oder sie zumindest zulassen würde. Liebe jedoch ist ein Konstrukt, das für den Fortbestand der Menschheit nicht nötig ist. Fortpflanzung funktioniert ebenso gut ohne Gefühle.«

Sie kaut auf ihrem Fingernagel herum, ihre Stirn ist gerunzelt, als denke sie angestrengt nach. »Du lehnst Beziehungen also von vornherein komplett ab?« Sie hat es verstanden.

»Ja.«

Sie sieht mich fragend an, als würde sie wissen wollen, warum. Sie sollte lieber fragen, nach welchem Prinzip die Bücher hier geordnet sind, statt so neugierig zu sein. Trotzdem habe ich das Gefühl, mich ihr erklären zu müssen.

Ich stecke die Hände in die Hosentaschen und zucke die Schultern. »Biologisch gesehen, sind Beziehungen nicht zwingend nötig. Zumindest keine monogamen Beziehungen, die auf partnerschaftlicher Liebe basieren.«

»Was ist mit Pinguinen oder Gänsen?«, widerspricht sie. »Die bleiben ihr Leben lang zusammen. So falsch kann Liebe doch gar nicht sein.«

»Wer sagt uns, dass sie sich wirklich lieben? So wie Menschen es für sich beanspruchen? Vielleicht sind es reine Zweckgemeinschaften. So wie früher, als zwei Menschen miteinander verheiratet wurden, um zum Beispiel zwei Firmen oder zwei Bauernhöfe zu fusionieren. Die Bindung aneinander ist das Entscheidende. Worauf die basiert, ist zweitrangig. Bindung braucht es nur, um die Nachkommen besser zu schützen. Auch Freunde können das. Liebe existiert durchaus, zwischen Eltern und Kindern zum Beispiel. Aber das ist etwas anderes. Nur durch sie können ihre Kinder überleben. Und Eltern gehen ja mit ihren Kindern auf keine Dates. In der Regel ist da die Liebe sofort da. Auch Liebe zwischen Freunden fällt nicht darunter. Schließlich ist der Mensch ein soziales Wesen. Freundschaften sind wichtig zur Persönlichkeitsentwicklung, zum kreativen Austausch von Gedanken oder Ideen oder schlichtweg, um nicht allein durch die Welt wandern zu müssen. Selbst der größte Eigenbrötler braucht ab und an Kontakt zur Außenwelt, damit er nicht komplett vereinsamt.«

Während sie über das Gesagte nachdenkt, zupft sie gedankenverloren am Saum ihres T-Shirts herum, sodass es immer weiter nach unten rutscht und ihr tolles Dekolleté immer tiefer wird. »Heißt das, du hast nie …?« An ihren roten Wangen sehe ich, dass ihr die Frage unangenehm ist, die Neugierde aber gesiegt hat.

»Du meinst Sex?«, frage ich. Sie nickt verschämt. »Natürlich habe ich Sex, ich bin zweiundzwanzig und biologisch gesehen auf dem Höhepunkt meiner Männlichkeit. Nur weil ich keine Beziehung will, heißt das nicht, dass ich kein Bedürfnis nach Sex habe. Nicht wenige Männer in meinem Alter sehen das ähnlich. Viele sind nicht auf Beziehungen aus, wenn auch aus anderen Gründen als ich. Den meisten ist es wichtig, möglichst viele verschiedene sexuelle Erfahrungen zu machen. Das geht nicht, wenn man eine Beziehung führt. Sie wollen sich nicht an eine einzige Frau binden, sondern ihr Leben als Single genießen. Das ist aber nicht der Grund, weswegen ich eine feste Beziehung ablehne.« Bevor sie weiter nachhaken kann und vielleicht sogar meine Gründe wissen will, füge ich hinzu: »Das Gute am Sex ist, er setzt keine Dates voraus, sondern kann spontan aus einem beidseitigen Arrangement erfolgen.«

»Hm.« Sie schweigt ein paar Minuten und blättert in einem der Bücher. Mit dem aufgeschlagenen Buch in der Hand schaut sie mich ernst an. Das Thema geht ihr wohl nicht aus dem Kopf. Dabei soll ich sie in die Arbeit einführen, nicht in mein Liebesleben. Außerdem kommen mir ungewollt bei dem Wort »einführen« noch ganz andere Gedanken. »Könnte aber auch sein, dass du das nur als Ausrede verwendest, um Frauen abzuwimmeln. Einfacher wäre es, ohne die ganzen komplizierten Erklärungen den Frauen schlichtweg zu sagen, dass du keine Lust auf eine feste Beziehung hast. Frauen sind nicht so doof, wie du vielleicht denkst. Sie können es durchaus akzeptieren, abgewiesen zu werden. Oder unverbindlichen Sex zu haben. Und stell dir vor, manchmal geht man sogar gemeinsam in ein Café ganz ohne Hintergedanken, einfach nur, weil man den anderen nett findet. Aber wir müssen auch keinen Kaffee trinken gehen, wenn dich meine Frage oder meine reine Anwesenheit so in die Bredouille bringt.«

Sie wirkt sauer. Warum? Ich habe sie doch nicht beleidigt oder so. Konsequent wäre es, ihr zuzustimmen und keinen Kaffee mit ihr zu trinken. »Nein, Kaffee klingt gut«, sage ich stattdessen. Meine Stimme hört sich verunsichert an. Ich würde gerne bekräftigen, dass ich sie keineswegs für dumm halte, und ihr erklären, warum ich keine Beziehung will. Aber nichts davon sage ich.

»Können wir jetzt weitermachen?«, fragt sie. Höre ich einen schnippischen Unterton, oder bilde ich mir das nur ein? »Mir wird langsam kalt hier drin.« Sie schlingt die Arme um ihren Körper.

Ist es nur die Temperatur, die sie auf einmal so verletzt wirken lässt? Frauen sind so verdammt kompliziert. Gut, dass ich entschieden habe, mich niemals auf eine Beziehung außerhalb der körperlichen Ebene einzulassen. Mal abgesehen von Freundschaften oder familiären Bindungen. Das Gespräch von eben und ihre Reaktion darauf untermauern nur meinen Entschluss. Beziehungen sind viel zu kompliziert. Streben nach Glück hin oder her, krampfhaft zu versuchen, das Glück in einer Partnerschaft zu finden, kann nie und nimmer funktionieren.

Claire dreht sich so abrupt um, dass ihr Zopf gegen das Bücherregal schlägt, und rauscht aus dem Raum. Ich reibe mir mit den Handflächen übers Gesicht, atme tief durch und folge ihr. Sie strengt mich an. Warum stört es mich so, dass sie offenbar sauer auf mich ist? Warum will ich, dass sie mich mag? Sie ist lediglich eine neue Kollegin. Was sie von mir hält, kann mir egal sein. Ist es aber komischerweise nicht.

Die restliche Zeit beschränken wir uns auf berufliche Themen. Die Benutzung des Opac und des bibliothekeigenen Verwaltungsprogramms, die Buchausgabe, interne Pausenregelungen und Dienstpläne. Claire verhält sich weiter distanziert und meidet jeglichen Blickkontakt. Ist vermutlich besser so. Wir sollten uns nicht füreinander interessieren. So etwas würde zwangsläufig nur im Chaos enden. Für unverbindlichen Sex ist Claire nicht die Richtige. Das sehe ich ihr auf hundert Meter Entfernung an. Sie ist eindeutig ein Beziehungstyp. Blümchen und Herzchen und Händchenhalten und Dates und der ganze Quatsch. Also genau das Gegenteil von dem, was ich will.

Einen harmlosen Kaffee zu trinken kann trotzdem nicht schaden. Meinen Standpunkt hat sie ja hoffentlich verstanden.

Claire

Der Job in der Bibliothek scheint ganz okay zu sein.

Wenn nur Axl, nein Ethan, nicht wäre. Ein Typ, der ebenso sexy wie seltsam ist. Der sich selbst einen neuen Namen gibt, weil er seinen eigenen hasst. Claire ist auch nicht gerade der tollste Name der Welt, aber ich würde nie auf die Idee kommen, mich umzutaufen. Trotzdem respektiere ich seine Entscheidung und werde ihn wie alle anderen Ethan nennen. Gefällt mir ohnehin viel besser. Denn mit einem hat er recht. Es gibt schönere Namen als Axl.

Sein Verhalten verwirrt mich. Ich wollte ihn nur auf einen simplen Kaffee einladen, und er stellt sich an, als hätte ich ihm eröffnet, ich wolle ihn auf der Stelle heiraten und zwölf Kinder mit ihm zeugen. Aber ich habe seine lange Erklärung bezüglich seiner Einstellung zu Dates verstanden. Er will keine. Wenn auch aus abstrusen Gründen.

Es ist völlig normal, dass jemand auf dem College lieber sein Leben mit möglichst vielen Sexpartnern genießt, statt sich mit einer festen Beziehung herumzuschlagen. Ich habe dafür schon alle möglichen Begründungen gehört: keine Lust, noch nicht bereit, schon irgendwie, aber nicht jetzt oder wahlweise nicht mit dir, nichts anfangen, weil man nicht weiß, wohin es einen nach dem College verschlägt. Aber sich auf Biologie oder anderen Unsinn rauszureden ist neu. Obwohl ich ihm seine Meinung tatsächlich abnehme. Er glaubt wirklich, was er da von sich gibt. Die Frage ist nur, warum er sich dieses komplizierte Konstrukt aufgebaut hat. Aus Enttäuschung? Aus frühkindlicher Vernachlässigung? Aus Gefühlskälte? Nichts davon kommt mir richtig vor.

Ethan mag keine Beziehungen, okay, aber seine Augen zeigen keine Gefühlskälte. Im Gegenteil, obwohl sie völlig durchschnittlich braun sind, sprechen sie in tausend Sprachen und Millionen Facetten tiefer Gefühle. Ethan ist weder Sheldon-Cooper-mäßig seltsam und emotional verkorkst noch ist er ein frauenverbrauchender Player wie so viele andere. Irgendetwas nagt an ihm. Dass er sich zu wenig Gedanken über die Welt macht, kann man ihm jedenfalls nicht vorwerfen.

Er fasziniert mich. Auf eine Art, wie ich es nicht kenne. Nicht allein sein Aussehen, auch wenn das spektakulär ist für einen tiefsinnigen Denker wie ihn. Oft sind die männlichen Vertreter der Geisteswissenschaften dünne, androgyne, menschenähnliche Wesen mit Hängeschultern und der Körperspannung und dem Sexappeal eines Regenwurms. Ethan ist anders. Schmal, aber nicht hager. Definierte Muskeln, ohne aufgepumpt zu wirken. Kein Bodybuilder oder Footballer, eher der Typ Hochspringer. Was auch zu seiner Größe passen würde. Sicher eins neunzig oder so. Auf jeden Fall ein ganzes Stück größer als ich. Und er ist verdammt schön. Ein anderes Adjektiv fällt mir zu ihm nicht ein. Seine Kleidung ist unauffällig. Zeitlos, könnte man sie nennen, vielleicht ein wenig zu hipstermäßig. Schwarze, knöchelhohe Jeans, schwarze Sneakers und ein ausgewaschenes T-Shirt, das ein Bild von drei zauseligen Typen mit Vollbart und Sonnenbrille ziert. »Platon, Sokrates und Aristoteles«, steht darunter. Na ja, irgendetwas an ihm muss ja Nerd sein. Normalerweise stehe ich nicht auf Männer mit Brille. Bis jetzt trugen alle Kontaktlinsen. Ethan allerdings macht die große schwarze Hornbrille nicht unattraktiv, sondern sie unterstreicht seine intellektuelle Art und gibt ihm eine besondere Note. Grüblerisch. Irgendwie undurchschaubar. Mystisch. Intelligent. Ein wenig seltsam, aber auf die Art, die einen neugierig macht.

Etwas zieht mich zu ihm, drängt mich dazu, ihn unbedingt näher kennenlernen zu wollen. Ihn und seine ungewöhnlichen Gedankengänge. Er studiere Philosophie und Biologie, hat er erwähnt. Im ersten Moment erscheint das eine unpassende Kombination, denn eigentlich widersprechen sich diese beiden Disziplinen in vielen Punkten. Andererseits ist es genau das, was zu ihm passt. Zumindest was ich nach unserer kurzen gemeinsamen Zeit beurteilen kann. Geist und Körper. Wissenschaft und Theorien ohne Beweiskraft. Mit welchen Themen er sich wohl vorwiegend beschäftigt? Empirik in der Tradition von Hume und Co? Erkenntnistheorien? Oder irgendein abgefahrenes Zeug?

Obwohl ich ihn gar nicht um ein offizielles Date gebeten habe, war ich verletzt, als er mir so vehement seine Abneigung erläutert hat. Dabei ging es ja nicht primär um mich persönlich, sondern um seine generelle Meinung.

Ich hätte ihn gerne als Probanden und potenziellen Freund-Kandidaten aufgenommen. Mit ihm könnte ich mir sehr viel mehr als nur ein Fake-Date zu Studienzwecken vorstellen. Ramon ist schon vergessen. Wenn ich nur daran denke, dass ich heute Abend mit ihm ausgehe – ausgehen muss – vergeht mir die Lust. Warum gefallen mir immer die Typen, die ich garantiert nicht haben kann?

Im Moment erklärt mir Ethan die Ziffern und Buchstaben auf den Aufklebern, die die Buchrücken zieren. Ich kann ihm nur schlecht zuhören, denn sein Duft steigt mir so deutlich in die Nase, dass ich die Augen schließe und mich zusammenreißen muss, nicht zu schnüffeln wie ein Hund, der Witterung aufgenommen hat. Er benutzt kein Aftershave. Trotzdem riecht er unglaublich lecker. Nach einem unverfälschten, echten, nichts vortäuschenden Mann und Weichspüler und Papier. Seine Stimme ist dunkel und angenehm und seltsam beruhigend wie von einem Märchenerzähler. Stundenlang könnte ich ihm zuhören. Sogar simple Ziffern und Buchstaben klingen aus seinem Mund wie spannende Geschichten. Er bewegt sich in meine Richtung, und da ich von seiner bloßen Anwesenheit gelähmt zu sein scheine, steht er plötzlich so dicht neben mir, dass sich unsere Arme berühren. Gänsehaut breitet sich auf meinem Körper aus und fährt mir direkt zwischen die Beine. Komm runter, Claire, er hat dich nicht einmal angefasst. Es war nur eine zufällige Berührung.

Als er bemerkt, wie nah wir uns sind, räuspert er sich und tritt schnell einen Schritt zur Seite. Offenbar ist es ihm so ernst mit dem

»Gefühle sind sinnlos«-Blödsinn, dass er alles dafür tut, keine aufkommen zu lassen. Doch der kurze Moment des Berührens hat gereicht, um mich völlig zu verwirren. Ich spüre eindeutig eine Verbindung zwischen uns. Ich will mehr von ihm. Von seinem großen männlichen Körper und seinen sinnlichen Lippen. Schon wieder starre ich ihn an. Oder immer noch? Er windet sich. Ist ihm die Situation so unangenehm? Oder spürt er die Anziehungskraft zwischen uns vielleicht auch?

»Alles verstanden?«, fragt er mit belegter Stimme.

»Ich denke schon«, flüstere ich zurück.

Gleichzeitig greifen wir nach einem Buch, und unsere Finger treffen sich. Wären wir in einem Comic, würde man die Funken sprühen sehen. Es prickelt, ein kurzer Blitz durchfährt meine Hand, fließt den Arm hinauf und durch meinen Körper wie ein Fieberschub. Aber vielleicht haben wir uns auch nur am Polyesterteppich aufgeladen und das eben war eine elektrische Entladung. Bilde ich es mir ein, oder hat Ethan auch gerade gezuckt? Einen Moment lang halten wir beide inne und blicken uns an. In Ethans Augen steht Verwirrung. Und Schmerz. Und Ablehnung. Und irgendetwas, das ich nicht ganz deuten kann. Lust? Leidenschaft? Verlangen?

Ich sollte nicht zu viel in das hier alles hineininterpretieren. Ich sollte gar nichts interpretieren. Ethan ist kein Kandidat. Weder für meine Studie noch fürs Verlieben. Für nichts. Außer für Freundschaft vielleicht. Aber ich bin mir nicht sicher, ob ich es schaffen würde, mit jemandem befreundet zu sein, der mich derart durcheinanderbringt und den ich mir eigentlich in meinem Bett wünsche. Den ich am liebsten sofort berühren möchte, und zwar auf nicht jugendfreie Art. Unwillkürlich seufze ich laut, was uns beide wieder in die Realität katapultiert und den Augenblick so schnell zerstört, wie er begonnen hat.

Als mein neuer Chef Mister Bancroft den Raum betritt, fahren wir auseinander, als habe er uns bei etwas Unsittlichem erwischt. Geschäftig kramt Ethan in herumliegenden Papieren, während ich verwirrt und planlos dastehe und mir verlegen den Zopf neu binde.

»Na, alles klar, ihr zwei Hübschen? Habt ihr euch schon ein wenig beschnuppert?«

Beschnuppert? Ich merke, wie mein Gesicht heiß und rot wird, und ich nicke so schnell, dass Mr. Bancroft die Stirn runzelt und fragend zwischen Ethan und mir hin und her schaut. Dabei hat mein Chef sicher nicht mitbekommen, wie ich heimlich an meinem Kollegen gerochen habe. Der hat zwischenzeitlich wieder sein neutrales Gesicht aufgesetzt und tippt etwas in den Computer.

»Klar, ab morgen sollte sie es allein hinbekommen.« Es klingt abweisend, und man muss kein Gedankenleser sein, um zu kapieren, dass er mich loswerden will.

»Ihr könnt für heute Feierabend machen«, bietet unser Chef an.

Wortlos steht Ethan auf und hastet aus dem Zimmer, als wolle er so schnell wie möglich von hier – von mir? – weg. Er flüchtet geradezu.

Im Pausenraum treffe ich ihn wieder. Er hebt kurz den Kopf, senkt ihn aber dann wieder und konzentriert sich auf das Schnüren seines Rucksacks, als wolle er einen Knotenbindewettbewerb gewinnen. Der Raum ist klein, zehn Quadratmeter vielleicht, und dementsprechend schwer ist es, sich beim Bewegen darin nicht in die Quere zu kommen. Vor allem, wenn sich die Tür öffnet. Wie jetzt. Die geht nämlich nach innen auf, und Ethan und ich sind gezwungen, auszuweichen, wenn wir nicht wollen, dass sie einem von uns beiden an den Schädel donnert. Ich mache einen Schritt nach hinten. Dabei stolpere ich und falle gegen Ethan. Reflexartig schließt er seine Arme um mich und fängt mich auf. Das fühlt sich so gut an, dass ich mich an seine Brust lehne und für einen Augenblick gegen ihn sinken lasse. Er hat dich nur vor dem Hinfallen bewahrt, Claire. Er wollte dich nicht umarmen.

Dafür, dass er mich nur aufgefangen hat, hält er mich viel zu lange fest. An meinem Rücken spüre ich seinen schnellen Herzschlag, neben meinem Ohr höre ich seinen flachen Atem. Er dreht mich zu sich herum. Sein Gesicht ist meinem so nah, dass ich die kleinen dunklen Sprenkel in seinen Augen erkennen kann.

Und wieder bleibt die Welt stehen.

»Hui, in was bin ich denn da reingeplatzt? Quickie am Arbeitsplatz?«, höre ich, und ein Gackern zerstört unsere Stimmung.

Was ist los? Ich kenne Ethan erst seit ein paar Stunden, und ich verzehre mich bereits nach ihm? So sehr, dass ich so antiquierte Wörter wie »verzehren« verwenden muss, weil mir sonst kein passender Ausdruck einfällt?

Ethan löst sich von mir und weicht zurück. Er schüttelt sich, als habe er gerade festgestellt, dass etwas Ekliges an ihm geklebt hat. Der Typ ist mir ein Rätsel. Eben hätten wir uns beinahe geküsst, und jetzt benimmt er sich, als sei ich ihm völlig zuwider? Männer! »Hättest du wohl gerne«, blafft Ethan den Eindringling an. Er zeigt auf mich. »Das ist Claire. Sie arbeitet seit heute hier. Ich habe sie eingearbeitet.« Er fuchtelt zwischen mir und dem Neuankömmling hin und her. »Claire. Tom. Tom. Claire.«

»Sehr erfreut, Claire.« Tom zwinkert mir zu. »Wenn zum Einarbeiten gehört, dass man auf Tuchfühlung mit so hübschen Mädels gehen darf, dann melde ich mich ab sofort freiwillig.«

Ethan verdreht die Augen. »Du nervst. Lass sie in Ruhe!« Dann schultert er seinen Rucksack und verschwindet, ohne sich zu verabschieden. Den soll mal einer verstehen.

»Und, Claire? Was machen wir jetzt?« Tom redet mit mir, als hätten wir uns nicht erst vor fünf Minuten kennengelernt. Soll ich die Chance nutzen und ihn um ein Date bitten?

»Was studierst du?«, frage ich also. Kann ja nicht schaden, das zu wissen.

»Tourismusmanagement, wieso? Ist das wichtig?«

Mist. Das gleiche Studium wie Ramon. Zweimal die gleiche Fakultät wäre vergeudete Zeit. Ohnehin brauche ich wegen Ethan dringend einen Moment für mich. Auf ein Date habe ich gerade wenig Lust. Außer mit Ethan alias Axl alias Mister Geheimnisvoll alias Dates-sind-biologischer-Unsinn.

»Nö, nicht wichtig«, lüge ich schnell. »War nur neugierig.«

Tom gefällt mir sowieso nicht. Zu blond, zu blauäugig, zu weite Shorts, zu blumiges Hemd, zu viel San-Francisco-Surfer-Boy. Selbst wenn ich mich nicht zu Ethan hingezogen fühlen würde. Außerdem muss ich nachher noch mein Date mit Ramon hinter mich bringen. Und ich habe mir fest vorgenommen, diesmal die erforderlichen drei Stunden durchzuhalten. Zumindest bin ich bei Ramon besserer Dinge als bei Burt.

»Lust auf ein Bierchen?«, hakt Tom nach. »Oder Tee oder was auch immer du trinkst? Oder einen Strandspaziergang?«

»Ein andermal«, antworte ich. *Nie*, wäre ehrlicher gewesen.

»Okay. Merke ich mir. Ich werde darauf zurückkommen, Claire.« Tom zwinkert, nimmt seine Jacke vom Haken und wirft mir beim Hinausgehen einen Luftkuss zu.

Luftküsse sind albern und affektiert. Ethan würde so etwas nie tun. Ethan ... Ethan hier, Ethan da. Ich benehme mich wie eine liebestolle Zwölfjährige. Er will keine Freundin, kapier es endlich!

Seufzend schnappe ich mir meine Handtasche und stiefle frustriert nach draußen.

Ethan

»Was ist dir denn über die Leber gelaufen?«, fragt Zane, als ich ins Wohnzimmer komme und mich in den Sessel fallen lasse. Wie fast immer läuft der Fernseher.

»Wieso?«

»Alter, du siehst aus, als hättest du vier Nächte durchgesoffen. Hast du heute schon in den Spiegel geschaut?«

Nein, hab ich nicht. Ich bin ja nicht er, der gefühlt alle fünf Minuten sein wahnsinnig, wahnsinnig, wahnsinnig tolles Äußeres überprüft. Zane sieht tatsächlich unglaublich gut aus, selbst ich als Kerl erkenne das neidlos an, aber dass er sein Aussehen so bewusst einsetzt und sein »Kapital«, wie er es nennt, so übertrieben hegt und pflegt, ist nicht normal.

»Bin nur müde«, nuschle ich und zappe unmotiviert durch die Sender.

»Wenn du müde bist, siehst du nicht so dermaßen fertig aus. Brütest du etwas aus? Lass mal fühlen, ob du Fieber hast.« Er steht auf, überbrückt die wenigen Schritte zu mir und hebt seine Hand.

»Wehe, du legst mir deine Griffel auf die Stirn«, warne ich ihn.

Sofort zieht er sich zurück und fläzt sich wieder auf die Couch. »Sorry, dass ich mir Sorgen um dich mache«, murmelt er, lässt mich aber in Ruhe.

Cole betritt, nur mit einem winzigen Handtuch um die Hüften, den Raum. Eine Duftwolke seines aufdringlichen Männerduschgels umhüllt ihn. Er denkt, es rieche animalisch und ziehe die Frauen an. In Wahrheit stinkt er damit wie ein Büffel.

»Was ist denn mit dem passiert?«, fragt er Zane und zeigt mit seinem Finger auf mich.

He, ich sitze direkt hier. Schon mal etwas davon gehört, dass man nicht über andere in deren Anwesenheit redet? Aber ich fühle mich zu kraftlos, um mich zu beschweren.

Zane zuckt die Achseln. »Keine Ahnung. Will er nicht sagen.«

Eine gewisse Claire ist passiert. Seit ich sie getroffen habe, fühle ich mich, als hätte mich jemand in den Mixer gesteckt und einen Smoothie aus mir gemacht. Ich hasse sie dafür. Denn es gibt rational gesehen keinen Grund dafür. Ich will keine Beziehung. Auch nicht mit ihr. Punkt. Trotz Knackarsch und diesen unfassbar perfekten Brüsten. Trotz ihrer unnatürlich langen Wimpern und den vollen rosa Lippen. Trotz ihrer langen Beine und dem Kleinmädchen-Pferdeschwanz. Keine Beziehung. Mit niemandem.

Warum geht sie mir dann nicht aus dem Kopf?

Cole fährt sich mit den Fingern durch die nassen Haare. »Wir sollten ihn einfach mitnehmen.«

Zane nickt zustimmend. »Ja, das bringt ihn bestimmt aus seiner nicht auszuhaltenden Stimmung. Sonst wird unser Sensibelchen noch seltsamer, als es eh schon ist.«

Cole schüttelt den Kopf und macht dazu ein lächerliches »Zzzz«. Dann meint er: »Sag doch so etwas nicht über unseren Freund. Er ist deprimiert.« Er tätschelt mir mit seiner Pranke den Kopf. »Unser armes Baby hat vielleicht ein Herz-Aua.«

Ich wische seine Hand beiseite und versuche, meine beiden Mitbewohner – die Bezeichnung *Freunde* verdienen sie gerade nicht – mit Blicken zu ermorden.

»Komm schon, Ethan-Babe. Geh duschen, hol dir einen runter und mach dich hübsch. Zane und ich führen dich aus. Es ist Freitagabend. Kein Trübsalblasen. Vielleicht hast du ja Glück und das Blasen findet auf einer angenehmeren Ebene statt.«

Kann er immer nur an Sex denken?

Cole löst sein Handtuch, lässt es fallen und wackelt mit seinem nackten Unterkörper vor mir herum. Zane lacht, als sei Coles alberner Tanz das Witzigste überhaupt. Nur weil ich keine fremden Penisse so nah vor mir baumeln sehen möchte, hieve ich mich ächzend hoch und verschwinde ins Bad. Auch nur darüber nachzudenken, zu Hause zu bleiben, ist sinnlos, wenn Zane und Cole mal wieder mein Leben retten wollen. Also gehe ich erst einmal duschen. Ablenkung kann ja nicht schaden.

Das heiße Wasser prasselt auf meinen Körper. Mit einer Hand stütze ich mich an den Fliesen ab und senke meinen Kopf. Hoffe, dass das Wasser auch die Gedanken an Claire fortspült.

Claire ...

Automatisch wandert meine Hand zu meinem halb erigierten Penis und umschließt ihn. Ich pumpe, bis er zu seiner vollen Größe anwächst. Vielleicht bin ich einfach nur geil, ausgelöst durch Claires unvergleichlichen sexy Körper. Und vielleicht hilft Coles Tipp ja tatsächlich, mich endlich zu entspannen.

Ich stelle mir Claire beim Duschen vor, wie ihre kleinen Hände ihre Brüste einseifen, wie sie ihren Kopf in den Nacken legt, mit geschlossenen Augen und leicht geöffneten Lippen, und das Wasser an ihr herabrinnt.

Mit einem tiefen Stöhnen komme ich in meine Hand. Mein Sperma vermischt sich mit dem Wasser und wird weggespült, während ich versuche, wieder zu Atem zu kommen. Besser fühle ich mich trotzdem nicht. Das intensive Denken an den Grund meiner Verwirrtheit hat eher das Gegenteil bewirkt.

Okay. Nachdenken, Ethan. Setz deinen Verstand ein, und erinnere dich an deine Vorsätze. Beziehungen führen zu nichts und sind unnötig. Das, was Claire in dir auslöst, ist reine Chemie. Biologie. Rein sexuelle Anziehung. Sonst nichts. Pheromone. Hormone, die aufeinander reagieren, weil sich unsere Gene hervorragend ergänzen würden. Nur dafür gibt es sexuelle Anziehung. Alles andere ist eine Erfindung der

Menschheit. Nur warum habe ich auf keine andere Frau vor Claire so reagiert?

Körperlich kurzzeitig befriedigt, aber gedanklich alles andere als das, steige ich aus der Dusche, rubble mich heftiger als nötig ab und ziehe mich an.

Zane und Cole warten bereits auf mich.

»Na, hat's was gebracht?«, sagt Cole und grinst schief.

Ich weiß, was er meint, habe aber keine Lust, ihm die Genugtuung zu geben, auf diese Frage eine Antwort zu erhalten. »Ja, ich müffle nicht mehr.« Cole verdreht die Augen. »Hauen wir ab, Jungs«, brumme ich und gehe voraus in den Flur.

Wieder ist es in der Bar brechend voll. Wieder ist es laut. Zusammen steuern wir unseren Lieblingstisch am Fenster an. Diesmal ist er unerklärlicherweise frei. Cole bedeutet uns, uns hinzusetzen und den Tisch zu bewachen, während er einen Zwei-Liter-Krug Bier holt.

Es dauert ewig, bis Cole mit den Getränken zurückkommt. Zane erzählt beziehungsweise brüllt irgendetwas über einen Film, den er unbedingt sehen will. Ich lasse ihn reden, nicke ab und zu und gebe regelmäßig Geräusche von mir. Zwar versuche ich, mich auf meinen Gesprächspartner zu konzentrieren, schaffe es aber nur unzureichend. Ablenken, Ethan. Du wolltest dich ablenken. Coles Rückkehr, oder besser gesagt das Bier, das er dabei hat, kommt da gerade recht.

Ich habe das erste Glas schon hinuntergestürzt und gieße mir ein zweites ein, bevor Zane und Cole überhaupt angesetzt haben. Beide starren mich mit offenem Mund und erhobenen Gläsern an. Sind mir auf einmal Titten gewachsen? Oder hat mir jemand unbemerkt einen komischen Hut aufgesetzt? Ich kontrolliere beides, aber nichts davon ist passiert. Dann liegt es wohl doch daran, dass sie erstaunt sind, weil ich mich offensichtlich betrinken will. Wenn mein Gehirn heute nicht zu bändigen ist, muss ich es eben mit Gewalt ruhigstellen. »Was?«, blaffe ich genervt. Beide schütteln synchron den Kopf und nehmen ebenfalls einen Schluck Bier.

Gott sei Dank fängt der Alkohol nach kurzer Zeit an zu wirken, und ich fühle mich deutlich freier. Wir albern herum wie kleine Jungs, und ich muss zugeben, dass ich wirklich Spaß habe. Wir genießen unseren Männerabend, und nicht einmal Zane macht heute den Versuch, ein Mädchen aufzureißen. Doch so lustig unser Zusammensein auch ist, verlangt irgendwann meine Blase nach Aufmerksamkeit. Leicht schwankend schiebe ich mich zwischen den Menschen hindurch aufs Klo und erleichtere mich. Wenn alle Probleme im Leben nur immer so einfach zu lösen wären wie das. Man muss pinkeln, geht aufs Klo oder wahlweise an einen Busch, leert die Blase und alles ist wieder gut.

Auf einmal bin ich wieder deprimiert. Um wacher zu werden, schaufle ich mir eiskaltes Wasser ins Gesicht. Aus dem Spiegel starrt mich ein Typ mit vom Alkohol glasigen Augen und roten Wangen an. Weil ich mich nicht für immer hier im Männerklo verschanzen kann, zumindest nicht, ohne dass Zane und Cole mich irgendwann vermissen, reiße ich mich zusammen und verlasse die Waschräume.

Ein brauner Pferdeschwanz wippt in der Menge. Claire? Spinn nicht herum, es gibt Millionen Frauen mit braunen Haaren. Achtundneunzig Prozent der Weltbevölkerung haben dunkle Haare.

Aber nicht dieses Braun.

Mein eigenes Braun.

Würde man unsere Haare tauschen, fiele das sicher niemandem auf. Okay, vielleicht würde sich mein direktes Umfeld wundern, wenn ich plötzlich mit Zöpfen ankäme. Aber so rein von der Farbe her würde es keinen Unterschied machen. Kurios.

Das Mädchen dreht sich zur Seite. Es ist Claire. Mist. Was macht sie hier? Ich will nicht mehr an sie denken, und jetzt verfolgt sie mich hierher? Stalkt sie mich? Ein Grund mehr, sie zu vergessen. Ich sollte abhauen und noch mehr Bier trinken. Viel mehr Bier. Sehr viel mehr. Stattdessen stehe ich wie ein Idiot mitten im Raum und starre sie an. Sie hat ihren Kopf auf die Hand gestützt und hört jemandem zu. Mit wem ist sie hier? Einem Typen? Sieht sie aus, als würde sie sich amüsieren? Warum interessiert mich das?

Weil eine Gruppe Frauen, die einen Junggesellinnenabschied feiert, vor Claire herumhampelt, kann ich nicht erkennen, wer mit ihr am Tisch sitzt und sie zum Lächeln bringt. Ich muss es wissen. Nein, muss ich nicht. Es geht mich nichts an. Sie kann ausgehen, mit wem sie will. Zum Beispiel mit Männern, die Dates nicht so vehement ablehnen wie ich. Wenn sie jetzt, ein paar Stunden nachdem wir uns kennengelernt haben, ein Date hat, war ihre Kaffeeeinladung wohl wirklich schlichtweg ein Versuch, sich für den Unfall zu entschuldigen. Umso besser. Warum sackt dann mein Magen ab, als müsse ich mich übergeben?

Wahrscheinlich, weil ich es muss. Schnell drehe ich mich um und renne zurück zum Klo. Als ich mich jedoch über die Schüssel beuge, würge ich nur trocken. Schlecht ist mir auch nicht. Also erhebe ich mich wieder, wasche mir erneut meine Hände und trotte zurück zu unserem Tisch.

»Hey, alles klar? Wo warst du denn so lange? Wir wollten schon einen Suchtrupp losschicken.« Zane wirkt ehrlich besorgt und legt eine Hand auf meinen Arm.

»Hast du gekotzt? Du siehst aus wie ein Vampir.«

Ja, Cole. Genauso fühle ich mich momentan. Vielleicht zerfalle ich ja zu Staub, wenn mich Sonnenlicht trifft. Würde viele Probleme lösen.

Ich antworte keinem meiner selbsternannten Seelenkenner, sondern greife mir den mittlerweile wieder aufgefüllten Krug, gieße mein Glas bis zum Rand voll und leere es in einem Zug. Dann wische ich mir über den Mund und schenke mir ein weiteres Glas ein.

Claire

Noch eine Stunde. Halt durch, Claire. Nur noch eine verdammte Stunde. Es muss sein. Der Studie wegen. Ich werde nicht noch einmal vorzeitig abbrechen.

Ich nehme alles zurück, was ich bis jetzt über Ramon gedacht habe. Alles. Als wir uns auf dem Campus zufällig begegnet sind, fand ich ihn nett, sympathisch, hübsch. Jetzt, da ich bereits zwei Stunden mit ihm verbracht habe, finde ich ihn nur noch langweilig. Das Date ist geradezu furchtbar. Nicht in der Art wie mit Burt. Ramon gibt sich wirklich Mühe. Fragt die richtigen Fragen, lacht und schweigt an den richtigen Stellen, überwindet keine unsichtbaren Grenzen, indem er mir zu nahe kommt oder mich gar betatscht, kämpft sich anstandslos immer wieder durch die vielen Menschen an die Bar, um neue Getränke zu organisieren, ist ansprechend gekleidet und klug und nett und alles, was man sich von einem Date wünscht. Und hätte ich nicht fortwährend einen anderen Typen im Kopf, würde es mir mit Ramon vielleicht sogar gefallen. Einen Kerl, der nach einem Rockstar benannt ist, den heutzutage kein Schwein mehr kennt, der mir klipp und klar gesagt hat, dass er niemals auf Dates geht und schon gar keine Beziehungen führt. Den ich mir schleunigst aus dem Kopf schlagen sollte, vor allem, weil noch neun weitere Verabredungen fehlen, um meine Studie als erfolgreich bezeichnen zu können.

Rational betrachtet, wäre Ramon der ideale Kandidat, um sich zu verlieben. Doch was hat der Kopf dabei schon zu melden? Denn genauso wie ich weiß, dass sich viele Mädchen für ein Date mit Ramon sämtliche Fingernägel ausreißen würden, weiß ich auch, dass ich ihn nicht wiedersehen möchte. Nicht weil er ein Proband der Studie ist, sondern weil ich mit meinen Gedanken bei Ethan bin.

Während Ramon ausschweifend von seinen Reisen erzählt, stütze ich mein Kinn auf die Hände und lächle zwanglos. Regelmäßig gebe ich verschiedene Geräusche von mir, die alles bedeuten können und lediglich dem Zweck dienen, ihm vorzugaukeln, ich würde zuhören. Entweder merkt er tatsächlich nicht, dass ich abwesend bin, oder es stört ihn nicht oder er kann es zumindest gut verbergen.

»Mein erstes Auslandssemester habe ich in Peru absolviert«, erzählt Ramon gerade. »Ein wunderschönes Land. Und so vielfältig. Landschaftlich wie kulturell. Ich habe damals bei einer alten Dame im Hinterzimmer gewohnt. Sie konnte so hervorragend kochen. Ich glaube, ich habe in der Zeit zehn Kilo zugenommen.«

»Sieht man gar nicht«, murmle ich, um wenigstens irgendwas zum Gespräch beizutragen.

»War auch harte Arbeit, das wieder abzutrainieren …«

Meine Gedanken wandern wieder zu Ethan, während er seine Trainingspläne und seine Diät anpreist, als wäre er ein Fitnessguru, der mit seinen Methoden Millionen scheffelt. Ich muss mich konzentrieren, damit mein Blick nicht ebenso abschweift wie meine Gedanken. Eine Weile muss ich noch aushalten.

Die Bar ist für meinen Geschmack viel zu voll. Aber Ramon bestand darauf, hierherzukommen. Wegen der guten Cocktails, wie er behauptet. Noch habe ich jedoch keinen geschmacklichen Unterschied zu anderen Lokalitäten festgestellt. Wenn ich noch einen weiteren Drink nehme, ist es mir ohnehin egal, wo und mit wem ich hier bin.

Neben unserem Tisch hat sich eine Truppe aufgedonnerter und ebenso aufgedrehter Frauen platziert. Ein Junggesellinnenabschied vermutlich, denn eine der sichtlich betrunkenen Damen trägt ein blinkendes Prinzessinnen-Diadem und einen Schleier. Ich hoffe, sie haben einen Stripper engagiert, dann könnte der Abend wenigstens doch noch einigermaßen spannend werden.

Damit ich mich ein wenig sammeln und wieder mehr auf Ramon konzentrieren kann, entschuldige ich mich und verschwinde zur Toilette. Ich reihe mich in die schier endlose Schlange der Wartenden ein. Gut, dass ich nicht wirklich muss, sondern nur ein wenig Ruhe vor Ramon brauche, sonst würde ich mir sicher in die Hose pinkeln, bis ich endlich dran bin. Weil mir die drei Cocktails doch ganz schön zu Kopf gestiegen sind, lehne ich mich mit dem Rücken an die Wand und schließe die Augen. Alles dreht sich, und am liebsten würde ich auf der Stelle nach Hause gehen, mich ins Bett legen und schlafen.

»Lass die Augen lieber auf, sonst wird dir schwindlig und du musst dich übergeben«, sagt eine helle Stimme zu mir. Ich öffne meine Lider. Eine junge Frau, etwas älter als ich, sieht mich besorgt an. »Alles okay mit dir?«, hakt sie nach.

Ich zwinge mich zu nicken, was die nun wirklich aufkeimende Übelkeit nur verstärkt.

»Soll dich jemand nach Hause bringen? Du bist auf einmal so blass.«

Ich seufze und stoße auf. Dann schüttle ich den Kopf und nicke anschließend. Mein Schädel dröhnt. »Wie spät ist es?«, presse ich hervor.

Meine selbsternannte Retterin fummelt ihr Handy aus ihrer winzigen Handtasche und schaut darauf. »Kurz nach zehn.«

Immer noch eine Dreiviertelstunde. »Ich kann jetzt nicht gehen«, sage ich deswegen.

Ich muss das Date unbedingt beenden.

Sie zuckt die Schultern, lässt mich stehen und schlüpft durch die Klotür. Unverrichteter Dinge drehe ich mich um und wanke zurück zum wartenden Ramon. Ich habe Angst, mich wegen des Gestanks im Waschraum doch noch übergeben zu müssen. »Ich geh kurz raus«, sage ich nur zu meinem Begleiter und haste dann Richtung Ausgang. Ob er mir folgt, kontrolliere ich nicht. Aber wenn ich nicht sofort an die frische Luft komme, kotze ich über den Tisch. Würde keinen guten Eindruck machen. Selbst wenn ich Ramon nicht wiedersehen will, soll er mich nicht als die Frau in Erinnerung behalten, die ihm sein Hemd versaut hat.

Draußen atme ich tief ein. Die kühle Luft tut gut, und sofort beruhigt sich mein Magen ein wenig.

Ramon tritt neben mich.

»Sorry, normalerweise vertrage ich mehr«, sage ich zu ihm.

Er lächelt freundlich. »Kein Problem. Ist uns allen schon passiert. Sicher der Kreislauf wegen der vielen Menschen und der stickigen Luft da drin.«

Mann, ist der Kerl verständnisvoll. Das hält ja keiner aus.

»Sollen wir ein Stück spazieren gehen?«, schlägt er vor.

Bewegung kann nicht schaden. Also nicke ich. Wie ein Gentleman aus einem Sechzigerjahre-Film bietet er mir seinen Arm an. Dankbar hake ich mich ein, selbst auf die Gefahr hin, dass er diese Geste als Bedürfnis nach Nähe interpretiert. Ich fühle mich momentan schlichtweg zu schwach, um allein zu laufen.

Ohne Eile schlendern wir los. Um diese Zeit sind noch viele Leute unterwegs. Partyschwärmer, Hundebesitzer in Hausschuhen, Anzugträger mit Aktenkoffern, die bis spät im Büro waren. Der Himmel wirkt geradezu kitschig, Mond und Sterne strahlen um die Wette. Die Straßenlaternen werfen kreisförmige Lichter auf den Gehsteig. Wie Scheinwerfer. Plötzlich muss ich an einen alten Schnulzenfilm denken, in dem der Hauptdarsteller mitten in der Nacht für seine Angebetete im Laternen-Scheinwerferlicht ein Tänzchen aufführt. Bei der Vorstellung, dass Ramon das auch tut, muss ich leise kichern.

»Geht's dir besser? Ich mag es, wenn du so kicherst.«

»Ja, viel besser. Danke für den Spaziergang. Das war genau das, was ich gebraucht habe.« Abgesehen von einem großen sexy Kerl namens Ethan. Aber das sage ich Ramon natürlich nicht.

»Tja, ich weiß eben, was Frauen brauchen«, scherzt er.

Ich bleibe stehen, wende mich ihm zu und ziehe eine Augenbraue hoch. »Aha. Und was denkst du, was ich jetzt brauche?«

Er schürzt übertrieben die Lippen und kratzt sich am Nacken. »Lass mal überlegen.« Er legt den Kopf schief und betrachtet mich mit zusammengekniffenen Augen. »Zuerst einmal brauchst du eine Cola. Kreislauf und Flüssigkeit und so.«

Unwillkürlich muss ich lächeln. Es fällt schwer, Ramon nicht zu mögen. Dazu ist er viel zu nett und aufmerksam. Aber nett ist eben nicht immer genug. »Gar nicht so schlecht, Mister Gedankenleser. Und was noch?«

»Das sag ich dir, wenn du wieder ganz fit bist.« Seine Stimme ist rau, und er schluckt. Er greift meine Hand und zieht mich zu einem kleinen Bistro am Ende der Straße. Dort kauft er uns zwei Dosen Coke.

Dankbar nehme ich eine entgegen. Sie ist wunderbar kühl, und ich halte sie mir an meine heiße Stirn. Mir entfährt ein wohliges Stöhnen.

»Du bist wunderschön, weißt du das?«, flüstert Ramon. Er tritt einen Schritt näher, seine Hände legen sich auf meine Arme und wandern langsam hinauf zu meinen Schultern, bis sie an meinem Hals liegen bleiben.

Oh nein, das geht gerade in eine völlig falsche Richtung. Sein Gesicht kommt immer näher, stoppt aber kurz vor meinen Lippen, wartet darauf, dass ich den letzten Schritt mache.

Mache ich aber nicht.

»Mann, hab ich einen Durst«, stoße ich hervor und ziehe mich ruckartiger zurück, als ich wollte und als es angemessen ist. Ramon lässt sichtlich enttäuscht die Hände sinken. Um ihn nicht ansehen oder etwas sagen zu müssen, öffne ich meine Dose und trinke in großen Schlucken.

»Soll ich dich nach Hause bringen?« Auf einmal klingt er kühl und distanziert. Kein Wunder, dass er angepisst ist, ich habe ihm ja gerade – wenn auch ohne Worte – klargemacht, dass ich ihn nicht küssen will. Wer wird schon gerne abgewiesen?

Soll ich mich dafür entschuldigen? Nein, das werde ich sicher nicht. Ich muss mich nicht rechtfertigen, wen ich küssen will und wen nicht. Niemand sollte sich dafür rechtfertigen müssen. Und höflich wie Ramon ist, startet er auch keinen weiteren Versuch, mich umzustimmen. Das macht ihn leider noch ein Stück sympathischer. Männer, die sich weigern, ein Nein zu akzeptieren, sind erbärmlich.

Die erforderlichen drei Stunden sind schon längst um. Also sage ich leise: »Ja, bring mich bitte nach Hause.«

Schweigend sitzen wir im Auto. Selbst das Radio ist aus. Gut, dass es nur wenige Minuten bis zu meinem Wohnheim sind.

»Danke für das Date«, sage ich beim Aussteigen.

»Wir sehen uns. Mach's gut, Claire.« Den Motor lässt er gleich an.

Anscheinend hat er sich von meinem Korb schon wieder erholt, denn besonders enttäuscht wirkt er nicht mehr. Soll ich darüber froh sein, dass er mich so schnell abgehakt hat, oder beleidigt? Ich entscheide mich für Ersteres, winke ihm ein letztes Mal zu und laufe über den schmalen Weg zur Eingangstür meines Wohnheims.

Ellen ist ausnahmsweise zu Hause. Bis zum Hals in ihre alberne Hello-Kitty-Decke eingemummelt, liegt sie in ihrem Bett. Unter ihrem Kopf ein Kissenberg, sodass ihr Oberkörper beinahe in Sitzposition ist. »Hi Brummelbienchen, schon da?«

Ich antworte nicht darauf. Schließlich ist es offensichtlich, dass ich schon wieder da bin. »Wo ist Matt?«, frage ich stattdessen.

»Essen mit seiner Oma. Außerdem hab ich meine Tage. Mit ihm zusammen weiter an der Studie zu arbeiten, ist da nicht so günstig.«

Sie lüpft einladend ihre Decke, und ich kuschle mich neben meiner Freundin ins Bett und lege meinen Kopf auf ihre Schulter. Ihr Laptop steht aufgeklappt auf ihren Knien. Zwei nackte Frauen und ein Mann in Rippshirt und Anzughose sind gerade miteinander zugange. Im Standbild sind die Gesichter der drei zu seltsamen Fratzen verzerrt. Der Penis des Typen ragt aus dem offenen Hosenschlitz.

»Wie war's mit Ramon?« Das R rollt sie übertrieben spanisch.

»Ging so.« Ich habe wenig Lust, über ein weiteres doofes Date zu sprechen.

»Also nur ein Proband und kein Kandidat für mehr?«

Ich seufze. Am liebsten würde ich mich unter der Decke verkriechen und warten, dass sich alle meine Probleme in Luft auflösen. »Er nicht.«

Natürlich merkt meine schlaue Freundin sofort, dass ich nicht einfach Nein gesagt habe. »Wenn nicht er, wer dann, Hasenfürzchen?«

Ich bin mir nicht sicher, ob ich ihr antworten will, deswegen drücke ich an ihrem Laptop auf *Play*. Sofort fangen die drei Darsteller an, wie wild zu stöhnen und zu ... ich weiß gar nicht, was. Miteinander schlafen ist das garantiert nicht. Rammeln vielleicht? Der Film erregt mich null. Auch der Typ gefällt mir überhaupt nicht. Und sein Penis kommt mir übertrieben groß vor. Ist der echt? Muss doch wehtun. Die armen Frauen.

Ellen drückt wieder auf *Pause*, und die Rammler stoppen abrupt in ihren Bewegungen. Eine der Frauen hat ihren Mund aufgerissen – vermutlich in Ekstase –, als wolle sie Edward Munchs *Der Schrei* in der Porno-Version nachstellen.

»So was macht Matt heiß? Verrückt. Männer sind komisch.« Ungläubig schüttle ich den Kopf.

»Lenk nicht ab, Süße.« Wenn sie einen normalen Kosenamen verwendet, versteht sie keinen Spaß. »Du hast eben was von einem Mann angedeutet. Jetzt will ich auch den Rest wissen.«

Bitte nicht. »Da gibt es nicht viel zu wissen. Er hat mich in der Bib eingearbeitet. Er sieht verdammt heiß aus und ist belesen und reflektiert und nicht verklemmt oder sonst wie seltsam, obwohl er Philosophie und Bio studiert. Er riecht wahnsinnig gut, und seine Haare sind auf diese coole Weise strubbelig, die verwegen wirkt. Nicht ungepflegt, sondern als wäre es ihm schlichtweg nicht wichtig, ob seine Frisur sitzt oder nicht. Und seine Stimme ist so sexy, dass er bei einer Sexhotline Millionen verdienen könnte.«

Ellen setzt sich ruckartig auf, weshalb ich von ihrer Schulter rutsche und der Laptop von ihren Knien. »Und was ist das Problem? Klingt perfekt. Für die Studie und für alles andere auch.«

Ich erzähle ihr von seiner Ablehnung bezüglich Dates und Beziehungen.

Sie zieht den Kopf zurück. »Und du sagst, er ist nicht seltsam? Wenn das nicht seltsam ist, weiß ich auch nicht, Schnubbelblümchen.«

»Keine Ahnung. Ich sollte ihn einfach vergessen. Bringt eh nichts.«

Ellen kaut auf ihrem Fingernagel herum, beißt ein winziges Stückchen ab und spuckt es auf den Boden neben dem Bett. »Hm. Ich glaube immer noch daran, dass die richtige Frau selbst den eingefleischtesten Liebes-Ablehner bekehren kann. Wenn du es nicht versuchst, wirst du es nie herausfinden.« Sie sticht ihren spitzen Zeigefinger in meine Rippen, und ich rücke ein Stück von ihr weg.

»Ich muss erst einmal noch neun weitere Dates hinter mich bringen und anschließend eine fünfzigseitige Abhandlung schreiben, bevor ich überhaupt darüber nachdenken kann, meine Energie in andere Projekte, noch dazu so aussichtslose, zu investieren.«

Diesmal bohrt sie mir den Finger in meine Brust. »Ich sag dir jetzt mal was, du Workaholic. Wenn du denkst, dass du das Leben planen kannst wie ein Projekt, dann bist du genauso seltsam wie dieser Typ ohne Namen. Ein Grund mehr, warum ihr hervorragend zusammenpassen würdet. Du wolltest doch die Chance nutzen und Spaß haben, falls sich bei diesen Zwangsdates mehr entwickelt.«

Ich wische ihre Hand weg und setze mich auf. »Hallo, hast du mir nicht zugehört? Er hat keine Dates. Also kann auch nicht mehr daraus entstehen. Und für zusätzliche Aktivitäten, also Dates abgesehen von denen für die Studie, habe ich schlicht keine Zeit. Außerdem hat er sehr wohl einen Namen. Er heißt nämlich Ethan. Und jetzt lass mich in Ruhe. Ich bin müde.« Ich schäle mich aus ihrem Bett und wechsle in mein eigenes, wo ich mich ausziehe und bis zum Kinn zudecke. Ellen brummelt noch etwas, das sich wie »Mimimi« anhört. Dann presse ich mir das Kissen über die Ohren und hoffe, dass ich bald einschlafe.

Ethan

Immer noch fühle ich mich schrecklich. Der Freitagabend war lang und alkoholreich, der Samstag entsprechend verkatert. Ich war froh darüber, denn wenigstens lenkten mich mein rebellierender Magen und mein dröhnender Schädel von Claire ab. Doch sobald es mir besser ging, war sie wieder da. Belagerte meine Gedanken, sogar meine Träume während kurzer Nickerchen handelten von ihr. Selbst Platon konnte mir nicht helfen, meinen Gedanken eine andere Richtung zu geben. Immer wieder erinnerte ich mich an meine Prinzipien, aber entweder war mein Gehirn von dem Besäufnis am Vortag immer noch im Matsch-Modus oder ich hatte auf einmal eine ausgewachsene alkoholinduzierte Psychose, denn alles, an was ich denken konnte, war Claires Hintern. Mehr Alkohol musste also her. Zane unterstützte mich gerne bei diesem Projekt, und so verbrachten wir das restliche Wochenende mit Bier und Netflix auf der Couch. Viel Bier. Cole war irgendwo. Beim Training, bei einem Samstags-Spiel, bei einer Frau, bei einem Pommes-Wettessen, auf einer Kaffeefahrt zum Mars, was weiß ich. Weder ich noch Zane konnten uns erinnern, was er gesagt hatte, als er die Wohnung verlassen hatte. Wir verließen unsere Rausch-Enklave nur, um uns Bier-Nachschub zu besorgen, denn der Pizza-Service liefert nur billigen Wein, und jeder weiß, dass man beim Saufen darauf achten muss, bei einem Getränk zu bleiben.

Wir redeten kaum. Das schätze ich an Zane. Zwar ist er die meiste Zeit ein Idiot, der andere gerne verarscht, aber er ist nicht das emotionslose Arschloch, das er zuweilen zu sein scheint. Er weiß ganz genau, wann es jemandem richtig schlecht geht und er seine Klappe zu halten hat. Nicht ein einziges Mal wollte er wissen, warum ich so schräg drauf bin. Was hätte ich auch antworten können? Ich weiß doch selbst nicht, was los ist. Claire ist nur ein Mädchen. Ein hübsches zwar und verdammt sexy, aber eben ein x-beliebiges Mädchen, das zufällig mit mir zusammen arbeitet. Als wir uns im Mitarbeiterraum zwangsweise so nah kamen, konnte ich in ihren Augen die Lust sehen, die Sehnsucht nach einem Kuss, den Wunsch nach Liebe und danach, mich zu berühren. Beinahe wäre ich schwach geworden und hätte meine Lippen auf ihre wartenden gepresst. Aber ich verstoße grundsätzlich nicht gegen meine Prinzipien. Auch nicht bei Claire.

Schon gar nicht bei ihr.

Sie ist gefährlich.

Je weniger der Mensch braucht, desto mehr nähert er sich den Göttern, die gar nichts brauchen, proklamierte Sokrates. Ich will nun wirklich kein Gott werden. Das stelle ich mir unheimlich anstrengend vor, so viel Verantwortung für die gesamte Menschheit zu tragen. Nein, ich will schlicht nichts wollen. Je weniger man will, umso näher kommt man einem Glück, das unabhängig von Äußerem ist. Von Besitz, von Abhängigkeiten von anderen Menschen, von Meinungen anderer. Keine Beziehung zu wollen, ist dabei ein wichtiger Schritt. Das Einzige, was wirklich zählt, ist der Geist. Der Bezug zum Selbst, zum Ich. Platon hatte schon recht mit seinem Höhlengleichnis. Auf Beziehungen bezogen heißt das: Man sieht lediglich die Illusion, den Schatten einer Beziehung, und denkt, das sei die Wahrheit. Dreht man sich jedoch um, erblickt man die tatsächliche Wahrheit. Nämlich, dass alles nur Einbildung war und das, was wir als echt empfunden haben, lediglich Schatten waren, die uns die Realität vorgaukelten. Ich werde mich nicht von Trugbildern leiten lassen.

Heute ist Montag, und ausnahmsweise habe ich meine erste Vorlesung geschwänzt. Das mache ich sonst nie. Aber als mein Wecker klingelte und mich in meine momentane Realität werfen wollte, schmerzte mein Kopf noch viel zu sehr, um auch nur an Denken zu denken.

Geschweige denn, dass ich über das Denken nachdenken sollte. Ironie hoch zehn würde ich sagen, da mein Spezialfach doch der Erkenntnisgewinn ist. Deswegen habe ich meinem Kommilitonen Chen eine Nachricht geschrieben, dass ich mich krank fühle und er mich bitte bei Professor Leibner entschuldigen soll. Und ihn gebeten, mir seine Mitschriften zur Verfügung zu stellen. Nachdem er beide SMS mit einem Ja beantwortet hatte, habe ich mich wieder umgedreht und weitere drei Stunden wie tot geschlafen.

Jetzt geht es mir zwar besser, aber noch nicht so sehr, dass ich es als gut bezeichnen würde. Selber schuld.

Dummerweise habe ich am Freitag versäumt, mir die Dienstpläne der nächsten Woche anzuschauen. Sonst tue ich das immer, schon allein deswegen, um eventuelle letzte Änderungen nicht zu übersehen. Ist Claire heute mit mir zusammen eingeteilt? Nicht, dass ich mich darüber freuen würde oder dass ich das hoffe oder so. Ich bin nur gern vorbereitet, was mich erwartet.

Und tatsächlich ist sie bereits an der Bücherausgabe, als ich mit zehnminütiger Verspätung in der Bibliothek eintreffe. Ich kann nicht verhindern, dass sich mein Mund zu einem Grinsen verzieht. Sie sieht aber auch zu schön aus, wie sie da sitzt und darauf wartet, dass die Studenten ihre Bücher zurückbringen oder welche ausleihen. Sie wirkt motiviert, und als sei das der beste Job, den man sich nur vorstellen kann. Wahrscheinlich ist sie einfach immer so. Nett und freundlich und sympathisch und offen und nicht so ein verkorkster Sonderling wie ich.

Heute trägt sie ihre Haare offen. In langen Wellen fallen sie ihr über die Schultern und umrahmen ihr hübsches Gesicht. Zwei Knöpfe ihrer rosa Bluse sind geöffnet, sodass man den Ansatz ihrer Brüste zwar nicht direkt erkennen, aber doch erahnen kann. Genau die richtige Mischung aus sexy und seriös. Mein Schwanz reagiert sofort, als präsentiere sie sich komplett nackt. Würde sicher eine ganze Menge mehr Studenten hier in das Gebäude locken. Hoffentlich bemerkt niemand, dass ich einen Ständer habe. Nur unter großer Anstrengung schaffe ich es, meinen Blick abzuwenden und mich so weit zu beruhigen, dass wieder mehr Platz in meinen Shorts ist.

Konzentriert tippt sie etwas in den Computer, scrollt rauf und runter und kaut dabei auf ihrer Unterlippe herum.

Mein Mund ist trocken, und mein Herz klopft unangenehm schnell. Sicher eine Nachwirkung des Saufwochenendes.

Als sie aufschaut und mich entdeckt, lächelt sie leicht und mustert mich mit undeutbarem Blick. Nach unserem Beinahe-Kuss und meinem schnellen Abgang am Freitag weiß sie wahrscheinlich nicht, wie wir zueinander stehen. Gar nicht, Süße. Wir arbeiten zusammen. Punkt.

Vielleicht sollte ich mir einen anderen Job suchen, dann werde ich nicht die ganze Zeit mit ihr konfrontiert. Aber ich war zuerst da. Wenn jemand gehen sollte, dann sie.

Mit den Händen in den Hosentaschen schlendere ich lässig auf sie zu, stütze mich dann mit den Ellbogen auf die Ausgabetheke und beuge mich vor. Ich muss mich beherrschen, dabei nicht an ihr zu riechen. »Hi. Alles klar? Kommst du zurecht?« Kein Wort über unsere letzte Begegnung. Rein beruflich. Das muss sie von Anfang an kapieren.

»So weit alles klar, danke der Nachfrage«, antwortet sie ebenso neutral. »Aber das mit dem Verlängern habe ich noch nicht ganz verstanden. Kannst du mir das bitte noch einmal zeigen?«

Ich umrunde die Theke und stelle mich hinter sie. Kann sein, dass ich dichter aufrücke als nötig. »Das ist ganz einfach.« Ich greife über ihre Schulter nach der Maus. Dabei streife ich – natürlich ganz aus Versehen – ihre Finger. Ein Blitz fährt meinen Arm hinauf wie dieser plötzliche Schmerz, wenn man sich am Ellbogen gestoßen hat.

Sie schluckt, ignoriert aber ansonsten meine ungewollte Berührung. Danke. Ist wirklich besser, Claire.

In wenigen Worten erkläre ich ihr, wie sie den Status eines Buches ändert. Sie nickt, bleibt aber stumm. »Sonst noch was?«, frage ich. Sie schüttelt den Kopf. »Ich bin dann im Lager. Die anderen kommen erst später. Um die Zeit ist noch nicht viel los. Das solltest du eigentlich allein hinbekommen. Denkst du, du schaffst das?«

Wieder nickt sie. Hat sie in den letzten Minuten ihre Stimme verloren? Wäre wirklich schade. Ich mag ihre Stimme. Weiblich und sanft, aber nicht zu hoch. Wie sie sich wohl anhört, wenn sie erregt ist? Wenn sie zum Orgasmus kommt? Ist sie dabei laut oder leise? Wild und ungezügelt oder zärtlich und leidenschaftlich? Das alles sollte mich nicht interessieren.

»Dann geh ich mal«, presse ich hervor und flüchte an meinen vertrauten Rückzugsort. Hier zwischen all den Büchern fühle ich mich wohl. Bücher wollen nichts von einem. Sie existieren einfach und interessieren sich nicht für die Dramen der sogenannten Realität. Sie schenken uns ihr Wissen, öffnen sich für uns, wenn wir es wünschen, drängen sich aber nicht auf, wie Menschen es oft tun. Sie schreiben uns nicht vor, wie wir zu sein haben. Sie bieten Impulse und die Möglichkeit zur Erkenntnis. Was wir daraus machen, ist unsere Sache. Doch heute kann ich mich nicht auf meine Umgebung konzentrieren. Liegt das an meinem immer noch vom Restalkohol geplagten Gehirn oder an Claire? Hoffentlich Ersteres. Dieses Chaos in mir gefällt mir überhaupt nicht. Ich muss einen Weg finden, das abzustellen.

Ich lege das Buch, das ich gerade in der Hand halte, auf den Rollwagen und verlasse das Lager. »Du schuldest mir noch einen Kaffee«, sage ich ohne Umschweife zu Claire, die bei meinem plötzlichen Auftauchen erschrocken zusammenzuckt. Ich weiß nicht, warum ich das gesagt habe, denn gerade eben hatte ich mir noch fest vorgenommen, Abstand zu halten und zu meiner gewohnten Lebensweise zurückzukehren. Es ist nur ein zwangloses Getränk. Mehr nicht. Ein Kaffee, der zu nichts führen wird, außer dass sie mir nichts mehr schuldig ist. Umso besser. So gebe ich ihr keine Gelegenheit, von sich aus ein Treffen einzufordern. Danach gehen wir getrennte Wege.

»Okay ...« Sie klingt verunsichert. Bin ich so einschüchternd? »Ich dachte, weil du am Freitag ... aber klar, gerne.«

»Um vier vor dem Haupteingang.« Ohne auf eine weitere Reaktion zu warten, ziehe ich mich wieder zurück ins Lager. Lieber schnell weg, bevor sie noch denkt, das habe eine tiefere Bedeutung.

Ich wünschte, Frauen und das Leben im Allgemeinen wären so unkompliziert und leicht zu sortieren wie Bücher.

Claire

Ich habe nicht damit gerechnet, dass er den Kaffee wirklich einfordert. Obwohl ich weiß, dass ich bei ihm niemals eine Chance haben werde, freue ich mich auf unser Date. Nein, kein Date. Ein einfaches Kaffeetrinken zweier Kollegen nach der Arbeit. Man geht auf Dates – mal abgesehen von empirischen Studien -, weil man sich interessant findet. Was auf mich bezüglich Ethan voll zutrifft. Ganz kalt lasse ich ihn wohl auch nicht. Außer seine Reaktionen deuten auf eine komische Krankheit hin. Denn wie könnte man es sonst erklären, dass sich sein Atem beschleunigt und er zu schwitzen anfängt, wenn wir uns nahe kommen? Außerdem meine ich, in seiner Hose eine Erektion gesehen zu haben. Aber vielleicht waren es auch nur Ersatzsocken. Er scheint mir ein Typ zu sein, der gerne auf alles vorbereitet ist. Auch auf verschwitzte Füße. Vielleicht leidet er auch an Dauererektionen oder ist unheimlich schnell erregt und bekommt dann ungewollt einen Ständer. Was weiß denn ich. Es gibt ja die seltsamsten Sachen. Besonders sexy bin ich heute nicht gekleidet. Daran kann es nicht liegen.

Gewohnt lässig tritt er aus dem Gebäude. Er kramt in seinem Rucksack, holt ein silbernes Brillenetui heraus und tauscht seine Hornbrille gegen eine Pilotenbrille. Sofort sieht er weniger nerdig, dafür noch sexyer aus. Erst jetzt fällt mir auf, dass er wieder das T-Shirt mit den drei Philosophen trägt. Ist das sein Lieblingsshirt, oder hat er vielleicht mehrere davon? Männer wie Ethan schaffen es auf jeden Fall, die Fachrichtung Philosophie immens aufzuwerten. Er ist der lebende Beweis, dass sich Intelligenz und gutes Aussehen nicht ausschließen.

Ethan ist nicht im klassischen Sinne schön. Nicht wie ein Männermodel oder einer dieser Serienstars. Seine Nase ist groß und leicht schief, seine Haare sind konsequent ungekämmt, frisurlos, und sein Körper ist an der Grenze zum Zu-Dünn-Sein. Aber genau das Unperfekte, gepaart mit seinen tiefen, sprechenden Augen, macht ihn so anziehend. Wenn nur nicht seine seltsame Einstellung gegenüber Frauen wäre. Nein, nicht gegenüber Frauen, gegenüber Beziehungen. Ich hatte keine Sekunde das Gefühl, dass er Frauen nicht respektiert. Er will nur einfach nicht mehr mit ihnen haben als Sex. Er macht ihnen keine falschen Hoffnungen wie die vielen Idioten, die einem die große Liebe vorheucheln. Da ist mir gnadenlose Ehrlichkeit doch allemal lieber.

Ohne irgendetwas zu sagen, deutet er mir mit seinem Kopf an, ihm zu folgen, und stiefelt los. Ich hebe schnell meine Tasche vom Boden auf und wusle hinterher. Er steuert nicht auf die Cafeteria zu, sondern führt uns in ein nettes kleines Bistro außerhalb des Campus. Immer noch stumm studieren wir die Speisekarten, und als die Bedienung kommt, bestellen wir beide einen Milchkaffee und ein Buttercroissant.

»Ich habe vorher auch in der Gastronomie gearbeitet«, sage ich, damit es nicht ganz so unangenehm still ist.

Außer uns sind nur wenige Gäste da. An einem der bodentiefen Fenster sitzt ein alter Mann und liest Zeitung. Daneben zwei junge Frauen, die sich leise unterhalten und sich ein riesiges Stück Erdbeerkuchen teilen. Die Bedienung, ein Mädchen, das ich schon mehrmals am Campus gesehen habe und das einen meiner Soziologie-Kurse besucht, poliert Besteck, während es ein Buch liest.

»Aha. Und warum arbeitest du jetzt in der Bibliothek?«

Ist das eine Fangfrage? Ich tunke mein Croissant in den Kaffee und sauge daran. Mein Dad hasst es, wenn ich das tue. Das machen nur Proleten, sagt er. Aber er ist nicht hier. Und da ich Ethan sowieso nicht beeindrucken soll oder will oder muss, kann ich mich benehmen, wie ich möchte. »Zugemacht«, nuschle ich mit vollem Mund.

Ethan hat mich offenbar trotzdem verstanden, denn er nickt. »Hast du den Job von der Studenten-Pinnwand auf der Webseite der SFSU?« Sein Gebäck und sein Kaffee sind unberührt.

»Nö, meine Dozentin aus der Feminismus-Vorlesung hat mir den Tipp gegeben, dass sie in der Bib jemanden suchen.«

Damit ist unser Gespräch schon wieder beendet. Vielleicht kann ich schummeln und dieses Beisammensitzen doch als Date mit in meine Studie aufnehmen. Wer will das schon kontrollieren, wie es vorher definiert war? Ich denke nicht, dass mein Prof alle Probanden einladen und meine Beobachtungen auf ihren Wahrheitsgehalt überprüfen wird. Aber was, wenn doch?

»Ich finde es doof, dass du Dates so vehement ablehnst. Ich hätte dich gern als Probanden mit aufgenommen«, platze ich auf einmal heraus. Ich kann ihm genauso gut die Wahrheit erzählen. Wenn er mich schon nicht daten will, kann er mir ja vielleicht anderweitig nützlich sein. Zum Beispiel, indem er mir geeignete Freunde vorstellt. Man muss praktisch denken.

»Häh?« Sein Tonfall ist ebenso verwirrt wie sein Gesichtsausdruck.

Also erzähle ich ihm von meiner Studie. Dass ich dabei auch die Gelegenheit auf mehr nutzen würde, lasse ich aus. Das geht ihn nichts an und würde bedürftig klingen. Ich bin ja nicht zwanghaft auf der Suche nach einem festen Freund, nur nicht abgeneigt, wenn es sich ergeben würde.

»Interessantes Projekt«, sagt er, als ich mit meinen Erklärungen fertig bin, sieht aber irgendwie geknickt aus. »Wie viele Dates hattest du denn schon?«

»Eins«, gebe ich zu. »Tourismusmanagement.«

Er überlegt und rupft sein Croissant in winzige Stücke. Das arme Essen. Wenn er keinen Hunger hat, hätte er es auch mir geben können. »Ich wohne da mit zwei Typen zusammen. Zane studiert Wirtschaft und Cole Sport. Er will Coach werden.«

»Das wäre perfekt. Denkst du, du könntest da was arrangieren? Das würde mir eine Menge Arbeit ersparen. Zwei weniger, die ich aufreißen muss.« Ich kichere doof.

»Ich bin sicher, dass du keine Probleme damit hast, Dates zu arrangieren«, antwortet er ernst. War das ein verstecktes Kompliment? »Die beiden werden dir keine Schwierigkeiten machen. Mit ihnen wird es quasi von allein laufen. Cole und Zane sind … nennen wir es mal aktiv. Du wirst schon sehen. Was Dates und das ganze Drumherum angeht, sind sie, vor allem Zane, ideale Studienobjekte.«

»Cool, danke.« Klingt nach einem perfekten Plan. Ich hoffe, die beiden sind nett und nicht Burt 2.0.

»Keine Sorge. Die beiden sind ein bisschen durchgeknallt, aber harmlos. Sie sind okay. Sonst wäre ich nicht so lange mit ihnen befreundet.«

Ich sollte besser darauf achten, dass man mir meine Gedanken nicht immer so deutlich ansehen kann. Wer weiß, was er sonst noch alles in meinem Gesicht liest. Plötzlich peinlich berührt sauge ich laut schlürfend den kalten Kaffeerest durch meinen Strohhalm. Wieder entsteht langes Schweigen. Diesmal fühlt es sich allerdings weniger unangenehm an als vorhin.

»Wie waren noch mal die genauen Bedingungen?«

Ich zähle sie ihm auf. Mindestens zehn verschiedene Fakultäten, mindestens drei Stunden, den Probanden nichts von der Studie erzählen. Ganz schön fies eigentlich. Schließlich täusche ich etwas vor, was nicht da ist. Also genau das, was wir Frauen den Männern so oft vorwerfen.

»Hast du auch vor, mit den Probanden zu schlafen?«

Was geht ihn mein Sexleben an? »Nein«, sage ich trotzdem wahrheitsgemäß.

Er atmet laut aus. Irgendwie wirkt er erleichtert. Warum? Freut er sich über meine Antwort? Der Typ ist ein einziges Rätsel. »Denn wenn das der Fall wäre, müsstest du mit allen Probanden schlafen, sonst wäre das Ergebnis verfälscht. Und da du nicht weißt, ob eine sexuelle Anziehung vorhanden sein wird, könnte das schwierig werden. Außer du kannst Sex und die dazugehörige Person derart voneinander abkoppeln, dass es kein Problem wäre. Aber in der Regel können das nur professionelle Prostituierte. Deren Job ist es, selbst mit den ekligsten Männern zu schlafen. Ehrlich gesagt, kann ich mir das bei dir nicht vorstellen.«

Haha. Vielen Dank auch, dass ich nicht wie eine Nutte wirke.

Er ist so anstrengend.

»Wer war der Typ in der Bar?«, fragt er jetzt seltsam verärgert. »War das auch ein Proband?«

»Wen meinst du?«

»Freitagabend? Im *Monkey's*? Der Latino-Verschnitt?«

»Ich weiß zwar nicht, was es dich angeht und warum du auf einmal so angepisst bist, aber ja, Ramon war ein Proband. Der einzige bisher.«

Er zieht die Augenbrauen zusammen, was ihn älter und ungestümer wirken lässt. Was ist denn los mit ihm? »Hast du mit ihm geschlafen? Wirst du ihn wiedersehen?«, fragt er. Und weil ich nicht sofort antworte, wiederholt er lauter und schärfer: »Hattet ihr Sex? Wirst du den Typen wiedersehen?«

Der alte Mann am Fenster schaut missbilligend zu uns herüber.

Ich merke, wie meine Augen feucht werden. »Wieso willst du das wissen?«

Er versteift sich und schluckt. Mit einem Mal ist sein Gesicht wieder ausdruckslos. »Und? Hat er dich angefasst? Oder du ihn?«

»Nein, gar nichts in der Richtung. Darüber haben wir doch schon gesprochen. Ich habe mich nur mit Ramon getroffen. Sonst nichts.« Ich schniefe. Mist. Ich will nicht weinen. Nicht hier. Nicht vor ihm.

»Wirst du ihn wiedersehen?«, fragt er noch einmal. Langsam macht er mir ein wenig Angst. Schnell schüttle ich den Kopf. »Wenn du ihn erneut treffen würdest, müsstest du alle anderen Probanden genauso oft und in denselben Abständen treffen. Sonst wäre alles verfälscht. Studien sollten immer richtig ausgeführt werden.«

Blödsinn. Für die Studie wäre ein weiteres Treffen völlig egal, weil es nur um das erste Date geht. Also lass mich einfach in Ruhe mit deinem wissenschaftlichen Gerede. Du führst dich auf wie ein eifersüchtiger Lover, lehnst es aber ab, mich zu daten. Du denkst, ich kriege nicht mit, wie du mich abcheckst, wenn du meinst, du bist unbeobachtet. Du fühlst dich von mir angezogen, würdest dir aber lieber deine Augäpfel rausreißen, als das zuzugeben. Redest von möglicher sexueller Anziehung und ignorierst die, die eindeutig zwischen uns herrscht. Verschacherst mich an deine Freunde, willst aber nicht, dass ich einem der Probanden näherkomme oder gar Sex habe. Alles unter dem Deckmantel irgendwelcher vermeintlich rationaler Erklärungen. Du kannst mich mal, Ethan!

All das versuche ich ihm telepathisch zu übermitteln. Aber er hat sich anscheinend in eine imaginäre Höhle zurückgezogen und die Rollläden heruntergelassen.

Mit zitternden Fingern fummle ich Geld aus meiner Tasche und lege einen Zehndollarschein auf den Tisch. »Wir sind dann quitt«, sage ich zu ihm, schnappe meine Tasche und flüchte. Vor ihm, vor dem, was er in mir auslöst, vor seinem Gerede, vor dem neugierigen Blick der Bedienung, vor diesem ganzen beschissenen Tag.

Ethan

Sie ist so schnell abgedampft, dass ich überhaupt keine Chance hatte, mich bei ihr zu entschuldigen. Ich habe überreagiert. Welches Recht habe ich, sie auszuhorchen, mit wem sie unterwegs ist und wie sie ihre Freizeit gestaltet? Ich will sie nicht und habe ihr das auch ganz klar vermittelt.

Oder doch nicht? Ich habe ihr erklärt, dass ich keine Dates habe und dass ich Beziehungen ablehne. Aber ich habe nie behauptet, dass ich *sie* nicht will.

Will ich sie denn?

Es macht keinen Sinn, weiter darüber nachzudenken, denn egal wie die Antwort lautet, es würde nichts ändern.

Was sich aber dringend ändern muss, ist meine Stimmung. Claire bringt mich völlig durcheinander, drängt mich weg von meinen Prinzipien, die ich mir so mühsam erarbeitet habe. Einen Moment überlege ich, ob ich mich für ein paar Tage krankmelden soll, um ihr wenigstens nicht ständig auf der Arbeit zu begegnen. Andererseits kann ich mich ja nicht ewig verstecken. Ich muss damit klarkommen. Mit ihr.

Ich brauche Ablenkung. Ohne Alkohol. Alkohol und Drogen sind Gift und vernebeln das Gehirn. Das letztens war eine Ausnahme. Ich muss mich wieder auf meinen Geist verlassen können. Bis jetzt hat er mich noch nie im Stich gelassen.

Zu Hause schlüpfe ich in meine Laufklamotten, stecke mein Smartphone in das kleine Extrafach meiner Jogginghose und setze mir meine Kopfhörer auf. Ich hasse diese winzigen In-Ear-Dinger, ich bevorzuge große, das gesamte Ohr überdeckende Kopfhörer, mit denen man immer wie ein Alien aussieht. Aber ich mag das Gefühl, wie sie mich umhüllen und schützen. Die ganze Welt ist ausgeblendet, ich bin allein mit mir, meinem pulsierenden Herzschlag und der Musik. Oder der Stille. Manchmal gebe ich nur vor, Musik zu hören, und setze die Kopfhörer stattdessen auf, um mich von allem abzuschotten. Nur ich und meine besten Freunde, die Gedanken. Vermutlich ist das ein Überbleibsel von früher. Meine halbe Kindheit verbrachte ich mit riesigen Kopfhörern auf den Ohren. Zum Beispiel, um den Lärm auf den Konzerten und Festivals abzumildern. Meine Eltern waren zwar verrückt, aber nicht verantwortungslos, und sie passten immer auf mich auf, damit mir zwischen den Tausenden Menschen nichts passierte, ich nicht zertrampelt wurde, mich auf dem Weg zum Dixi-Klo verirrte oder eben keinen bleibenden Hörschaden erlitt. Im Laden meiner Mutter halfen mir die Kopfhörer, das Stöhnen der Kunden und Schauspieler in den Filmen auszublenden. Schon früh entdeckte ich meine Liebe zu Hörbüchern. Durch sie konnte auch dann Wissen und Geschichten aufsaugen, wenn ich zu müde zum Lesen war oder gerade kein Buch zur Hand hatte. Auf langen Autofahrten wurde mir beim Lesen immer schlecht, und da wir viel Zeit mit der An- und Abreise zu Konzerten verbrachten, waren Hörbücher die einzige Möglichkeit, nicht vor Langeweile zu sterben. Ich liebte es, den Erzählern zu lauschen und die draußen vorbeiziehende Landschaft zu betrachten. Fühlte mich dann wie in meinem eigenen Universum, zu dem außer mir niemand Zutritt hatte. Planet Ethan, mit mir als einzigem Bewohner, meinen eigenen Gesetzen und Regeln. Mein Geist und mein Denken als treue Begleiter. Manche Kinder haben einen unsichtbaren Freund, ich hatte meine Kopfhörer und mein Gehirn.

Heute entscheide ich mich gegen die Stille. Im letzten Semester besuchte ich ein Seminar, in dem ich die Grundlagen des Altgriechischen lernte. So etwas wird angeboten, damit übertrieben engagierte Studenten wie ich Platon und andere Denker des Altertums im Original lesen können. Übersetzungen verfälschen immer. Ich könnte mich nicht auf Altgriechisch unterhalten oder sokratische Dialoge führen, aber es reicht, um die Kernaussage eines Textes zu verstehen. Einer der wenigen Seminarteilnehmer war ein Austauschstudent aus Griechenland, der bei unseren jämmerlichen Ausspracheversuchen vor Lachen jedes Mal fast vom Stuhl fiel. Vor seiner Rückkehr nach Europa schenkte er uns zum Abschied allen eine CD mit Texten des Altertums, die er im Original vorgelesen hatte. Er hatte nicht nur eine wunderbar ruhige und tiefe Stimme, Aristoteles' Gedanken über das Streben nach Glück oder Platons *Phaidon* im Original zu hören, beflügelte mich auf eine Weise, wie es eine Übersetzung nie erreichen kann. Genau das brauche ich heute dringend. Aristoteles soll mich daran erinnern, dass wir nur durch den Einsatz der Vernunft unsere Gefühle und Begierden kontrollieren können und dass uns nur diese Vernunft letztendlich zum Glück verhilft. Nur Vernunft ist das, was uns Menschen ausmacht und uns von Tieren abgrenzt.

Ebenso wie Liebe, flüstert eine leise Stimme in meinem Kopf. Aber ich ignoriere den Einwand. Auch Tiere empfinden Liebe. Ob ihnen das bewusst ist, ist eine andere Sache, insofern unterscheidet sich die menschliche Liebe eben doch von der anderer Lebewesen.

Stopp! Das führt zu nichts.

Eigentlich ist es draußen zu schwül zum Laufen, aber darauf kann ich jetzt keine Rücksicht nehmen. Ich greife meinen Schlüssel, ziehe den Reißverschluss meiner Hosentasche zu und schließe meine Finger um den Türgriff. Bevor ich die Tür öffnen kann, knallt sie nach innen auf und zwingt mich, mich mit einem Sprung nach hinten in Sicherheit zu bringen. Zane erscheint im Türrahmen, in jeder Hand eine Einkaufstasche, den einen Fuß noch leicht erhoben. »Gehst du laufen?«

Ich nehme die Kopfhörer ab und hänge sie mir um den Hals. »Ich brauche dringend Bewegung.« Und Ablenkung.

»Wenn du kurz wartest, bis ich die Tüten abgestellt habe, zieh ich mich um und komme mit.«

Eigentlich wollte ich allein sein.

Zane deutet meinen nicht begeisterten Blick richtig, denn er beschwichtigt: »Ich lass dich in Ruhe, E, keine Sorge, du Sensibelchen. Ich will nur nicht allein rumrennen.«

»Okay.«

Er nickt und bringt die Einkäufe in die Küche. Kurz darauf ist er wieder da und hat seine affigen Bad-Boy-Klamotten, die er nur trägt, weil er weiß, dass Frauen auf den Look abfahren, gegen graue Baumwollshorts getauscht. Ein T-Shirt fehlt. Muss er aus allem, was er tut, eine Show machen?

Ich verdrehe die Augen, lasse ihm aber seinen Spaß. Einer der Gründe, warum wir drei uns so gut verstehen, ist, dass wir uns so akzeptieren, wie wir sind. Auch wenn wir nicht alles gut finden, was die anderen machen.

»Was hörst du?«, fragt Zane und deutet mit dem Kinn zu meinen Kopfhörern.

»Aristoteles.«

»Muss ich wissen, warum du dir schon wieder dieses kranke Zeug reinziehst? Du weißt schon, dass es nicht normal ist, wenn ein junger Mann sich das Gelaber alter toter Säcke anhört? Noch dazu in der Originalsprache. Aufgenommen von einem genauso irren Portugiesen-Nerd.«

»Stefanos ist Grieche.«

Zane hebt eine Augenbraue. »Macht das einen Unterschied?« Will er wirklich eine Antwort? »Wie lange kennen wir uns jetzt? Zehn Jahre? Alter, immer wenn du das Zeug hörst, ist gerade irgendeine Scheiße bei dir am Dampfen.«

Ohne ihm zu antworten, setze ich meine Kopfhörer auf und schalte den Text ein.

Doch Zane greift nach meinen Ohren und reißt die Kopfhörer wieder herunter. »Willst du drüber reden?«

Ich schüttle den Kopf. »Ich will einfach nur laufen gehen.« Die Kopfhörer setze ich wieder auf und wende mich zur Tür.

Zane glotzt mich mit einer Mischung aus Genervtsein und Besorgnis an, bohrt aber nicht weiter.

Es dauert mehrere Meilen und mehrere Wiederholungen der immer gleichen Textstellen durch Stefanos einlullende Stimme, bis ich mich im Ansatz wieder wie ich selbst fühle. Der Schweiß läuft mir in Strömen den Rücken hinunter und übers Gesicht und klebt mir die Haare in die Stirn. Ich renne und renne und würde am liebsten nie wieder aufhören. Auf Zane, der zwar trainiert ist, aber weniger Ausdauer besitzt als ich, kann ich heute keine Rücksicht nehmen. Erst als ich registriere, dass er beinahe zusammenbricht, werde ich langsamer und stoppe schließlich ganz. Sein Gesicht ist feuerrot und schweißüberströmt, und er hechelt wie eine Schwangere in den Presswehen. Er beugt sich vornüber, stützt die Hände auf die Knie und versucht verzweifelt, wieder zu Atem zu kommen. Ich nehme die Kopfhörer ab und beobachte, wie er schnauft und flucht.

»Willst du neuerdings beim Ironman mitmachen?«, presst er zwischen den abgehackten Atemzügen hervor.

»Ein gesunder Geist verlangt nach einem gesunden Körper«, erkläre ich. »Nur wenn Geist und Körper eins sind, kann man seine kognitiven Fähigkeiten voll nutzen. Nur die Vernunft verschafft uns den Weg zum Höchsten.«

Er glotzt mich von unten an und schüttelt mit verzogenen Lippen den Kopf. »Was stimmt nicht mit dir? Bist du ein Roboter, oder was? Ich kotze hier gleich, und du faselst etwas von Vernunft und Geist.« Er schnauft und richtet sich auf. »Entspann dich doch einfach mal. Hat Aristoteles denn dazu nichts gesagt? Er hatte doch zu allem eine Meinung.«

»Der reine Genuss führt uns nicht zum Ziel. Er hindert die Ratio.« Ich werde hier im Park nicht anfangen, Zane, den es ohnehin nicht interessiert, Aristoteles' Lehren näher zu erläutern.

Mein Freund schaut mich mitleidig an. »Du brauchst echt dringend Hilfe, Mann.«

Was denkt er, was ich gerade mache? Ich helfe mir selbst.

Er fischt sein Handy aus der Hosentasche. »Ich ruf mir jetzt ein Taxi und fahr nach Hause. Dort dusche ich lange und werde mir vermutlich auch einen runterholen. Und dann werfe ich mich mit einer Flasche Bier auf die Couch und töte ein paar Zombies. Ich kümmere mich also auch um meinen Geist. Denn nur ein entspannter Mensch kann seinen Geist richtig benutzen.« Das Letzte hat er mit verstellter Stimme gesagt, die offenbar vornehm klingen sollte. »Du immer mit deinem Geist und deiner Vernunft. Ich liebe dich, Ethan, echt, aber ich würde mir für dich wünschen, dass du mal weniger deinen Kopf benutzt und stattdessen das Leben genießt. Oder wenigstens darüber reden würdest, was momentan bei dir abgeht. Wenn du so weitermachst, wirst du selbst noch zu einem zauseligen Einsiedler, der den ganzen Tag nur abstruse Theorien von sich gibt.«

Habe ich vorhin nicht erwähnt, dass ich es schätze, dass Zane und Cole mich so sein lassen, wie ich bin? Offenbar muss ich meine Meinung diesbezüglich revidieren. »Jeder muss seinen Weg selbst gehen, und jeder kann selbst entscheiden, wie er diesen Weg gestaltet.«

»Ja, kann er. Das stimmt. Trotzdem ist es mein gutes Recht als dein bester Freund, mir Sorgen um dich zu machen.« Mit gespreizten Fingern fährt er sich durch seine feuchten Haare, sodass sie nach allen Seiten abstehen. Sein nackter Oberkörper glänzt, und seine Muskeln treten bei den Armbewegungen deutlich hervor. Eine Frau mit Kleinkind und Kinderwagen bleibt stehen und gafft ihn ungeniert an. Doch ganz entgegen seiner üblichen Art reagiert Zane nicht darauf. Er klopft seine Taschen ab. »Mist, warum habe ich keine Kippen mitgenommen?«

Weil man beim Joggen seine Lunge nicht mit Giften belasten sollte?

Er schaut sich nach allen Seiten um und entdeckt einen Mann mittleren Alters, der sich gerade eine Zigarette anzündet. Sofort sprintet er los. Ich kann nicht hören, was die beiden besprechen, aber Zane schnorrt sich eine Kippe. Zufrieden schlendert er zu mir zurück und inhaliert selig grinsend.

Wir setzen uns auf eine Bank, Zane raucht, ich setze die Kopfhörer wieder auf, lasse Stefanos' Stimme aber aus.

Als Zane aufgeraucht hat, tritt er die Kippe aus und wirft sie in den Abfalleimer neben uns. Er klopft mir mit der Handfläche auf den Oberschenkel und stößt sich hoch. »Wir sehen uns zu Hause, E. Mein Taxi ist da.«

Lange Zeit verharre ich auf der Bank. Dann nehme ich meine Kopfhörer ab und mein Smartphone aus der Tasche und schreibe Zane eine Nachricht.

Danke.

Er kann sich selbst aussuchen, was ich meine. Aber ich hatte das Bedürfnis, ihm zu danken.

Weil er nicht gleich antwortet, bleibe ich mit dem Handy in der Hand weiter sitzen und warte.

Schon klar.

Typische Zane-Antwort.

Claire fällt mir wieder ein. Mist. Mein Aristoteles-Ablenkungsmanöver hat nicht lange angehalten.

Ich muss Zane unauffällig in die Bib locken, damit er Claire sieht. Hundertprozentig wird er sie sofort angraben und zu einem Date einladen. Die Vorstellung, dass Claire sich mit anderen, mir fremden Männern trifft, ist schier unerträglich.

Ethan, erinnere dich daran, was du dir vorgenommen hast. Die Ratio muss über die Bedürfnisse und Gefühle siegen, muss sie in ihre untergeordnete Stellung verweisen.

Wenn Claire sich mit Zane und Cole trifft, kann ich ein Auge drauf haben und wenn nötig eingreifen.

Eine Taube tippelt zu mir und pickt ohne Angst um meine Füße herum nach unsichtbaren Krümeln.

»Hallo Taube«, sage ich zu ihr. Sie sieht mich mit leeren grauen Augen an, gurrt leise, als wolle sie mich ebenfalls begrüßen, und läuft anscheinend planlos weiter hin und her. Ob Tauben es einfacher haben?

Kein Bewusstsein, keine Vernunft, reines Trieb- und Instinktverhalten. Sind sie deswegen glücklicher? Kann eine Taube Glück empfinden?

Als ich meine Hand ausstrecke und sie berühren will, erschrickt sie und flattert davon.

Noch lange sitze ich im Park und lausche mit geschlossenen Augen den Geräuschen um mich herum. Vogelgezwitscher, Hundebellen, Schuhe auf Kies, lachende und weinende Kinder, ein Flugzeug, Autos, mein eigener Atem. Seltsam beruhigend und schön. Ganz ohne Kopfhörer. Ich lege den Kopf in den Nacken und lasse mir von der Abendsonne übers Gesicht streicheln. Hat sich so Diogenes gefühlt, als er in seiner Tonne saß und zu Alexander dem Großen sagte: »Geh mir aus der Sonne!«? Auch er lehnte zu enge Bindungen an andere Menschen, speziell Frauen, ab, war sich selbst genug und zelebrierte seinen unkonventionellen Lebensstil. Er wurde als Spinner abgestempelt. Damals wie heute. Bin *ich* auch ein Spinner?

Oktober

Claire

Seit unserem außer Kontrolle geratenen Kaffeetrinken haben Ethan und ich nicht mehr miteinander gesprochen. Wenn ich eine Frage bezüglich der Arbeit habe, wende ich mich an einen der anderen Kollegen. Tom hilft mir immer gerne weiter. Fast täglich will er mich zu einem Date überreden, aber ich lehne jedes Mal ab. Zu Dates außerhalb meiner Studie kann ich mich nicht aufraffen. Und wer ist schuld daran? Ethan und sein doofer Denkerblick. Er kann mir gestohlen bleiben. Unser Arrangement, dass er mich temporär mit seinen Mitbewohnern verkuppelt, gilt sicher nach unserem Streit auch nicht mehr.

In fünf Minuten endet meine Schicht, und ich bin froh, dass der Tag endlich vorbei ist. Weil ich wegen Ethan so schlecht gelaunt war, habe ich die letzten Tage nichts wegen meiner Studie unternommen. Langsam wird die Zeit echt knapp. Immerhin habe ich noch neun Dates vor mir. Durch meine Arbeit an der Bücherausgabe komme ich mit so vielen Studenten in Kontakt, es wäre so einfach, jemanden anzusprechen. Aber keiner kommt mir auch nur annähernd so toll vor, dass ich mir vorstellen kann, mehr als wenige Minuten mit ihm zu verbringen.

Beim schriftlichen Zusammenfassen der Ergebnisse des Dates mit Ramon bin ich eingeschlafen. Ein klares Zeichen meines Körpers, dass er sich nicht mit etwas Wichtigem wie dem Studium beschäftigen will, sondern mich stattdessen mit Träumen von Ethan plagt. Gar nicht mehr schlafen wäre eine Lösung. Dann würde ich auch nicht mehr träumen. Oder anfangen, Schlaftabletten zu nehmen. Nur meine Angst, nicht mehr aufzuwachen, hält mich davon ab. Grundsätzlich ist es ja gut und gesund, keine Medikamente oder Drogen nehmen zu wollen, weil man mehr an die Nebenwirkungen als an die erwünschte Wirkung denkt. Momentan wäre ich einfach nur dankbar, wenn ich meine aktuelle Situation irgendwie ausblenden könnte.

Ein junger Mann, groß und blond und mit beeindruckend akkurater Out-of-Bed-Frisur, läuft mit großen Schritten durch die Eingangstür und direkt auf mich zu. Im Gesicht ein breites, selbstbewusstes Grinsen, das zeigt, dass er sich seines guten Aussehens voll bewusst ist und es vermutlich auch gern einsetzt. Ich lächle und begrüße ihn mit meinem üblichen Spruch: »Willkommen in der Bibliothek der SFSU, was kann ich für dich tun?«

»Oh, da wüsste ich eine ganze Menge, süßes Thekengirl. Wir können das gerne in einer lauschigeren Umgebung besprechen, wenn du willst.« Er zwinkert und schmunzelt. »Ich bin Zane.«

Bevor ich antworten kann, höre ich Ethan aus dem Lager kommen. Sein Gang ist unverkennbar. Lässig sexy und doch ernst und fest, nie wirklich sorglos. Wie sein Gesicht.

»Was machst du hier?«, fragt er den Typen. Offenbar kennt er ihn.

»Hallo, liebster Ethan«, fügt Zane hinzu. »Ich habe gerade deine bezaubernde Kollegin kennengelernt. Sie hat zugestimmt, mich zu einem Date zu begleiten« Hab ich gar nicht. Aber weil ich Ethan zeigen will, dass ich nicht auf ihn angewiesen bin, nicke ich begeistert. Außerdem brauche ich ja tatsächlich ein Date. »Sehr schön.« Zane setzt ein perfekt einstudiertes Verführerlächeln auf und senkt seine Lider.

»Das ist Zane, mein Mitbewohner«, brummt Ethan. »Zane, das ist Claire.«

Aha, das ist also einer der beiden Kerle, von denen Ethan gesprochen hat. Hat er ihn absichtlich hierhergelockt, trotz unseres Streits? Aber weil er so überrascht und nicht gerade erfreut reagiert hat, gehe ich davon aus, dass Zanes Auftauchen nicht von Ethan geplant war.

Zane lehnt sich an die Theke und beugt sich lässig zu mir herüber. Gerade so weit, dass man sich nicht bedrängt fühlt. Das Flirten und Anpirschen hat er wirklich drauf. »Ich hole meinen liebsten Freund heute ab. Wir gehen zu einem Spiel unseres anderen Mitbewohners Cole. Er ist ein hervorragender Football-Spieler. Hast du Lust, uns zu begleiten?«

»Hat sie nicht«, zischt Ethan.

Ich funkle ihn wütend an. Halt dich gefälligst raus, Ethan. Du versaust mir hier gerade ein mögliches Date. Gilt das schon als Date, wenn man jemanden spontan zu einer Sportveranstaltung begleitet? Besser, ich frage mal nach.

»Ist das schon das angekündigte Date?« Ich versuche einen koketten Augenaufschlag. Keine Ahnung, ob er mir gelungen ist. Ethans Blick wird immer finsterer. Was hat er denn? Er hat doch selbst vorgeschlagen, dass ich mit seinen Mitbewohnern ausgehe. Am liebsten würde ich ihm die Zunge rausstrecken.

»Nein, süße Claire. Das ist kein Date. Für ein Date führe ich dich schick aus. Außerdem will ich keinen Rummotzer dabeihaben. Der stört da nur.« Zane ruckt mit dem Kopf in Ethans Richtung. Der gibt ein Geräusch von sich, das sich wie »Pfff« anhört. »Siehst du? Er nörgelt ständig. Furchtbar. Ist er als Kollege auch so?«

»Weiß nicht, wir arbeiten nicht so eng zusammen«, winde ich mich heraus.

»Pech für ihn, wenn er sich lieber in seinem Lager verschanzt als bei dir. Kein Buch kann so schön sein wie du.«

Jetzt trägt er für meinen Geschmack ein wenig zu dick auf. Ethan verdreht die Augen, und für einen winzigen Moment fühle ich mich mit ihm verbunden.

»Ich muss leider nach Hause«, sage ich und versuche, zerknirscht zu schauen.

»Schade.« Zane seufzt laut und spielt mit einer meiner Haarsträhnen. »Diese Haare hätten farblich so gut zu meinen Ledersitzen gepasst.«

»Ich habe die gleiche Haarfarbe«, wirft Ethan ein. »Bei mir ist es dir schnurz, ob sie zu den Sitzen passt oder nicht.«

Zane schaut mich mit einem Blick an, als sei Ethan ein kleines bockiges Kind und man müsse nachsichtig mit ihm sein. »Lass ihn reden«, flüstert er und pustet leicht auf meinen Nacken. Das kitzelt. Der Kerl versteht die Kunst der Verführung, diesbezüglich hat Ethan nicht übertrieben. »Wann arbeitest du wieder?«

»Morgen, bis sechs«, piepse ich höher als beabsichtigt und ärgere mich im gleichen Moment darüber, dass seine Anmachversuche funktionieren. Allerdings würde ich alles stehen und liegen lassen, wenn stattdessen Ethan mich um ein Date bitten würde.

»Also bis morgen um sechs, süße Claire. Ich hol dich ab.« Zane nimmt mein Gesicht in die Hände und haucht mir einen zarten Kuss auf die Stirn.

Ethan wirkt mittlerweile richtig sauer. Gut so. Wer selbst nicht will, darf sich nicht beschweren, dass ich mit anderen ausgehe. Ätsch. Ich grinse ihn diabolisch an.

Ethan packt seinen Freund am Ellbogen und zieht ihn aus meiner Reichweite. Zane winkt mir über die Schulter zu, und ich fühle mich auf einmal viel besser. Ich habe ein Date mit einem hübschen, charmanten Typen aus einer Fachrichtung, die mir noch fehlt, und Ethan stört das eindeutig. Sehr gut. Soll er sich schwarz ärgern. Oder grün oder gestreift.

Am nächsten Tag erscheint Zane Punkt achtzehn Uhr in der Bibliothek. Er ist genauso Bad-Boy-Klischee-mäßig gekleidet wie gestern. Enge Jeans und Bikerboots, dazu ein enges, bis zu den Ellbogen hochgekrempeltes Hemd, sodass man seine Tattoos erkennen kann. Sicher absichtlich. Beweist nur, was für ein Profi er ist. Seine verspiegelte Sonnenbrille hat er in sein stylisch zerzaustes Haar geschoben. Im Gegensatz zu Ethan, der sich, glaube ich, schlichtweg nie kämmt, verwendet Zane sicher eine Menge Zeit darauf, seine Haare so vermeintlich wild aussehen zu lassen. Als komme er gerade aus irgendeinem Bett. Mit der einen Hand schwingt er lässig eine Lederjacke über die Schulter, die andere steckt in seiner Hosentasche. Er ist heiß, keine Frage. Aber weder bekomme ich feuchte Hände (oder werde woanders feucht), wie wenn ich Ethan begegne, noch schlägt mein Herz schneller oder flattert mein Magen. Ein interessantes und dazu noch ansehnliches Studienobjekt ist er jedoch allemal. Sein Lächeln hat sicher schon viele Frauen umgeworfen. Mich kann er damit nicht übermäßig beeindrucken. Trotzdem freue ich mich auf den Abend, und ich bin gespannt, was er sich ausgedacht hat.

»Fertig, Süße?« Wie selbstverständlich kommt er zu mir hinter die Theke und küsst mich aufs Ohr. Ich winde mich kichernd, weil es so kitzelt. Ansonsten löst es keine Gefühle in mir aus. Zumindest widert er mich nicht an wie Burt. Zane riecht frisch geduscht, nach Zahnpasta und Aftershave, ein Hauch Zigarettenrauch umgibt ihn. Hoffentlich raucht er nicht. Wobei mir das egal sein kann, ich will ihn ja sowieso nicht küssen.

»Ja. Ich hole nur noch schnell meine Jacke von hinten, dann können wir los.«

Mit dem Finger fährt er über meine Wange. »Mach schnell, Clairchen.« Er klopft mir leicht auf den Hintern und schiebt mich Richtung Tür.

Als ich zurückkomme, ist Zane verschwunden. Hat er es sich anders überlegt und ist abgehauen? Hoffentlich nicht. Nicht weil ich so dringend mit ihm ausgehen will, sondern weil ich sonst noch mehr mit meiner Studie in Verzug kommen würde. Ich entdecke ihn vor dem Eingang. In der Hand hält er eine Zigarette, an der er immer wieder kräftig zieht und die Asche in einer ausholenden Bewegung wegschnippt. Er unterhält sich mit jemandem. Ethan.

Ich sollte nicht lauschen. Lauschen ist schäbig und albern. Trotzdem kann ich nicht widerstehen, mich anzuschleichen und zuzuhören, worüber die beiden reden. Vielleicht bin ja ich das Thema. Wie ein Spanner verstecke ich mich hinter der Tür.

»Lass deine Finger von ihr!«, zischt Ethan gerade.

Meint er mich?

»Seit wann bestimmst du, mit wem ich rummache?«, fragt Zane.

»Sie ist süß. Wenn sich die Gelegenheit ergibt, werde ich sicher nicht Nein sagen.«

Ich schon.

Ethan schnaubt. Schnäuzt er sich, oder war das Missbilligung? »Gelegenheit? Du triffst dich doch nur mit ihr, um sie flachzulegen, nicht weil du sie so nett findest.«

Was regt er sich denn auf? Er wollte doch, dass ich mich mit ihm treffe. Außerdem wird sich keine Gelegenheit für Zane ergeben. Ich habe nicht vor, mit ihm zu schlafen.

»Und? Sonst schert es dich doch auch nicht, wen ich ficke.« Kurze Stille. Dann ein Klatschen. »Klar, Mann. Verstehe. Du stehst auf sie. Du willst sie für dich!«

»Ich steh nicht auf sie«, protestiert Ethan. »Du weißt, dass ich Beziehungen ablehne.«

»Jaja, Kumpel, ich will auch keine Freundin. Trotzdem gibt es Frauen, auf die ich mehr abfahre als auf andere. Oder mein Schwanz.« Zane lacht grunzend. »Gib's wenigstens zu. Sie gefällt dir.«

Jetzt bin ich aber auf die Antwort gespannt.

»Gar nichts geb ich zu. Sie ist einfach zu gut für dich.«

Was hatte ich erwartet? Dass er seinem Freund seine Liebe zu mir gesteht? Träum weiter, Claire.

»Okay, E-Man. Du bist mein bester Freund. Sei ehrlich. Wenn du sie willst, dann ist sie für mich tabu. Bruder vor Luder. Ehrensache. Ansonsten lass mich mit deinem Gesülze in Ruhe und einen netten Abend mit einem hübschen Mädchen verbringen.«

Wieder Pause. Ethan schweigt. Wie so oft. Entweder gibt er verquere Theorien von sich oder sagt gar nichts. Dazwischen gibt es bei ihm nichts.

»Keine Antwort ist auch eine Antwort. Dann zisch ab. Claire kommt gleich raus.«

Ich höre kräftige Schritte, dann ist wieder Ruhe.

Einen Moment warte ich noch, dann straffe ich meine Schultern und trete aus meiner Deckung. Ich hake mich bei Zane unter und strahle ihn von unten an. Dabei ist mir alles andere als zum Lächeln zumute.

»Hunger?«, fragt er. Und wie! Ich nicke. »Magst du italienisch?«

»Wer mag das nicht?«

Er lacht mit zurückgelegtem Kopf. So witzig war mein Spruch nun auch wieder nicht. Aber Zane findet es offenbar wirklich komisch, denn sein Lachen klingt nicht gekünstelt. Er ist einfach ein Mensch, der gerne und oft lacht. Allemal besser als ein verkopfter Spinner.

Er führt mich zu seinem Pick-up, öffnet mir die Tür und hilft mir beim Reinklettern. Dass er mir dabei ungeniert auf den Hintern glotzt, ist mir bewusst.

»Schöne Aussicht«, feixt er und schiebt ein wenig von hinten. Als Antwort wackle ich leicht mit meinem Po hin und her, woraufhin er ein Knurren von sich gibt.

Ethan

Ich habe alles versucht, um nicht daran zu denken, dass Zane mit Claire unterwegs ist. Dass er ihr irgendwelche Dinge vorsäuselt, sie bei jeder Gelegenheit betatscht und versucht, ins Bett zu bekommen. Ich dachte, es ist für mich leichter, wenn ich weiß, mit wem sie sich trifft. Ist es aber leider nicht. Es ist kaum auszuhalten.

Wenigstens habe ich meine längst fällige Hausarbeit über Kants *Kritik der reinen Vernunft* endlich beendet. Der einzige Grund, warum ich sie so lange vor mir hergeschoben habe, ist eine gewisse neue Kollegin, der mit reiner Vernunft nicht so einfach beizukommen ist. Anschließend habe ich mit meiner Mom telefoniert. Oder es genauer gesagt versucht, denn mit jemandem zu reden, der gerade von kreischenden und brüllenden Festival-Besuchern umgeben ist, funktioniert nur suboptimal. Ich telefoniere relativ oft mit meinen Eltern, mindestens einmal die Woche, meist ruft jedoch meine Mom oder mein Dad an, um solche Situationen wie vorhin zu vermeiden. Mir ist es oft genug passiert, dass ich sie zu den unpassendsten Gelegenheiten sprechen wollte. Aber heute hatte ich das Bedürfnis, die fröhliche Stimme meiner Mom zu hören. Meine Mom ist – im Gegensatz zu mir – immer gut gelaunt. Ob das an den vielen Drogen liegt, die sie konsumiert, oder ob sie einfach ein durchweg positiv gestimmter Mensch ist, kann ich nicht beurteilen. Ich kenne sie ja nicht anders. Zuweilen nervt ihre ständige frohe Ausstrahlung, aber oft schon hat sie mir aus seelischen Tiefs herausgeholfen, wenn ich mit dem Verstand oder meinen Philosophen-Freunden nicht weiterkam. Ihren Vorschlag, doch spontan nach San Diego zu kommen, das Festival dauere noch drei Tage, habe ich abgelehnt. Sosehr ich mich momentan nach einer Mom-Umarmung sehne, ich habe keine Lust, acht Stunden mit dem Auto zu fahren. Zumal mir die Vorstellung, außer Mom und Dad noch hunderttausend andere Menschen zu treffen, Brechreiz verursacht.

Cole ist wie so oft mit einem Mädchen in seinem Zimmer zugange. Wenigstens haben sie heute die Musik so laut gedreht, dass ich von ihren Sexgeräuschen verschont bleibe. Zum Lesen bin ich zu unruhig, selbst auf einen Groschenroman könnte ich mich jetzt nicht konzentrieren.

Ich weiß, dass zu den Bedingungen von Claires Studie gehört, dass das Date mindestens drei Stunden dauern muss. Mittlerweile ist es aber bereits Mitternacht, und Zane ist immer noch nicht zurück.

Das Bad ist so blitzsauber wie zuletzt nach unserem Einzug, ich habe gesaugt, in der ganzen Wohnung Staub gewischt, Wäsche gewaschen und den Berg Socken sortiert, der seit Wochen im Bad herumlag. Gerade schrubbe ich zum vierten Mal das Waschbecken unserer Küche, da höre ich einen Schlüssel im Türschloss. Ich werfe den Schwamm beiseite, trockne mir die Hände an einem Geschirrtuch ab und horche. Eine Person oder zwei?

Zane betritt den Raum. Allein. Als er mich mit Schürze am Waschbecken entdeckt, zieht er die Augenbrauen hoch, kommentiert meinen Aufzug aber nicht. Er holt sich ein Bier aus dem Kühlschrank und nimmt es mit ins Wohnzimmer. Bevor ich ihm folge, rubble ich noch schnell die Fingerabdrücke weg, die er auf dem polierten Edelstahl hinterlassen hat.

»Und? Wie war's?«, frage ich so unbeteiligt wie möglich und hänge die Schürze an den Haken neben dem Kühlschrank.

»Ganz okay.« Er zuckt mit den Schultern, fläzt sich in den Sessel und schaltet den Fernseher ein. »Wo ist Cole?«

Ich deute hinter mich in Richtung Coles Zimmer. Zane lauscht kurz und nickt dann wissend.

»Wirst du sie wiedersehen?« Meine Stimme klingt viel zu hoch. Aber

Zane scheint es entweder nicht zu bemerken oder ignoriert es. Ich setze mich auf die Couch und knibble am Bund meines T-Shirts herum.

»Nö.« Er trinkt einen großen Schluck und klemmt die Flasche dann zwischen seine Beine. »Sie ist echt nett und hübsch und so, und wir haben uns gut amüsiert. Aber nach ein paar Stunden hat sie mir lang und breit erklärt, dass wir keinen Sex haben werden. Also habe ich sie heimgefahren, und wir haben uns verabschiedet. Nicht mal küssen wollte sie mich.« Er sieht frustriert aus. Vermutlich weniger, weil er Claire unbedingt küssen wollte, sondern mehr, weil sein Ego wegen ihres Korbs angeschlagen ist. Wird nicht lange andauern. Er wird sich kurz ärgern, sich schütteln wie ein nasser Hund – bildlich gesehen natürlich – und dann das Thema Claire abhaken, um sich der Nächsten zuzuwenden.

»Du bist ein Arsch, Zane.«

Gott sei Dank ist er das. Diesbezüglich kann ich mich auf meinen Freund eben verlassen. Wenn Frauen keinen Sex mit ihm wollen, verliert er schnell das Interesse. Prioritäten setzen nennt er das. Und seine Energie für das Wesentliche einsetzen. Seine Gründe gegen eine feste Freundin sind völlig andere als meine.

»Yep«, sagt er bloß und sieht dabei nicht einmal schuldbewusst aus.

Coles Zimmertür öffnet sich, und laute Musik dringt heraus. Er trägt nur eine Jogginghose, und beim Laufen kann man erkennen, dass er darunter keine Unterhose anhat. Im Schlepptau hat er ein Mädchen, das erstens wie frisch gevögelt und zweitens wie frisch von der Highschool aussieht. Eindeutig Erstsemester. Sie ist so winzig, dass sie neben dem riesigen Cole wie ein Kleinkind wirkt. An der Hand führt er sie durchs Wohnzimmer an uns vorbei und hinaus in den Flur. Ich kann hören, wie er sie verabschiedet, dann gesellt er sich zu uns und pflanzt sich breitbeinig neben mich auf die Couch.

»Du stinkst nach Sex«, informiere ich ihn und rutsche ein Stück weg.

Er rückt nach und reibt prustend seinen nackten Oberkörper an mir. »Willst du auch? Passiert dir ja so selten.«

Ich muss meine ganze Kraft zusammennehmen, um ihn von mir wegzustoßen.

»Lass ihn in Ruhe, Cole. Er hat seine Stimmung«, diagnostiziert Zane, ohne den Blick vom Fernseher zu nehmen.

Cole wedelt mit beiden Händen in der Luft herum und spricht mit übertrieben hysterischer Piepsstimme: »Oh. Seine Stimmung.« Weil niemand lacht, fragt er ernster: »Was ist los?« Keiner antwortet. »Hat er ein B in einer Hausarbeit bekommen? Oder ein Fleißbildchen verloren?«

Idiot!

»Ich glaube, unser E-Man ist verliebt.«

Cole lacht lauthals los. »*Dieser* E-Man? Ethan?« Er pikt mir in den Bauch wie einem Stofftier. »Wie war das? Beziehungen hemmen den Geist? Vernunft muss die Gefühle beherrschen? *Der* E-Man?«

Ich schlage seine Hand beiseite. »Könnt ihr mal aufhören, über mich in der dritten Person zu sprechen? Ich sitze genau neben euch, falls euch das nicht aufgefallen ist. Und nein, ich bin nicht verliebt. In wen denn überhaupt?«

»In die süße Claihair«, säuselt Zane.

»Welche Claire?« Cole kratzt sich im Nacken.

»Seine neue Kollegin in der langweiligsten Arbeitsstelle der Welt. Einen Hintern hat die ...« Er schmatzt. Was sind meine Freunde doch für Prolls. »Da komm ich zufällig in die Bib. Und dann steht da diese Hammerfrau an der Theke. Heute war ich mit ihr essen und im Kino. Du hättest Ethan mal sehen sollen, wie er sich aufgeführt hat, als ich sie eingeladen habe. Hashtag Höhlenmensch. Und schau mal, wie sauber es hier ist. Hat er alles gemacht, während ich mit der süßen Claire im Dunkeln gesessen und ihren Oberschenkel gestreichelt habe. Ablenkungstaktik vielleicht?« Er macht eine ausholende Handbewegung, die die ganze Wohnung einschließt.

Ich habe keine Ahnung, warum Zane überhaupt in der Bücherei aufgetaucht ist. Ich habe ihn nämlich entgegen meines Plans nicht hingelockt. Die Vorstellung von meinen sexbesessenen Kumpels mit Claire war mir dann doch zu heftig. Trotz der möglichen Kontrollierbarkeit.

Obwohl ich wohl einsehen muss, Zane und Cole kontrollieren zu wollen, ist, als wolle man einen Flächenbrand mit einem Schnapsglas eindämmen.

Cole sieht sich um, seine Augen werden immer größer, und er pfeift anerkennend. »Respekt.«

Die beiden gehen mir so was von auf den Sack. »Mir war langweilig. Außerdem war es hier eklig dreckig. Ihr seid euch ja zu fein, um auch mal aufzuräumen oder zu putzen. Oder wenigstens im Sitzen zu pinkeln.«

»Bin ich ein Mädchen, oder was?«, merkt Zane pikiert an. »Ich pisse schon immer im Stehen, und das werde ich mir von keinem verbieten lassen. Auch nicht von dir, mein geliebter vergeistigter Freund. Ich würde auch eine Putzfrau engagieren. Nur weil du nicht willst, dass wir was ohne dich zahlen, haben wir keine. Ich könnte eine ganze Putzfrau kaufen. Nur mal so nebenbei.«

Ich pinkle auch im Stehen, ich weiß gar nicht, ob ich anders überhaupt könnte. Wenn man sein halbes Leben auf ekelhafte Dixi-Klos gehen musste, verzichtet man gerne auf zivilisiertes Sitzen. Nur schaffe ich es im Gegensatz zu meinen ignoranten Mitbewohnern, die Schüssel zu treffen und nicht auch noch die Fliesen und den Boden vollzuspritzen. Aber auf diese Diskussion habe ich nun wirklich keine Lust, die haben wir oft genug geführt. Der wahre Grund, warum ich keine Putzfrau will, ist, dass ich nicht will, dass jemand in mein Revier eindringt und vielleicht am Ende sogar noch etwas verändert.

Cole knetet seine Lippen, seine Stirn hat er in Falten gelegt, als denke er angestrengt nach. »Ethan regt sich nie auf. Ich kenne niemanden, der seine Gefühle besser im Griff hat als er«, stellt er richtigerweise fest.

Aufregen ist in den meisten Fällen wenig bis gar nicht zielführend. Deswegen vermeide ich es weitgehend. In der Regel gelingt mir das auch hervorragend. Aber nur, wenn ich in meiner Mitte bin. Und diese beiden Typen arbeiten momentan ganz fleißig daran, mich zu Fall zu bringen.

»Probier's aus. Geh hin, lad Claire ein und schau, wie er reagiert. Wetten, er flippt total aus.« Zane streckt Cole seine Hand entgegen. »Um was wetten wir?«

Cole grinst. »Der Verlierer muss den Gewinner einen ganzen Tag lang mit *Großer Herr und Meister* ansprechen.«

Sind wir bei einem illegalen Pokerspiel, und ich bin der Einsatz, um den gewettet wird? Trotzdem verschwinde ich nicht. Auf eine morbide Weise interessiert mich, wie es weitergeht.

Cole patscht mit seiner Pranke gegen Zanes, und sie schütteln ihre verschränkten Finger wie nach einem lukrativen Drogendeal. Danach wenden sie sich wieder dem Alltag zu.

Zane zappt durch die Programme und bleibt an einem uralten Batman-Streifen hängen. »Cool, das ist der von 1966. Mit Adam West als Bruce Wayne alias Batman.«

Der Batman von damals ist ein dünner, nachdenklich dreinschauender Typ in lila Schlabberunterhose über einem grauen Ganzkörperanzug und mit einer schlecht sitzenden Maske. So jemand würde heutzutage niemanden mehr ins Kino locken. In der momentanen Szene hängt er einarmig an einer Strickleiter, die an einem Helikopter befestigt ist, und versucht, den Gummihai, der ebenfalls an der Strickleiter klebt, mit dem Fuß herunterzustoßen. Zane zappelt begeistert auf seinem Sessel herum. Er wirkt, als habe er vergessen, seine ADHS-Medikamente zu nehmen.

»Wenn Batman und Catwoman ein Baby bekommen würden, würde dann eine fliegende Katze rauskommen? Oder eine Fledermaus im sexy Latexkostüm?« Cole lacht.

Zane ist einer der größten Batman-Fans, die ich kenne. Schon als Kind interessierte er sich für alles, was damit zusammenhängt. Deswegen driftet jede Diskussion darüber in unglaublich ernsthafte Bereiche ab. Was sein Idol angeht, versteht er keinen Spaß. Erst recht nicht, wenn man ihn damit verarscht, dass Batman und Robin wie ein schwules Pärchen sind.

»Wenn zwei Superhelden Kinder miteinander zeugen, entwickeln die oft ganz andere Fähigkeiten als ihre Eltern. Vorausgesetzt natürlich, es sind angeborene Superkräfte«, referiert Zane mit erhobenem Oberlehrer-Zeigefinger.

Cole schüttelt empört den Kopf. Den beiden bei ihrem absurden Dialog zuzusehen, ist wie bei den beiden Alten aus der Muppet-Show, nur live.

»Bruce Wayne ist ja gar kein Superheld im echten Sinn«, merkt Cole an. »Er verkleidet sich nur und hat sein Batmobil und so. Insofern kann er auch keine Fledermausbabys zeugen. Ich frage mich eher, wie Catwoman aus diesem extrem engen Anzugdings rauskommt. Oder hat sie unten so eine Art Eingriff, damit sie bei Bedarf schnell ficken kann? Muss ja schnell gehen, wenn man nebenbei die Welt retten muss. Keine Zeit, sich erst mal umständlich aus dem Latexfummel zu pfriemeln.«

»Hm. Interessante Frage. Aber zurück zu deiner Behauptung, Batman sei kein richtiger Superheld. Die kann man so auf keinen Fall stehen lassen«, erwidert Zane. Merkt er gar nicht, dass Cole ihn absichtlich provoziert und sich köstlich darüber amüsiert, wie Zane sich aufregt, weil man seinen großartigen Batman schlechtmacht?

Cole beugt sich vor und stützt sich mit den Ellbogen auf den Knien ab. »Überleg mal. Batman kann eigentlich gar nichts. Nur weil er irgendwelche albernen Hilfsmittel hat, ist er überhaupt stark. Wie Ironman. Superman oder Captain America, das sind echte Superhelden. Stark und schlau. Oder von mir aus auch Thor.«

»Thor ist ein Gott, kein Superheld«, widerspricht Zane. »Er hat von Geburt an Superkräfte. Sonst wäre er ja kein Gott. Außerdem ist Thor albern. Selbstverliebt und aufbrausend. Batman ist selbstlos. Das macht wahre Superhelden aus.« Seine Brust schwillt an, als wäre er selbst der Superheld schlechthin. Dabei ist Zane einer der ichbezogensten Menschen ever. Er wäre ein denkbar schlechter Superheld, würde nur die hübschen Ladys retten und sich von ihnen zum Dank mit viel Körpereinsatz ihrerseits belohnen lassen.

»Okay, wie würden dann die Nachkommen von Gott Thor und Superheldin Catwoman aussehen? Langhaarige Katzen mit Hammer und Wespentaille, die Bier saufen?«, frotzelt Cole grinsend weiter.

»Ich bin raus«, brummt Zane beleidigt und stellt den Fernseher lauter, um zu zeigen, dass das Gespräch beendet ist.

Cole verzieht belustigt das Gesicht ob seines Sieges und wendet sich mir zu. »Was sagst du denn zu dem Thema, Ethan? Ist das nicht genau dein Gebiet? Abstruse, unverständliche Theorien, in trauter Zweisamkeit mit der Wissenschaft?«

»Philosophie hat nichts mit abgehobenen Theorien zu tun, sondern damit, die Welt zu erklären und einen Weg zum bestmöglichen Leben zu finden. Wir alle streben nach Perfektion und absoluter Glückseligkeit. Die Philosophie hilft uns, diese zu erreichen. Und zu deiner Frage: Catwoman ist DC, Thor dagegen aus dem Marvel-Universum. Die Wahrscheinlichkeit, dass sie sich jemals begegnen und sich verlieben, ist sehr gering. Wie mögliche Kinder aussehen könnten, kann man natürlich nicht so einfach beantworten. Genetik ist eine hochkomplexe Sache, die auf dominanten und rezessiven Genen beruht.«

Cole schaut mich genervt an und verdreht die Augen. »Du kannst aber auch aus jedem Scheiß ein Problem machen, oder? Darin bist du Profi. Auch darin, jede Stimmung zu zerstören.« Er schnappt sich Zanes Bier, trinkt es aus und knallt die Flasche auf den Tisch. Dann streckt er seine Hand hoch und spreizt den kleinen Finger ab. »Erstens strebe ich nicht nach Perfektion. Ich bin schon perfekt.«

»Als ob«, brummelt Zane, immer noch angesäuert wegen des Batman-Gesprächs.

Cole ignoriert ihn. Während er in die Küche geht und sich ein neues Bier aus dem Kühlschrank holt, zählt er weiter auf. »Zweitens ...« Er blickt über die Schulter. »Wer will alles?« Zane und ich melden uns gleichzeitig. Es scheppert, und Cole kommt mit drei Bierflaschen zurück zur Couch. »Zweitens«, setzt er erneut an und öffnet sein Bier, »ist mir deine Glückseligkeit scheißegal. Ich will nicht immer auf irgendwas hinarbeiten, ich will jetzt leben.«

»Hedonismus nennt man diese Strömung«, kläre ich ihn auf.

»Mann, hör doch mal auf mit deinen Fachbegriffen. Ich lebe. Im Gegensatz zu dir. Was bringen dir deine ganzen Bücher und Theorien und Pläne und Abhandlungen und das ganze unverständliche Zeugs, wenn du nicht glücklich bist?«

»Glück ist ein Zustand vollkommener Zufriedenheit, frei von jeglichem Wollen und Streben und ...«

»AARRGGHH!«, schreit Cole und fährt sich aufgebracht durch die Haare.

Zane wischt mit der Hand vor seinem Gesicht herum. Damit will er wohl ausdrücken, dass ich völlig verrückt bin. »Sag ich doch schon lange. Ihm ist nicht mehr zu helfen.« Als ich widersprechen will, stoppt er mich, indem er mir seine Handfläche hinhält. »Lass es für heute gut sein, E. Uns allen zuliebe.«

Eine Weile schauen wir zu, wie Batman die Welt rettet, und trinken unsere Biere.

Dann fängt Cole unvermittelt wieder an. »Ich würde Catwoman nicht von der Bettkante stoßen, egal aus welchem Comic-Universum sie kommt.«

Zane schüttelt den Kopf. »Das musst du jetzt schon präzisieren, Freundchen. Meinst du Catwoman an sich als Figur oder eine der Catwoman-Schauspielerinnen?«

Die Frage scheint Cole zu verwirren. Er tippt mit dem Finger an seine Lippe und kaut auf seinem Daumennagel. Brummt immer wieder, als habe ihm Zane ein unlösbares Rätsel gestellt. »Keine Ahnung«, murmelt er schließlich. »Gibt's noch Bier?« Wie schnell sich doch die Bedürfnisse ändern können.

Mich scheinen sie mittlerweile vergessen zu haben. Mir auch recht. Ich verziehe mich ins Bad, schlüpfe aus T-Shirt und Hose und stelle mich unter die Dusche. Wasche mechanisch Körper und Haare und stelle mich tropfend nass und frierend ans Waschbecken. Mit einer Hand wische ich ein kreisförmiges Guckloch auf den beschlagenen Spiegel und betrachte mich. Meine durch die Nässe beinahe schwarzen Haare, meine braunen Augen, meinen schmalen, wenig behaarten Körper. Was macht es so schwer, die Bedürfnisse dieses Körpers hintenanzustellen? Was hindert mich daran, sie einfach zu ignorieren und mich allein auf Geist und Vernunft zu verlassen, wie ich es mein halbes Leben praktiziert habe? Warum stört es mich so, mir Claire in Gegenwart von Zane oder Cole vorzustellen? Warum ist mein Gehirn plötzlich nicht mehr stark genug, sich gegenüber den niederen Bedürfnissen zu behaupten? Würde es besser werden, wenn ich mit Claire schlafe? Es ist ja nur eine Reaktion meines Körpers, dass ich mich so von ihr angezogen fühle. Insgeheim weiß ich, dass dem nicht so wäre. Nicht nur mein Körper will Claire, alles an mir will sie. Mein Geist, meine Seele, mein Herz. Alles an und in mir will sie.

Nicht gut.

Überhaupt nicht gut.

Das ist genau das, wovor ich mich immer gefürchtet habe. Ich beginne, mich zu verlieben. Und ich weiß ja, wohin Liebe führt. Ins Nichts. Nicht das erstrebenswerte Nirvana der östlichen Lehren, sondern ein Nichts, in dem keine allumfassende Glückseligkeit herrscht. Eines, in dem nichts ist. Null. Nur Leere und Schmerz und Ungewissheit. Ein unerklärbares Nichts. Und alles, was nicht erklärbar ist, existiert nicht. Ein Nichts also, das nichts beinhaltet und das den Geist lähmt.

Warum verurteilen so viele meine Lebenseinstellung? Was ist falsch daran, mithilfe seines Verstandes ein besserer Mensch werden zu wollen? Was hat es mit dieser verdammten Liebe auf sich, dass sie von so vielen Seiten – den Medien, Büchern, Menschen – als das Höchste angesehen wird, was man erreichen kann? Können sich die Philosophen und Biologen so getäuscht haben? Kann ich mich so täuschen?

Liebe ist ein Konstrukt, das rational und evolutionär keinen Zweck erfüllt. Vielleicht verschwindet das verwirrende Gefühl in mir ja wieder, wenn ich es lange genug ignoriere? So wie eine Warze auch einfach kommt und wieder verschwindet? Oder wie Hunger, der bei längerem Fasten einfach aufhört? Einen Versuch ist es wert.

Claire

Das Date mit Zane war um einiges besser als das mit Burt oder Ramon. Aber genau wie Letzterer löst Zane nichts in mir aus. Kein Bauchzwicken, kein Herzklopfen, keinen trockenen Mund, kein Händeschwitzen. Gar nichts. Nicht wie ...

Claire, hör auf, alle Männer mit Ethan zu vergleichen. Ich verdrehe die Augen und schäle mich aus Hose und Shirt. Unschlüssig sitze ich auf dem Bett und überlege, was ich tun soll. Müde bin ich auf jeden Fall noch nicht.

Beim Abschied hat Zane versucht, mich zu küssen. Bestimmt ist er ein guter Küsser, schließlich übt er ja sicher häufig. Wäre ich nicht so sinnloserweise auf Ethan fixiert, hätte ich mich vermutlich auf Zanes Annäherungsversuche eingelassen. Er ist nett und amüsant und attraktiv und nicht aufdringlich und versteht es, Frauen zu umwerben. Besonders geknickt wirkte er jedoch nicht, als ich ihm klar vermittelt habe, dass ich ihn weder küssen, geschweige denn mit ihm schlafen werde. Er hat nur kurz gesagt: »Schade, du verpasst etwas«, dabei aber verschmitzt gelächelt. Selbst wenn er sauer gewesen wäre, hätte mir das egal sein können. Trotzdem war ich erleichtert, dass es nicht so war. Wer weiß, wann wir uns wieder über den Weg laufen, schließlich ist er mit Ethan befreundet und kommt vielleicht mal wieder in der Bibliothek vorbei.

Traurig, dass auch er kein Kandidat für »mehr« ist, bin ich nicht. Stattdessen mache ich mich daran, die Eindrücke von heute Abend stichpunktartig zusammenzufassen.

In Unterwäsche setze ich mich an unseren winzigen Arbeitstisch. Das Wohnheim verfügt über ein zentral geregeltes Belüftungs- und Heizungssystem. Je nachdem, wer gerade Dienst an den Knöpfen hat, ist es deswegen hier drin stickig heiß oder eiskalt. Heute sind gefühlte Höllentemperaturen, und jedes noch so dünne Kleidungsstück erhöht das Gefühl, zuerst zu ersticken und dann zu zerfließen. Oder umgekehrt, falls das möglich ist. Dabei ist es draußen gar nicht so heiß. Dass Ellen mit Matt plötzlich auftauchen könnte, bereitet mir keine Sorgen. Die beiden sind schon so lange ein Paar, und Matt hat schon so oft hier übernachtet, dass er nicht nur weiß, wie ich in Unterwäsche aussehe, sondern auch, welche Geräusche ich nachts von mir gebe oder dass meine Haare morgens ein einziges Wollknäuel sind. Matt ist für mich wie ein Bruder. Außerdem bin ich ohnehin nicht prüde. Unterwäsche ist auch nicht viel anders als Bikini.

Wie Ethan wohl in Unterwäsche aussieht?

Mist, er muss endlich raus aus meinem Kopf. Ich starte den Browser, um mir ein paar Oberkörperbilder von Thor anzuschauen. Thor oben ohne hilft gegen fast alles. Fast eine Stunde lang betrachte ich den Schauspieler in allen möglichen Posen, aber immer wieder schiebt sich Ethans Körper in meine Gedanken. Mit den Handflächen fahre ich mir übers Gesicht und konzentriere mich aufs Atmen. Schluss damit!

Entschlossen klicke ich den Browser weg und rufe mein Dokument zur Studie auf, in dem ich erste Zwischenergebnisse festhalte.

Erledigte Dates: Ramon (Tourismusmanagement) und Zane (Wirtschaftswissenschaften). Wegen des Datenschutzes werde ich mir Pseudonyme ausdenken müssen. Momentan habe ich aber noch keine Ideen. Weiß doch ohnehin niemand, ob es die richtigen oder falschen Namen sind. Ich könnte genauso gut schreiben, dass die Namen geändert sind und sie trotzdem behalten.

Nur noch acht Dates. Nur. Haha. Allein der Gedanke, noch weitere acht Probanden zu finden und weitere acht vielleicht furchtbare Dates überstehen zu müssen, verursacht mir schlechte Laune.

Ich wache auf, weil irgendetwas poltert. Jemand klopft so sanft wie ein Tyrannosaurus an die Tür. Mein Kopf liegt auf meinen Armen auf dem mittlerweile ausgegangenen Laptop. Offenbar bin ich beim Schreiben und Grübeln eingeschlafen.

»Mach auf, Pummeltrine«, ruft Ellen genervt von draußen. »Ich habe meinen Schlüssel vergessen.«

Wieder ein Wummern.

»Jaaaa«, brumme ich so laut, wie ich es kann, und hieve mich hoch.

»Mach jetzt, ich muss dringend aufs Klo. Oder hast du etwa Besuch?«

Ich schleppe mich zur Tür, sperre auf und lasse meine schrecklich wache Freundin herein.

»Wie siehst du denn aus?«, ist das Erste, was sie fragt. Wortlos trete ich zur Seite, und sie schlüpft flink an mir vorbei. »Du hast Tastenabdrücke auf dem Gesicht.« Mit dem Zeigefinger tippt sie auf meiner Stirn und meinen Wangen herum. Musste sie nicht dringend aufs Klo? Weil sie nicht geht, schlurfe ich in unser angeschlossenes Bad. Es ist winzig, gerade mal so groß, dass eine Dusche, ein Waschbecken und eine Toilette Platz haben, aber es ist unseres. Die meisten Wohnheimbewohner müssen sich das Gemeinschaftsbad mit Dutzenden anderen Studenten teilen. Gut, dass wir ein eigenes haben, auch wenn ich aus Platzmangel die nassen Handtücher über dem einzigen Stuhl oder am geöffneten Fenster trocknen muss.

Ich werfe meine Unterwäsche auf den Boden, stelle mich unter die Dusche und drehe das Wasser auf. Nichts hilft mir morgens mehr beim Wachwerden als eine Dusche. Und hoffentlich danach ein Kaffee. Eines der wenigen Dinge, die ich mir nach meinem Einzug geleistet habe, war eine dieser auseinanderschraubbaren Espressokannen. Leider besitzen wir keinen Herd, deswegen musste ich auf eine elektrische ausweichen. Dabei wird der Kaffee immer noch am besten, wenn er auf einer Gasflamme zubereitet wird. Die Kanne fasst sechs Tassen, vier davon trinke meistens ich mit viel Milch und viel Zucker, Ellen die übrigen zwei mit

Sojamilch. Ekelhaft! Aber so trinken wir uns wenigstens nicht gegenseitig den Kaffee weg.

Während ich mir mit meinem Mandarinen-Shampoo die Haare wasche, poltert Ellen ins Bad. Ich hasse es, wenn sie aufs Klo geht, ohne Rücksicht darauf zu nehmen, dass ich gerade dusche oder mir die Zähne putze oder die Haare föhne oder was auch immer tue. Dass sie es vorher angekündigt hat, macht die Sache nicht besser. Ich drehe mich zur Wand und schließe die Augen, um meinen Protest zu demonstrieren. Wie immer ist ihr das aber egal.

»Bin gleich fertig«, flötet sie nur, und schon höre ich es plätschern. Freundinnen sollten viel teilen, das finde ich auch, aber alles hat seine Grenzen. Ellen ist da offensichtlich anderer Meinung.

Als sie die Spülung drückt, wird das Wasser in der Dusche kurzzeitig kochend heiß, und obwohl ich das wissen sollte, erschrecke ich so sehr, dass ich einen Satz nach hinten mache und dabei sämtliche Duschgels und Shampoos herunterstoße. Weil mich das wiederum auch erschreckt, rutsche ich aus und knalle mit dem Hintern auf den Boden der Duschkabine.

»Alles okay?«, fragt Ellen besorgt und stürzt mit nicht ganz hochgezogener Hose zu mir.

Nichts ist okay, will ich am liebsten brüllen. Ich habe mich in einen völlig verschrobenen Wunderling mit sexy Hintern verknallt, der sich lieber mit toten Philosophen als mit lebenden Frauen abgibt. Ich habe eine unlösbare empirische Studie aufgehalst bekommen, die ich nie und nimmer in der vorgegebenen Zeit schaffen werde. Mein Dad weigert sich, mich zu unterstützen, weil ich das Falsche studiere, und stopft das Geld stattdessen seiner aktuellen Frau in den Hintern und die Brüste, sodass ich neben dem ohnehin schon anstrengenden Studium noch fast Vollzeit arbeiten muss. Ich habe statt in meinem zwar schmalen, aber bequemen Bett in unergonomischer Stellung mit meinem Computer als Kissen am Schreibtisch geschlafen, weshalb mir jetzt alles wehtut und ich übermüdet und schlecht gelaunt bin. Meine beste Freundin respektiert meine Privatsphäre nicht. Mein Lieblings-Duschgel ist gerade bei meinem Sturz ausgelaufen. Mein Steißbein schmerzt dermaßen, dass ich Angst habe, es ist gebrochen. Ich habe noch keinen Kaffee getrunken, und ich werde zu spät zu meinem ersten Seminar heute kommen, weil ich mir keinen Wecker gestellt habe. Und in ein paar Stunden muss ich auf Arbeit Ethan wieder gegenübertreten.

Ist das okay?

Trotzdem nicke ich. Nackt, mit angezogenen Knien, hocke ich auf dem Boden der Dusche, das mittlerweile nur noch lauwarme Wasser prasselt mir auf den Kopf und läuft mir in die Augen. Ich schlinge die Arme um meine Beine und lege den Kopf darauf. Ellen seufzt, tritt angezogen unter die Dusche, stellt das Wasser aus und kauert sich zu mir. Vorsichtig legt sie die Arme um mich, wiegt mich wie ein Baby und hält mich nur fest. Meine Wangen sind nass, aber nicht nur vom Wasser. Tränen rinnen mir übers Gesicht, ohne dass ich sie aufhalten kann und ohne dass ich überhaupt gemerkt habe, dass ich weine, und verschwinden im Abfluss.

»Dich hat's ganz schön erwischt, oder?«, sagt sie nach einer Weile leise. »Komm, du zitterst schon. Du musst dich abtrocknen, sonst erkältest du dich noch.«

Sie hilft mir beim Aufstehen, wickelt sich zuerst selbst in ein Handtuch und dann mich. Zärtlich rubbelt sie mich trocken, ich bette meinen Kopf auf ihre Schulter und genieße ihre tröstende Anwesenheit. Immer noch eingemummelt wie eine Mumie führt sie mich zum Bett, legt mich hinein und stopft die Decke um mich herum fest.

»Schlaf erst mal, Eistörtchen. Danach geht's dir besser.« Sie küsst mich auf die Stirn.

»Ich muss ins Seminar«, murmle ich, aber es klingt nicht wirklich überzeugend.

»Du gehst heute garantiert nicht in die Uni. Schlaf dich aus, und dann gehen wir shoppen. Wann musst du zur Arbeit?«

Ich bin zu müde zum Antworten, deshalb strecke ich lediglich vier Finger unter meinem Deckenberg heraus.

Ellen nickt. »Gut. Ich weck dich in zwei Stunden, und dann kaufst du dir was Schönes. Ich will nichts hören, von wegen kein Geld und so. Nichts hilft besser gegen schlimmen Liebeskummer, als sich aufzuhübschen und seinen Marktwert anderweitig zu testen.«

Noch bevor sie sich ganz entfernt hat, bin ich auch schon eingeschlafen.

Ellen weckt mich, indem sie sich zu mir aufs Bett setzt und mich sanft rüttelt. Sobald ich mich aufgesetzt habe, streckt sie mir eine Tasse entgegen, aus der es herrlich nach Kaffee duftet. »Besser?«

Innerlich mache ich eine Bestandsaufnahme. Tatsächlich fühle ich mich viel besser. Ausgeschlafen und insgesamt positiver. Schweigend schlürfen wir beide unseren Kaffee. Dann wirft mir Ellen meine Shorts von gestern inklusive T-Shirt hin und fischt frische Unterwäsche aus meinem Nachtkästchen.

»Los, anziehen, Putzi-Wutzi. Wir gehen Geld ausgeben.«

Unsere liebste Einkaufsstraße ist nur ein paar Blocks von unserem Wohnheim entfernt. Hier gibt es mehrere gute Secondhandläden, in denen ich schon oft etwas gefunden habe. Mode ist mir so ziemlich egal. Ich ziehe an, was mir gefällt.

San Francisco ist eine sehr bunte, lebendige Stadt, der ihre Hippie-Vergangenheit aus allen Poren dringt. Es ist beinahe unmöglich, nicht in gute Stimmung zu verfallen. Der Tag ist sonnig und angenehm warm, aber nicht so schwül wie die letzten Tage. Ellen und ich schlendern untergehakt die Straße entlang. Je weiter ich laufe, umso leichter fühle ich mich. Immer wieder bleiben wir stehen und begutachten die ausgestellten Kleider in den Schaufenstern. Ein alter Mann, der auf dem Bürgersteig vor seinem Laden Blumen in einer Vase arrangiert, winkt uns lächelnd zu und schenkt uns eine Sonnenblume.

Ellen ist nicht reich, aber sie muss nicht so sehr auf jeden Cent achten wie ich. Deswegen hat sie keine Skrupel, sich neben neuen Schuhen mit schwindelerregend hohen Absätzen noch vier Blusen, eine Jeans und ein klassisches kleines Schwarzes aus den 1920ern zu kaufen. Original, wie die Verkäuferin meinte. Als mache das einen Unterschied. Ich ziehe ein Kleidungsstück an, weil es mir gefällt und nicht weil es irgendein Original von irgendwann ist. Obwohl ich die Vorstellung, dass etwas eine Geschichte in sich trägt, spannend finde.

Ellen tritt in ihrem Original-Zwanzigerjahre-Fummel barfuß aus der Kabine, bewegt wild ihre Hüften und vollführt einen seltsamen Charleston-Hip-Hop-Fantasie-Tanz. Das sieht so doof aus, dass wir beide gleichzeitig losprusten. Fehlen nur noch ein Stirnband, eine lange Kette und eine noch längere Zigarettenspitze, und Ellen selbst wäre ein Original. Okay, Schuhe wären auch nicht schlecht.

»Keine Ahnung, wann ich das je tragen kann«, überlegt sie und dreht sich vor dem Spiegel, um sich auch von hinten betrachten zu können. Sie winkt ab. »Egal. Ich liebe dieses Kleid. Das ist genug, um es zu nehmen.«

Wenn man Geld hat, reicht das durchaus als Grund.

Sie schlüpft wieder in ihre normalen Klamotten aus dem 21. Jahrhundert, über dem Unterarm das Kleid und ihre anderen Eroberungen.

»Soll ich es schon zur Kasse legen? Dann können Sie sich noch ein wenig umschauen«, schlägt die Verkäuferin vor. Sie wirkt genauso wie der Inhalt ihres Ladens wie aus dem letzten Jahrhundert. Ihre Haare sind zu einer gewagten Turmfrisur toupiert, was so viel Haarspray verbraucht haben muss, dass sich allein dadurch ein neues Ozonloch geöffnet haben könnte. Dazu trägt sie eine ärmellose Bluse, hüfthohe Caprijeans und Sandalen mit Keilabsatz. Die Augen hat sie dick mit schwarzem Kajal umrahmt. Insgesamt ist sie eine übertriebene Mischung aus Amy Winehouse und Marge Simpson.

Ellen nickt, und die Verkäuferin tippelt zu ihr, nimmt ihr den Kleiderstapel ab und bringt ihn zur Kasse.

Ohne etwas Bestimmtes zu suchen, schlendere ich durch den netten kleinen Laden.

Ellen trabt heran und hält ein langes, blumiges Kleid wie eine Trophäe hoch. »Das würde dir wahnsinnig gut stehen. Los, zieh mal an.«

Sie schiebt mich inklusive Kleid in die Kabine und schließt den Vorhang von außen. Umständlich schäle ich mich aus meinen Shorts und meinem Oberteil und schlüpfe in das Kleid. Der luftige, dünne Stoff schmiegt sich angenehm um meinen Körper. Wenn ich mich bewege, schwingt es hin und her.

»Wow.« Ellen klatscht begeistert in die Hände, als ich mich ihr präsentiere. »Du siehst toll aus!«

Diesmal muss ich ihr uneingeschränkt zustimmen. Das Kleid reicht mir bis zu den Knöcheln, und obwohl es luftig und locker geschnitten ist, umschmeichelt es meinen Körper wie extra für mich genäht. Unter dem Busen ist es tailliert, die Ärmel laufen weit aus. Wenn ich die Arme seitlich ausbreite, verwandle ich mich in eine Hippie-Fledermaus mit Blumenmuster. Ich bin schockverliebt.

»Mach mal die Haare auf.«

Ich löse meinen Zopf und schüttle meine Haare, sodass sie sich über meine Schultern ergießen.

»Lass mich was ausprobieren.« Sie flicht mir auf jeder Seite einen dünnen Zopf, legt sie herum und steckt sie am Hinterkopf mit einer Blumenspange zusammen. In einer hingerissenen Geste legt Ellen ihre Hände um ihr Gesicht und seufzt theatralisch. »Weltschönstes Hippie-Girl ever«, haucht sie.

»Dieses Kleid war bereits in Woodstock dabei«, referiert die Verkäuferin und verschränkt die Arme über ihrem kaum vorhandenen Busen.

Aha, und was soll mir diese Information jetzt sagen? Hoffentlich hat es auch den Preis von 1969, denn mich wieder von dem Kleid zu trennen, würde mir das Herz brechen.

»Diese Woche bekommen Sie auf alle Kleider aus den Sechzigerjahren zwanzig Prozent Rabatt. Das wären dann nur noch achtundneunzig Dollar.«

Ein fünfzig Jahre alter Fetzen kostet reduziert mehr als vier neue Jeans aus dem Discounter? Zu viel für meinen chronisch leeren Geldbeutel. Traurig schlappe ich zurück zur Kabine und ziehe mich wieder um.

Ellen quetscht sich zu mir herein und stemmt die Hände in die Hüften. »Untersteh dich, das Kleid nicht zu kaufen!«

»Aber ...«, setze ich an, doch sie legt die Handfläche auf meinen Mund und stoppt mich.

Sie beugt sich zu mir herüber und funkelt mich mit zusammengezogenen Augenbrauen an. »Du wirst dieses Ding auf der Stelle kaufen!«, zischt sie. »Sonst mach ich es.«

Sie weiß ganz genau, dass ich das nie zuließe. Aber ich weiß auch, dass sie ihre Drohung wahrmachen würde. Also füge ich mich und nicke ergeben.

»Sehr brav, Rapunzelchen. Am besten lässt du es gleich an.« Sie küsst mich auf die Wange und huscht aus der Kabine.

Kurz darauf sitzen wir erschöpft, aber zufrieden auf einer Bank und gönnen uns ein Eis von *Luigi's*. *Luigi's* macht das beste Eis in San Francisco, wahrscheinlich sogar in den ganzen USA, weshalb es Pflicht ist, mindestens einmal pro Woche eins zu essen. Eis zählt nicht zu Kalorien, deswegen darf man das.

»Wie läuft's eigentlich mit der Studie?« Ellen legt ihren Kopf schief und leckt einen herunterlaufenden Eistropfen von der Waffel.

Hm. Was soll ich sagen? »Geht so. Ramon war nett, aber langweilig. Zum Schluss wollte er mich unbedingt küssen. Dabei habe ich ihm keine Sekunde lang irgendwelche Zeichen gegeben, dass ich das will. Und Zane wollte mich sowieso nur fürs Bett. Nicht, dass ich mir mehr erhofft hätte, aber es kann doch nicht sein, dass alle Männer gleich beim ersten Date direkten Körperkontakt suchen.«

Ellen glotzt mich an, als sei ich begriffsstutzig, und zuckt die Achseln. »Doch. Wollen sie. Dachtest du tatsächlich etwas anderes?«

Ich seufze. »Ich brauche nur noch acht Dates mit Typen, die mich null interessieren«, sage ich sarkastisch.

Plötzlich schmeckt mir mein Eis nicht mehr, und ich werfe es in den Abfallkorb neben unserer Bank. Sofort fliegen mehrere Spatzen herbei, picken nach der Waffel und schleppen riesige Teile in ihren Mini-Schnäbeln davon. Gedankenverloren schaue ich ihnen hinterher. Vogel müsste man sein. Dann hat man keine anderen Probleme, als Essen zu finden, zu kacken, Eier zu legen und zu schlafen.

Ellen lässt ihr Eis sinken. »Zumindest ist es eine Erkenntnis, die du in deine Studie einbringen kannst. Auch wenn es nichts Neues ist, dass Männer grundsätzlich nur an Sex denken. Hast du denn wenigstens schon einen Dritten am Start?«

»Nein.« Einer der Spatzen, ein besonders mutiger, landet zwischen uns auf der Bank und stiehlt einen von Ellens Eiswaffel heruntergefallenen Krümel. Kann ich bitte mitfliegen, kleiner Spatz? »Ich muss zur Arbeit«, sage ich und rapple mich auf. Zwar fühle ich mich ein wenig overdressed, aber zum Umziehen ist keine Zeit mehr. Außerdem steht mir das neue Kleid wirklich gut.

Ethan

Zane hat mich überredet, vor der Arbeit nicht für mein Seminar weiter zu recherchieren, sondern ihn mal wieder zu einem von Coles öffentlichen Trainingsspielen zu begleiten. Die Tribünen sind nur zu etwa einem Drittel besetzt, vereinzelt hocken Studenten auf den Bänken, feuern ihre Spieler an, lernen oder unterhalten sich. Es ist immer wieder erstaunlich, wie wendig und schnell Cole trotz seiner Größe und Masse ist. Obwohl ich schon seit Jahren regelmäßig zwischen den Zuschauern sitze, kann ich nicht wirklich etwas mit diesem Sport anfangen. Nur Cole zuliebe komme ich mit. Mir ist Football zu grob und zu derb. Auch wenn ich die Regeln kenne und weiß, dass sich die Mannschaften nicht nur planlos prügeln, kann ich den Sinn nicht wirklich nachvollziehen. Mit Rugby, Baseball oder Fußball geht es mir nicht anders. Viele Menschen auf einem Haufen, die versuchen, einen wie auch immer gearteten Ball in ein Tor oder über eine Ziellinie zu befördern. Das Gleiche bei Hockey (ob auf Eis oder Asphalt), Handball, Basketball und so weiter. Ich interessiere mich mehr für Sportarten, bei denen es darum geht, den Körper zu kontrollieren, wie beim Turnen oder in der Leichtathletik. Laufen gehe ich lediglich, um meinen Körper in Form zu halten und zum Entspannen.

Zane dagegen liebt alles, was mit Bällen zu tun hat. Ob aus Leder oder an Frauen. Haha, was für ein schlechter Witz, Ethan. Mit hochrotem Gesicht brüllt Zane herum wie eine irre Fußballmutti, beschimpft den Coach und rauft sich die Haare. Nichts mehr mit perfekter Frisur.

Die Sonne brennt mir auf den Kopf, und ich merke, wie mein

Nacken und meine Unterarme anfangen zu kribbeln und zu spannen. Morgen werde ich dort sicher einen Sonnenbrand haben. Ich weiß, es ist denkbar ungünstig, eine empfindliche Haut zu haben, wenn man in San Francisco lebt. Aber ich kann es nun mal nicht ändern. Zwar hat mir mein Dad das Aussehen vererbt, meine Mom jedoch die helle Haut ihrer skandinavischen Vorfahren. Ich muss nur an Sonne denken und meine Haut verfärbt sich bereits rot. Deswegen gehe ich eigentlich immer eingecremt aus dem Haus. Zane verarscht mich oft deswegen, aber das tut er sowieso wegen allen möglichen anderen Dingen auch. Warum habe ich gerade heute nicht daran gedacht, mich vor den lästigen UV-Strahlen zu schützen? Ich bin doch sonst nicht so vergesslich.

Als es endlich Zeit ist, zur Arbeit aufzubrechen, bin ich richtiggehend erleichtert, endlich der prallen Sonne zu entkommen und nicht länger verschwitzten Kerlen beim Rennen und Rumschubsen zusehen zu müssen.

In der Bibliothek ist es angenehm kühl. Zum Schutz der vielen alten Bücher sorgt eine Klimaanlage dafür, dass hier durchgehend etwa zwanzig Grad und eine geringe Luftfeuchtigkeit herrschen. Im Sommer kann man es hier deswegen hervorragend aushalten.

Ein Blick auf den Dienstplan bestätigt mir, was ich schon befürchtet habe: Claire und ich, in einer Schicht.

Als ich meinen Rucksack in den Spind sperre, kommt mein Chef dazu. »Nimm Claire bitte heute mit ins Lager. Es kommt eine Lieferung mit neuen Büchern, die alle katalogisiert und einsortiert werden müssen. Dann kriegt sie das auch mal mit. Pamela übernimmt in der Zwischenzeit den Empfang.«

Muss das sein?

»Schau nicht so genervt, Ethan. Du wirst es wohl einen Tag überleben, jemanden an deiner Seite zu haben.«

Das ist es nicht. Aber ich sage nichts und nicke.

»Claire hat sich schnell eingearbeitet, und die Studenten mögen sie. Sie ist eine Bereicherung für das Team.«

»Nicht so wie ich, meinst du wohl«, brumme ich.

Ed klopft mir auf die Schulter. »Ganz genau, mein Freund. Ganz genau. Du hast viele Talente, aber der geduldige Kundenkontakt gehört wirklich nicht dazu. Ich weiß, du kannst nett sein, wenn du willst. Ich habe dich schon dabei beobachtet. Du kannst sogar charmant sein. Wenn du mal dein Klugscheißergerede weglässt. Aber meistens willst du nicht.«

Er tut ja gerade so, als wäre ich ständig schlecht gelaunt. Wirke ich tatsächlich so verklemmt? Mag sein, dass ich mich nicht immer ganz an die gesellschaftlichen und sozialen Konventionen halte. Aber ich bin kein Freak oder so. Sonst würde ich ja nie Frauen abbekommen. Und bis jetzt hatte ich nie Probleme, eine zu finden, wenn ich Lust auf Sex hatte.

Ich widerspreche ihm nicht. »Schick sie dann nach hinten, wenn sie kommt.«

Mir bleiben nur wenige Augenblicke, um mich seelisch und geistig auf die Stunden mit Claire vorzubereiten. Kurz nachdem ich selbst das Lager betreten habe, öffnet sich erneut die schwere Metalltür und Claire schwebt in den Raum. Anders kann man ihr Erscheinen nicht bezeichnen. Verdammt! Ich bin am Arsch!

Die Tür ist noch offen, und das Licht von draußen strahlt sie von hinten an. Dadurch ist ihr langes Kleid beinahe durchsichtig, sodass ihr schlanker Körper als dunkle Silhouette zu erkennen ist. Durch den taillierten Schnitt werden ihre Kurven, und vor allem ihr großartiger Busen, unauffällig, aber trotzdem unheimlich sexy in Szene gesetzt. Sofort werde ich hart. Hat sie sich extra so herausgeputzt, um mich zu ärgern? Von irgendwo fährt ein Windstoß durch den Stoff ihres Kleids, er flattert um sie herum wie in einem Kitsch-Video. Ihre Haare hat sie geflochten um den Kopf geschlungen, was sie jünger und unschuldiger wirken lässt, als sie ist. Sie erinnert mich an die Frauen auf den alten verblichenen Festival-Fotos meiner Eltern. Wenn sie so vor einem steht, braucht man keine Drogen mehr. Höchstens, um sich davon abzuhalten, sie nicht sofort an sich zu reißen und Dinge mit ihr anzustellen, die nicht in eine Bibliothek gehören.

Einmal habe ich Zane erwischt, wie er sich Pornovideos von Studentinnen, die in einer öffentlichen Bibliothek masturbieren, reingezogen hat. Jetzt kann ich nicht verhindern, die Gesichter der Frauen aus meiner Erinnerung durch Claires zu ersetzen.

»Hi. Ich soll dir hier helfen«, piepst sie.

Warum schaut sie so verunsichert? Vielleicht weil ich sie anglotze, als sei sie eine billige Pornodarstellerin? Kurz schließe ich die Augen, um mich zu sammeln.

»Hier hinten ist eine Kiste Bücher. Wir müssen sie ausräumen, sichten und sortieren.«

»Okay«, sagt sie nur und läuft zu den Kartons in der Ecke. Ich folge ihr, wobei ich versuche, nicht die ganze Zeit auf ihren runden Hintern und ihre wiegenden Hüften zu starren. Wie war das noch mal mit meinen Vorsätzen? Claire vergessen und wieder auf das Studium und meine Prinzipien konzentrieren?

Wenn es nur nicht so schwer wäre, sobald sie in meiner Nähe ist. Ich glaube, ich muss mir tatsächlich einen neuen Job suchen. Anders komme ich aus dieser Situation nicht mehr raus. Ich muss heute noch mit Ed reden. Mir wird schon etwas einfallen, was ich ihm als Begründung sagen kann. Niemand weiß besser als er, wie sehr ich den Umgang mit den Büchern liebe. Hoffentlich fragt er nicht weiter nach. Ich kann schließlich schlecht zugeben, dass ich wegen Claire hier wegwill.

Schweigend knien wir auf dem Boden vor dem Karton und stapeln die Bücher nach verschiedenen Themengebieten. Immer wieder linse ich verstohlen zu ihr hinüber, blicke aber schnell weg, bevor sie es bemerkt.

»Ich brauche eine kurze Pause. Mir schlafen schon die Beine ein«, stöhnt sie nach einer Weile. Geht mir genauso. Nur jammere ich nicht.

Sie stützt sich auf dem Karton ab und drückt sich hoch, streckt die Arme nach oben und dehnt sich wie eine Yogameisterin beim Sonnengruß. Dabei dreht sie ihren Kopf hin und her.

»Tut dir dein Nacken weh?«

Sie erschrickt und schaut mich mit großen Augen an, als hätte sie mich gerade zum ersten Mal sprechen gehört.

Automatisch stehe ich auf und überwinde die zwei Schritte zwischen uns. »Dreh dich um«, weise ich sie an.

Sie zögert, tut aber dann, was ich sage.

Langsam hebe ich meine Hände, streiche ihr Haar zur Seite und lege meine Finger vorsichtig auf ihre Schultern. Sie protestiert nicht und entzieht sich mir auch nicht. Also beginne ich, sie zu massieren. Ein leises Stöhnen entfährt ihr, und sie lässt seufzend den Kopf hängen. Ihre Haut fühlt sich wunderbar an. Warm und fest und doch weich und zart und verletzlich. Die feinen Härchen in ihrem Nacken stellen sich auf. Sie lehnt sich leicht gegen mich, und ich muss mich zusammenreißen, nicht die Arme um sie zu schlingen und sie an mich zu ziehen.

Prinzipien. Erinnere dich an die Prinzipien, Ethan.

Ich schlucke, obwohl mein Mund so trocken ist, als wäre ich tagelang ohne Wasser durch die Wüste geirrt. Mein Blut pulsiert in meinen Adern, mein Herz schlägt überdeutlich in meiner Brust. Mit eiserner Willensanstrengung nehme ich meine Hände von ihr und ziehe mich einen Schritt zurück. Langsam dreht sie sich zu mir um. Ihr Blick ist flehend und traurig und hoffnungsvoll. Ich kann dir nicht geben, was du dir wünschst, Claire. So sehr ich das will. Aber Liebe führt zu nichts. Bitte, liebe mich nicht. Bitte, mach, dass ich mich nicht in dich verliebe.

Statt mich zu erlösen, hebt sie ihre Hand, streicht zart mit dem Zeigefinger über meine Augenringe und verharrt dann auf meiner Wange. Unwillkürlich schließe ich die Augen und gebe mich unserer stummen Verbindung hin. Diese winzige Berührung ist intimer, als wenn wir es direkt vor einem der Regale treiben würden. Und genau das macht mir eine Scheißangst. Weil ich nicht will, dass der Moment jemals endet. Angst, dass alles, was ich mir die letzten Jahre gedanklich aufgebaut habe, durch sie zusammenstürzen könnte. Nur, indem sie mich so ansieht wie jetzt gerade. Ich imitiere ihre Geste und lege meine Handfläche an ihre Wange, streiche mit dem Daumen über die Stelle unter ihren Augen. Sie schmiegt sich gegen meine Finger, hält meinem intensiven Blick stand. So stehen wir eine Ewigkeit da wie die Statue zweier

Liebender, die wir nie sein werden. Atmen im Gleichklang unserer Herzen.

»Wie weit seid ihr?«

Weder Claire noch ich haben gemerkt, dass Ed hereingeplatzt ist. Erschrocken fahren wir auseinander. Sein Kopf ruckt zwischen uns hin und her, und sein Mundwinkel hebt sich kaum merklich. Doch er kommentiert unsere offensichtlich nicht zur Arbeit gehörende Zweisamkeit nicht. Ich räuspere mich, und Claire huscht hüstelnd zu den Kartons und wühlt geschäftig darin herum.

»Fast fertig vorsortiert«, antworte ich, woraufhin Ed zufrieden nickt.

»Ihr könnt hier drin aufhören, bevor ihr zu Vampiren mutiert. Ich habe Pam heimgeschickt, sie fühlt sich nicht gut. Einer von euch muss also nach vorn zur Ausgabe.«

Ohne sich noch einmal umzudrehen, hastet Claire nach draußen.

»Lass es«, fahre ich Ed an, weil er mich mit hochgezogenen Augenbrauen mustert. Er erwartet eine Antwort. Die kann ich ihm jetzt nicht geben. Ich muss sie erst einmal für mich selber finden.

Er zuckt die Schultern und verlässt ebenfalls das Lager. Meine Enklave, die nie wieder ohne die Erinnerung an Claires Finger auf meiner Haut existieren wird. Nicht einmal das lässt sie mir.

Claire sitzt am Tresen, tippt etwas in den Computer und vermeidet jeglichen Blickkontakt mit mir. Soll ich etwas sagen? Oder so tun, als wäre gerade nichts passiert? Eigentlich ist es das auch nicht. Wir haben uns nur berührt. Mehr nicht. Denkbar unschuldig. Selbst Grundschüler kommen sich näher als wir eben. Trotzdem fühlt es sich an wie ... Ich weiß nicht. Ich hatte noch nie so ein Gefühl. Deswegen kann ich es auch nicht beschreiben.

Eine riesige Hand schlägt mir auf den Rücken, sodass ich beinahe mit dem Kopf auf den Tresen knalle. »Ethan, mein teurer Freund.« Cole lacht schallend.

»Was machst du hier?«

»Ich studiere, Bro.« Als er Claire entdeckt, strafft er die Schultern und läuft grinsend zu ihr. »Hallo, wen haben wir denn da?«, fragt er sie und blinzelt. Hat er etwas ins Auge bekommen, oder soll das Flirten sein?

»Claire«, sagt sie unsicher. Es klingt mehr wie eine Frage. Ja, richtig, so heißt du.

»Ah, du bist also die süße Claire, von der ich schon so viel gehört habe. Ethan schwärmt ja geradezu von dir.« Er lacht aufdringlich.

Ich hasse ihn!

»Ach ja?« Ihre Augen wandern zu mir.

Cole schaut zwischen uns hin und her, ich sehe, dass er sich zusammenreißen muss. Dann hält er es nicht mehr aus und prustet los. »Ich mach doch nur Spaß. Ethan erzählt nie irgendwas. Außer über alte griechische Männer oder tote Frösche oder den Zitronensäurezyklus oder so. Zane hat dafür umso mehr erzählt. Der Idiot Ethan will ja nicht mit dir ausgehen. Also dachte ich mir, ich übernehme das. So ein hübsches Mädchen sollte man jeden Tag ausführen.«

Mein Herzschlag beschleunigt sich. Halt dich fern, Arschloch!

»Und was hast du dir so gedacht?«, fragt sie kokett.

Echt jetzt? Vor ein paar Minuten noch bin ich davon ausgegangen, wir hätten einen ganz besonderen Moment geteilt, und jetzt wirft sie sich an Cole ran? Cole? Oder will sie ihn einfach nur als Probanden für ihre doofe Studie? Die Studie … Mit wie vielen Männern ist sie wohl schon ausgegangen?

»Morgen ist ja Samstag.« Blitzmerker. »Du hast doch sicher frei.«

Sie schüttelt den Kopf. »Leider nicht. Spätdienst.«

»Wie wäre es, wenn ich dich um zehn abhole – oder sagen wir um elf, ich schlafe gern aus – und wir zum Strand gehen?« Cole kratzt sich an der Brust.

»Ist das ein Date?«, fragt sie.

Ah, es geht also doch um die Studie. Auf einmal fühle ich mich unheimlich erleichtert.

»Klar, was sonst.«

»Okay. Klingt gut.« Sie strahlt.

Ich wünschte, sie würde auch in meiner Gegenwart so strahlen. Ihr Lächeln ist wunderbar.

Sie gibt ihm ihre Adresse, und er tippt sie inklusive Telefonnummer in sein Handy. Obwohl ich nicht vorhabe, sie jemals anzurufen, notiere ich mir ihre Nummer im Kopf ebenfalls.

»Dann bis morgen, süße Claire«, verabschiedet er sich. Im Gehen klopft er mir noch einmal auf den Rücken und kichert doof, als wäre ich gerade bei einer geheimen Prüfung durchgefallen. Bücher hat er natürlich keine ausgeliehen.

Claire

Um Viertel nach elf klopft es an meiner Tür. Obwohl ich wirklich genug Vorlauf hatte, habe ich es mal wieder nicht geschafft, pünktlich fertig zu werden. Bereits um acht bin ich aufgestanden, habe geduscht und mir einen ersten Kaffee gekocht. Ellen hat noch geschlafen, an den schnarchenden Matt gekuschelt. Das bedeutete, dass ich nichts tun konnte, was Lärm macht. Wobei ich sowieso selten laute Dinge tue. Morgens um acht Diskomusik auf volle Lautstärke aufdrehen oder Nägel in die Wand schlagen, gehören in der Regel nicht zu meinem Tagesplan.

Keine Ahnung, warum die beiden überhaupt hier sind. Normalerweise übernachten sie bei Matt, weil der nicht nur das größere Bett, sondern auch eine eigene Wohnung besitzt. Irgendwann nach zwei Uhr morgens sind sie kichernd ins Zimmer gestolpert und beim wilden Knutschen beinahe auf mich draufgefallen. Nur ein beherztes Wegrollen hat mich vor dem Tod – oder zumindest dem Verletzen – durch Erdrücken bewahrt. Ihrem Verhalten und vor allem dem Geruch ihres Atems nach waren sie mehr als beschwipst. Wahrscheinlich ist das der Grund, warum sie nicht zu Matt nach Hause gegangen sind. Weil sie schlicht zu betrunken waren, um so weit zu laufen, und unser Wohnheim viel näher am *Jingel's* ist.

Ich selbst hatte keine Lust, mitzugehen. Zwar hat Ellen versucht, mir den Abend in unserer Lieblingsbar, dem *Jingel's*, schmackhaft zu machen, indem sie mir aufzählte, wie viele Dates ich würde sammeln können, doch allein die Vorstellung, meine seltene Freizeit zwischen schwitzenden, betrunkenen Fremden zu verbringen, verursachte mir ein unangenehmes Engegefühl im Magen. Also blieb ich wie so oft allein zu Hause, verschanzte mich mit meinem Stoffeinhorn Garry unter der Decke und sah mir mit ihm zusammen die tausendste Wiederholung von *Jurassic Park* an. Ich hoffte, mit der Flucht vor den Dinosauriern auch vor meinem eigenen Leben fliehen zu können. Die schreckliche Seminararbeit einfach zu vergessen und nicht ständig darüber nachzudenken, was es bedeutet, dass sich Ethan immer so komisch verhält. Irgendwann bin ich eingeschlafen, denn die letzte Szene, an die ich mich erinnere, ist, wie der Tyrannosaurus aus seinem Gehege entkommt und brüllend auf die Menschen zuwankt.

Wegen des Dates mit Cole bin ich nicht aufgeregt. Er scheint nett zu sein, wenn auch ein wenig einfach gestrickt. Oder interpretiere ich das nur in ihn hinein, weil er ein muskelbepackter Sportler ist? Eins der Dinge, die wir in meinem Studium immer wieder eingetrichtert bekommen, ist, genau diese Klischees und Vorurteile kritisch zu hinterfragen und gegebenenfalls zu verwerfen. Ist in der Praxis weitaus schwieriger als in der Theorie. Vor allem, weil die Welt nun mal voll von Leuten ist, die genau diesen Klischees entsprechen. Mein Dad ist zum Beispiel das perfekte Abbild eines versnobten Anwalt-Arschs, der sein winziges Selbstbewusstsein mit viel zu jungen Frauen aufpolieren muss. Meine Mom lebt ihr Aussteiger-Dasein in ihrer Blue-Moon-Sekte, und meine Granny verkörperte das Klischee einer weichen, rundlichen, immer nach Apfel und Liebe duftenden Bilderbuch-Großmutter. Aber egal, wie viel Klischee in Cole steckt, so oder so ist er ein prima Proband für meine Studie. Abzusagen ist keine Option, ich hänge meinem Zeitplan ja sowieso heillos hinterher. Und schließlich gibt es Schlimmeres, als für eine Seminararbeit den Vormittag am Strand rumzuhängen. Mache ich ohnehin viel zu selten.

Ich hätte also genug Zeit gehabt, bis Cole auftaucht, um mit allem fertig zu sein. Zwar habe ich geduscht, aber spontan vergessen, meine Haare zu kämmen, weshalb sie halb getrocknet wie ein Nest um meinen Kopf standen. Wenn ich so nach draußen gehen würde, würden die Möwen auf meinem Kopf Eier legen. Deswegen musste ich meine Haare noch einmal waschen, mit Spülung behandeln und entwirren. Leider ist mir mein Vogelscheuchen-Aussehen erst um kurz nach halb elf aufgefallen.

Was ich zwischen Aufstehen und jetzt gemacht habe? Mein Laptop steht aufgeklappt auf dem Tisch, das Dokument für die Hausarbeit ist geöffnet, aber geschrieben habe ich ganze drei Sätze. Und die sind nicht einmal besonders geistreich.

Um sich dem anderen – oder bei Homosexualität dem gleichen – Geschlecht anzunähern, ist es üblich, sich zu Dates zu verabreden. Dies wird bereits seit Jahrhunderten so praktiziert, auch wenn sich die Begrifflichkeiten dafür ändern. Vorliegende Arbeit beschäftigt sich mit der Frage, ob das Studienfach der Date-Beteiligten Rückschlüsse auf das Date-Verhalten zulässt.

Kotz. Geht's noch langweiliger?

Was ist los mit mir? Sonst schaffe ich es doch auch, meine schriftlichen Arbeiten so zu formulieren, dass sie lesbar sind. Das kann nur an Ethan liegen. Der Idiot ist schuld daran, wenn ich die Arbeit nicht rechtzeitig abgeben kann, weil ich eigentlich nur ihn daten will und nicht irgendwelche x-beliebigen Typen. Wenn ich nicht fertig werde, werde ich durchfallen, mein Dad wird triumphieren und mich endgültig verstoßen, und ich werde ohne Studium und ohne festen Job gezwungen sein, als Stripperin zu arbeiten. Oder wahlweise in die Sekte meiner Mom eintreten und mein Leben damit verbringen, tanzend Mutter Erde und den blauen Mond zu preisen und in selbst gewebten Hanfklamotten Bio-Salat anzubauen. Vielen Dank, Ethan. Leck mich doch! Leider ist die bildliche Vorstellung davon, wie Ethans Zunge an meinem Hintern entlangfährt nicht gerade förderlich, um ihn zu vergessen.

Coles trainierter und deswegen sicher toller Körper kommt da genau richtig. Ich hoffe, dass der zur Ablenkung besser taugt als dreißig Jahre alte Dinosaurier oder das Schreiben einer schlechten Seminararbeitseinleitung.

Es klopft erneut.

»Wer stört denn so früh?«, höre ich Ellens verkaterte Stimme nuscheln. Matt rührt sich nicht und schnarcht einfach weiter.

»Ich habe ein Date«, informiere ich sie.

»Schön für dich, Mäuseöhrchen«, murmelt sie. »Aber warum so früh?«

»Es ist schon nach elf, und wir gehen an den Strand.«

»Grmpf«, antwortet sie und zieht sich die Decke über die Ohren.

Ich mache die Tür auf. Davor steht Cole, die Hände in den Taschen seiner Shorts vergraben, ein breites Grinsen im Gesicht. Seine Sonnenbrille hat er in die Brusttasche seines bis zum Bauchnabel geöffneten Hawaiihemds gesteckt.

»Guten Morgen, Prinzessin. Können wir los?«

Ich hasse es, wenn man mir alberne Allerwelts-Kosenamen gibt. Denken Männer wirklich, dass Frauen das toll finden?

»Fast. Ich muss nur noch meine Badesachen holen.«

Cole nickt und tritt uneingeladen ins Zimmer. Na ja, ihn vor der Tür warten zu lassen wie bestellt und nicht abgeholt, wäre auch unhöflich. Hektisch krame ich in meinen Schubladen herum, um meinen Bikini zu suchen, bis mir einfällt, dass ich ihn in einem Anfall von Vorausplanung bereits nach dem Duschen angezogen habe. Also stopfe ich stattdessen BH und Unterwäsche in meine große Umhängetasche, schnappe mir ein sauberes Handtuch und den Thriller, den ich aktuell lese, und werfe noch Sonnencreme hinterher.

»Fertig.«

Cole, der ungeniert meine halb nackte Mitbewohnerin und ihren auch nicht üppiger bekleideten Freund anglotzt, als seien sie Ausstellungsstücke in einem Wachsfigurenmuseum, legt die Hand auf meinen Rücken und führt mich aus dem Zimmer und den Gang hinunter.

Im Aufzug schweigen wir. Kein angenehmes, aber auch kein peinliches Schweigen, wir sprechen schlichtweg nicht. Cole lehnt lässig an der Wand und pfeift ein nicht identifizierbares Lied, ich stehe, die Tasche vor meinem Bauch wie ein Schutzschild, in größtmöglichem Abstand zu ihm. Als sich die Aufzugtüren öffnen, streckt er mir die Hand hin, und nach einem kurzen Zögern ergreife ich sie und verschränke meine Finger mit seinen. Seine lockere Art macht es mir leicht, mich zu entspannen.

Cole fährt einen roten VW Golf, der – den Rostflecken und der verblichenen Farbe nach zu urteilen – um einiges älter sein dürfte als wir beide.

»1983. 112 PS, Vierzylindermotor mit 1,8 Litern Hubraum. Import aus Deutschland. Mit Gangschaltung. Von meinem deutschen Opa Ernst geerbt.«

Ich habe keine Ahnung von Autos, und mit Gangschaltung bin ich noch nie gefahren. Meinen eigenen Wagen, einen Mini Cooper, den ich zum Führerschein bekommen habe, hat Dad konfisziert, als ich ihm eröffnet habe, dass ich Gender Studies studieren werde. Wie so viele andere Dinge auch. Meine Kreditkarte, mein iPhone, mein geliebtes MacBook. Kann er alles behalten, wenn ihn das glücklich macht. Was ich bezweifle. Als glücklich habe ich Dad nie in Erinnerung. Nicht einmal, wenn er mal wieder eine junge und knackige Tussi heiratet. Wahrscheinlich, weil er immer sofort mit bedenkt, dass er in ein paar Jahren wieder eine neue finden muss.

Cole scheint es nicht zu stören, dass ich seinen Wagen nicht lobe, er hält mir nur mit einem freundlichen Lächeln die Beifahrertür auf und faltet sich dann selbst auf seiner Seite hinein. Der riesige Mensch in dem kleinen Auto wirkt so unpassend wie ein Bär auf einem Dreirad.

Zum Strand ist es nicht weit. Die zwanzig Minuten Fahrt plaudern wir über den Campus, über das Wetter in San Francisco und das Studium oder schweigen, während Cole wieder vor sich hin pfeift. Alles erfreulich unkompliziert.

»Zane wird später auch dazukommen. Das ist doch okay für dich? Oder willst du lieber mit mir allein …?«

»Nein, nein, schon in Ordnung«, beeile ich mich zu sagen. Da ich sowieso nicht vorhabe, mit Cole mehr anzufangen als dieses Date, ist es nicht mein größter Wunsch, allein mit ihm zu sein. Außerdem kann ich das alles in die Auswertung der Studie mit einbringen.

Zane kommt nicht dazu, sondern ist bereits da. Einen Arm und die

Beine von sich gestreckt, liegt er wie ein Seestern in einer winzigen Badehose in der prallen Sonne. Der andere Arm schützt seine Augen. So wird das aber nichts mit der nahtlosen Bräune.

Mit Anlauf rennt Cole los und wirft sich mit einem martialischen Schrei auf seinen Mitbewohner. Der erschrickt und ruckt hoch, will weg, was ihm aber wegen des Gewichts auf ihm nicht gelingt.

Männer sind manchmal so komisch, was Begrüßungen angeht. Beim Umarmen berühren sie sich kaum und vollführen einen albernen Tanz aus Rückenklopfen und gegenseitigem Abklatschen, die Unterkörper möglichst weit voneinander entfernt. Aber Probleme, sich auf den anderen draufzulegen, als hätten sie gerade Sex, oder sich in der Umkleide nach dem Sport auf die blanken Hintern zu hauen, haben sie nicht. Solche Fragen kann auch das längste Gender-Studium nicht abschließend beantworten.

Cole bleibt einfach auf Zane liegen, und man sieht, dass er sich extra schwer macht, um seinen Freund noch mehr zu ärgern. Ein paar Minuten beobachte ich, wie Zane verzweifelt versucht, Coles Monsterkörper von sich herunterzustoßen, und wie Cole immer mehr kichert und sich über Zane amüsiert. Mich hat er entweder vergessen oder er vertraut darauf, dass ich nicht sofort beleidigt abhaue, wenn er sich nicht pausenlos um mich kümmert. Erst dann entdeckt mich Zane.

»Hi Claire«, keucht er unter Cole hervor.

Ich weiß nicht, wie ich mich ihm gegenüber verhalten soll. Ich vermute, dass er wegen Cole so angestrengt schaut und nicht, weil ihm das Zusammentreffen mit mir so peinlich ist. Außerdem hätte er ja auch zu Hause bleiben können. Also beschließe ich, mich ebenfalls ganz normal zu benehmen. Abgesehen davon, dass die beiden Männer neben mir sich nicht wirklich normal verhalten. Zumindest nach Frauenmaßstäben nicht. Eher wie zwei balgende Welpen, denn gerade haben sie angefangen, eine Art Ringkampf zu veranstalten. Ich fürchte, Zane wird wenig Chancen gegen Cole haben, der sicher zwanzig Kilo mehr wiegt und mindestens fünfzehn Zentimeter größer ist.

Während die beiden noch miteinander beschäftigt sind, breite ich mein Handtuch aus, ziehe mich aus und krame die Sonnenmilch aus meiner Tasche. Erst als ich meinen gesamten Körper eingecremt habe, hören die zwei auf zu raufen. Cole lacht, setzt sich zurück auf seine Fersen und fährt sich mit den Händen durch die Haare. Lachen ist anscheinend eins der Dinge, die Cole sehr häufig tut. Umso besser. Zur Abwechslung mal jemand anderen als Ethan um sich zu haben, der nicht ständig schlechte Laune verbreitet und andere mit abstrusen Theorien volltextet, tut gut.

Zane rappelt sich ebenfalls auf. Er sieht gleichzeitig stinksauer und amüsiert aus. Übertrieben fluchend wischt er sich den Sand vom Körper. »Scheiße, Cole! Sogar in der Arschritze und am Sack klebt der Scheiß!«

»Selber schuld, wenn man so ein Schwuletten-Höschen anhat, wo überall Sand reinkommt.«

Zane schüttelt den Kopf und verdreht die Augen. »Du bist ja nur neidisch, weil du so was nicht tragen kannst«, brummt er und stapft Richtung Wasser.

Ist er tatsächlich beleidigt?

Cole schält sich aus seinen Klamotten, knüllt sie zu einem Haufen zusammen und stopft sie sich als Kissen unter den Kopf. Eine Weile liegen wir schweigend nebeneinander, ich kann die Wärme spüren, die sein massiger Körper ausstrahlt.

Nach kurzer Zeit merke ich, dass mir kalt wird, obwohl wir es uns in der Sonne gemütlich gemacht haben. Na ja, ist eben schon Oktober. Ohnehin wird es in San Francisco selten brütend heiß, die letzten Tage waren temperaturmäßig eher die Ausnahme.

Cole dreht sich auf die Seite, stützt sich auf den Ellbogen und berührt die Gänsehaut auf meinen Armen. »Ist dir kalt? Zane hat immer eine Decke im Auto.«

Ich frage lieber nicht, warum. Die Antwort hat sicher etwas mit *spontan* und *Frauen* zu tun.

»Hol mal die Decke, Käsestange«, ruft Cole Zane zu, der gerade wieder aus dem Wasser kommt. Sein Körper glänzt, und einzelne Wassertropfen rinnen über sein Sixpack und fallen in den Sand oder verschwinden in seiner winzigen Badehose. Seine Brustwarzen sind hart, und eine Gänsehaut überzieht seinen Körper. Ich kann mir durchaus vorstellen, dass viele Frauen bei so einem Anblick Schnappatmung bekommen.

»Hol sie doch selber, Fettsack. Der Schlüssel ist in der Jeans.« Zane steht noch ein paar Augenblicke in der Sonne und streicht sein nasses Haar zurück wie ein Model in einer Aftershave-Werbung.

Cole brummt irgendetwas Unverständliches, greift aber in Zanes Hosentasche und holt den Autoschlüssel heraus. »Bin gleich wieder da, Prinzessin.« Er zwinkert, schlüpft in seine Flip-Flops und schlendert davon.

Zane hat zwischenzeitlich sein Gockelgehabe abgelegt und setzt sich zurück auf sein Handtuch. Sein Blick wandert meinen Körper entlang. »Schicker Bikini«, sagt er anerkennend und schnalzt mit der Zunge. Sonst unterhalten wir uns nicht. Beide schauen wir aufs Meer und hängen unseren Gedanken nach.

Als Cole zurückkommt, hat er nicht nur eine ultrahässliche neongelbe Wolldecke mit Fransen dabei, sondern auch eine Kühlbox. Die Decke legt er mir um die Schultern.

»Danke«, sage ich erleichtert und wickle mich ein.

»Bier oder Wasser?« Cole hält mir beides zur Ansicht hin.

Ich entscheide mich für Wasser.

Mit den beiden den Vormittag zu verbringen, macht mehr Spaß als erwartet. Sie sind unaufdringlich fröhlich, haben eine positive Ausstrahlung und bringen mich mit ihren lustigen Geschichten zum Lachen.

»Ich sag noch zu ihm: ›Wetten, dass du dich nicht traust, deinen Kopf zwischen die Gitter vor der Polizeiwache zu stecken‹, und der Vollpfosten versucht es tatsächlich.« Zane lacht lauthals.

»He, wir waren fünfzehn und stockbesoffen«, wehrt sich Cole, als sei das eine Universalentschuldigung für alles.

»Und das Beste ...« Vor Lachen kann Zane kaum weitersprechen. »Er hat seinen Riesenquadratschädel nicht mehr rausbekommen. Die

Bullen haben das natürlich mitgekriegt. Zu viert haben sie versucht, ihn rauszuziehen. Einer hat sogar sein Butterbrot geopfert, damit's besser flutscht. Von dem vielen Rumgezerre wurde Cole dann auch noch schlecht, und er hat ans Fenster ...« Er macht ein Würgegeräusch und klopft sich auf die Schenkel. Cole kichert, die Erzählung scheint ihm gar nicht peinlich zu sein. Ich wäre vermutlich vor Scham gestorben. »Erst der Notarzt hat es geschafft. Wie bei einer Geburt haben sie seinen Kopf ein wenig gedreht, und dann ist er rausgeploppt.«

Sie kriegen sich nicht mehr ein vor Lachen, und Cole schafft es kaum, sein Bier hinunterzuschlucken. Wegen des Alkoholverbots in der Öffentlichkeit hat er sein T-Shirt um die Dose gewickelt.

»Habt ihr keinen Ärger bekommen?«

Cole wischt sich mit seinem Handrücken die Lachtränen aus den Augen. »Zanes Daddy hat wie immer schön gezahlt, und damit war's erledigt. Aber wir hatten beide vier Wochen Hausarrest.«

»An den sich eh keiner gehalten hat«, ergänzt Zane.

Sie klatschen ab.

»War Ethan damals auch schon mit euch befreundet?«, will ich wissen und tue so, als wäre es eine harmlose Frage nebenbei.

Cole quetscht die leere Dose mit einer Hand zu einem flachen Gebilde zusammen und wirft sie zurück in die Kühlbox. »Logo. Wir kennen uns seit der ersten Klasse der Junior High. Ethan war damals so ein kleines, dürres, hässliches Kerlchen mit viel zu großer Brille, Streichholzärmchen und Streberhemden.«

»Und du warst dafür umso fetter«, feixt Zane. »Man konnte dich rollen.« Der sonst so coole und fröhliche Cole dreht den Kopf zur Seite und wird rot. Zane beugt sich zu mir und senkt die Stimme, als wolle er mir ein Geheimnis verraten. »Weißt du, warum er mit Sport angefangen hat?«

Ich zucke die Schultern.

»Weil er keine Mädels abbekommen hat. Der Hübsche von uns dreien war nämlich immer ich. Und? Hat's was gebracht? Fett ist er immer noch.«

Cole ist nicht fett. Nicht einmal dick. Muskulös und groß trifft es eher. Eigentlich ein wenig so wie unser ehemaliger österreichischer Gouverneur.

»Ich geh ins Wasser«, verkündet Zane.

Cole springt sofort auf. »Kommst du mit?«, fragt er mich, macht aber nicht den Eindruck, als sei ihm meine Antwort wichtig.

»Nein, ich muss später noch arbeiten und will nicht, dass meine Haare nass werden.«

Dämliche Mädchenausrede. In Wirklichkeit bin ich momentan einfach zu träge zum Aufstehen. Außerdem ist mir das Wasser viel zu kalt. Ich liebe das Meer und den Strand, aber ich gehe nur ins Wasser, wenn es mindestens vierundzwanzig Grad hat. Das erreicht der Pazifik hier nie. Normal sind fünfzehn, also nur etwas für wirklich abgehärtete Schwimmer. Ellen hat mir erklärt, dass das am Kalifornienstrom liegt, der das kalte Wasser aus dem Norden an die Küste bringt. Na danke auch, lieber Strom. Da lebt man schon in einer Stadt am Meer, in Kalifornien, einem Ort, bei dem jeder sofort an Strände und Palmen und Sonne denkt, und dann ist das Wasser hier so verdammt kalt, als wohne man in Alaska. Aber immer noch besser als Kalamazoo in Michigan, wo ich geboren bin und achtzehn Jahre meines Lebens verbracht habe. Und wo es zwar im Sommer schön warm, aber das Meer zu weit für einen Tagesausflug entfernt ist.

Nur wenige Minuten später kommen Cole und Zane wieder aus dem Wasser gerannt.

»Scheiße, ist das kalt«, flucht Zane und rubbelt sich über die Arme.

Cole schnappt sich sein Handtuch, trocknet sich schnell ab und zieht dann sein T-Shirt über.

Ich mag die beiden. Sie sind wie zwei kleine Jungs in heißen Männerkörpern.

»Weißt du, dass Cole dich nur gefragt hat, ob du mit ihm ausgehst, um Ethan eins auszuwischen?«, sagt Zane plötzlich. Er sieht mich fragend an und wartet auf eine Reaktion.

»He, nicht nur deswegen«, widerspricht Cole. »Und weil sie süß ist.« Er tätschelt meinen Arm und lächelt.

Was soll ich jetzt davon halten?

»Nicht beleidigt sein, süße Claire«, schmeichelt Cole und klopft mir kumpelhaft auf den Schenkel, dass es klatscht. Zurück bleiben ein roter Fleck und ein dumpfer Schmerz. Der Kerl ist echt stark.

»Was wollt ihr mir eigentlich sagen?«, frage ich, und meine Stimme klingt nun doch pikierter als geplant.

Auch wenn ich mit keinem von beiden – so lustig und nett sie sind – eine Beziehung anfangen will, findet es keine Frau schön, wenn sie gesagt bekommt, man trifft sich nur mit ihr, um jemand anderen zu ärgern. Gibt es das Wort Anti-Kompliment?

Zane seufzt und verzieht die Lippen, als sei ich ein dummes Kleinkind. »Du weißt doch, dass Ethan auf dich steht ...«, fängt er an.

»Nö, weiß ich nicht.« Woher will er das überhaupt wissen?

»Tut er aber.«

»Jawoll«, bestätigt Cole und nickt heftig mit dem Kopf.

Mag sein, etwas Ähnliches hatte ich ja selbst schon vermutet oder besser gesagt gehofft. Das bringt aber alles nichts, wenn er sich so vehement dagegen wehrt.

»E-Man ist total ausgerastet, als du mit Zane ausgegangen bist. Hat sich richtig aufgeführt und wie ein Irrer die Wohnung geschrubbt und so.«

Häh? Er hat doch vorgeschlagen, ich soll zu Studienzwecken seine Mitbewohner daten. Versteh einer die Männer.

»Na ja.« Cole windet sich. Offenbar ist es ihm doch ein wenig unangenehm. Gut so. »Ich habe es nicht geglaubt, weil E quasi nie ausflippt. Er ist wie ein dürrer Buddha oder der Papst oder so, nur mit mehr Sex. Wobei ... Ach egal. Auf jeden Fall haben Zane und ich gewettet, ob er wohl auch so reagiert, wenn *ich* dich frage ...«

Ich verschränke die Arme vor der Brust, hebe eine Augenbraue und versuche, möglichst streng dreinzublicken. »Und wer hat gewonnen?«

»Ich«, gesteht Zane kleinlaut, wechselt aber schnell zu einem zufriedenen Grinsen. »Ethan ist not amused, wie die Queen es ausdrücken würde. Überhaupt gar nicht. So null. Verstehst du?«

Nein, ich verstehe gar nichts.

»Ja, du hattest recht«, brummelt Cole. Zane dreht auffordernd sein Handgelenk und schiebt das Kinn vor. »Du hattest recht, großer Herr und Meister.«

Zane nickt befriedigt.

»Ich hoffe, du nimmst es uns nicht übel und bleibst weiter unsere Freundin«, säuselt Cole, schiebt die Unterlippe vor und setzt einen Hundeblick auf.

Tue ich das? Für meine Studie macht es keinen Unterschied. Date ist Date. Und die beiden sind witzig, und ein paar Freunde neben Ellen und Matt sind eine willkommene Abwechslung. »Schon okay«, sage ich deshalb.

Die beiden klatschen wieder ab und ziehen mich in dieses Männer-Umarm-Rücken-Klopf-Ding hinein, was mir zeigt, dass sie mich erstens tatsächlich akzeptieren und zweitens nur als Freundin im Sinne von Kumpel sehen.

»Wir lassen grundsätzlich die Finger von Mädchen, die ein anderer für sich beansprucht«, klärt mich Zane auf.

Als würde Ethan mich für sich beanspruchen.

Cole nimmt meine Hand und quetscht meine Finger. Will er mich trösten oder mir die Knochen brechen? »Ja, ich weiß, süße Claire. Ethan ist ein verdammter Idiot, weil er es nicht auf die Reihe kriegt, dich sich einfach zu schnappen.« Er seufzt und streichelt mit seinem Daumen über meinen Handrücken. Obwohl es eine harmlose Geste ist und ich nicht weiß, wie ernst ich seine Rede nehmen kann, tut es gut. »Soll ich ihn niederschlagen und an dich binden?«

Gar keine schlechte Idee. Trotzdem lehne ich ab. Zwang ist nicht so meins. »Nö danke, lass mal.«

Cole nickt und schüttelt meine Hände. Die Bewegung setzt sich über meine Arme bis in meinen Oberkörper fort, sodass ich richtiggehend durchgerüttelt werde. Von Cole angefasst zu werden, ist, wie mit einem

Killerwal zusammen zu sein. Von der Sanftheit her, meine ich. Na ja, vielleicht nicht ganz so gefährlich. Unwillkürlich frage ich mich, wie er als Liebhaber ist. Das werde ich wohl nie erfahren. Macht nichts.

»Uns wirst du auf jeden Fall nicht mehr los.« Cole legt seinen Arm um mich, presst mich an sich und küsst mich feucht auf die Wange. »Wenn E nicht will, hat er Pech. Du kommst trotzdem auf unsere Party nächstes Wochenende. Mir egal, was er dazu sagt. Es ist mein Geburtstag, ich kann einladen, wen ich will.« Noch einmal drückt er meine Schulter und lässt mich dann los.

Danach gehen Zane und Cole wieder zur Tagesordnung über, als hätten sie mir nicht gerade eröffnet, dass der Typ, in den ich heimlich verliebt bin, auf mich steht. Was soll ich nun mit dieser Information anfangen? Eigentlich haben sie damit alles nur noch schlimmer gemacht, denn ich denke nicht, dass Ethan seine Meinung so schnell ändern wird.

Ich sammle meine Sachen zusammen und räume sie in meine Tasche. »Jungs, so schön es mit euch ist, ich muss jetzt arbeiten gehen.«

»Oh, schade«, jammern Zane und Cole im Duett.

»Soll ich dich fahren?«, fügt Cole hinzu.

»Nein danke, ich laufe gern.« Stimmt nicht. Aber dann kann ich wenigstens noch eine Weile für mich sein und über mein neues Wissen nachdenken. Mich gedanklich darauf einstellen, dass ich Ethan gleich wiedersehe. Und noch ein wenig in Selbstmitleid baden.

Ethan

Zum ersten Mal, seit ich den Job hier in der Bib habe, wünschte ich, ich wäre woanders. Während meine treulosen Idioten-Freunde mit Claire am Strand rumhängen – einer Claire in Bikini wohlgemerkt –, muss ich Aufkleber mit Zahlen auf Bücher kleben und Excel-Tabellen kontrollieren. Ich kann mir Coles und Zanes gierige Blicke richtig vorstellen.

Langsam verliere ich die Kontrolle über meine Gefühle und meinen Verstand.

Nicht gut.

Überhaupt nicht gut.

Nur Kontrolle ermöglicht ein Leben, wie ich es mir vorstelle. Bisher hatte ich mein Leben im Griff, meinen Verstand, mein Herz, alles. Jetzt ist alles durcheinander, nichts ist mehr so, wie ich es mir eingerichtet habe. Claire schafft es, dass ich mich fühle wie das Kind, das nie wirklich ein Zuhause hatte. Das von Festival zu Festival, von Campingplatz zu Campingplatz geschleift wurde, ohne Halt, ohne Routine, ohne Sicherheit, ohne zu wissen, wie der nächste Tag sein wird, wo es aufwachen wird, wie oder auf was seine Eltern drauf sein werden. Ohne Grenzen, die ich so dringend gebraucht hätte. Ohne Regeln, an denen ich mich hätte festhalten können. Es kam vor, dass meine Eltern im Feiern oder im Rausch schlicht die Zeit vergaßen und ich stundenlang mit Kopfhörern, einer Großpackung Muffins, Capri-Sonne und Buch allein im Zelt rumhing oder das Gelände erkundete. Zwar weiß ich, dass sowohl meine Mom als auch mein Dad mich abgöttisch lieben, aber ich wusste nie, wann sie zurückkamen. Lediglich auf meinen Geist, meinen Verstand konnte ich mich immer verlassen. Und auf Platon, weil der nun mal zeitlos ist und immer recht hat.

Ed kommt ins Lager gestürmt, er wirkt völlig durch den Wind. Seine Haare stehen wirr vom Kopf ab, sein Hemd hängt auf einer Seite aus der Hose und sein Gesicht ist fleckig.

»Bei Kim haben die Wehen vorzeitig eingesetzt. Ich muss sofort nach Hause. Kannst du bitte die Gruppe Kinder übernehmen, die gleich kommt?« Er wartet meine Antwort gar nicht ab, sondern rennt mit dem Handy in der Hand wieder raus. »Ich bin auf dem Weg, Kimmy, halt durch«, höre ich noch, bevor die Tür wieder ins Schloss fällt.

Also gut. Dann eben eine Kindergruppe. Ich habe nichts gegen Kinder, aber ich reiße mich auch nicht darum, mich mehr als nötig mit ihnen zu beschäftigen. Meistens sind sie mir zu laut und zu aufgedreht. Eigentlich sollte mir das nichts ausmachen, denn meine Mitbewohner sind auch nichts anderes als aufgedrehte Kinder in Erwachsenenkörpern. Aber wenigstens kann ich mich, wenn sie mir auf die Nerven gehen, in mein Zimmer zurückziehen.

Um mich selbst zu motivieren, klatsche ich in die Hände und atme tief ein und aus.

Kaum habe ich das Foyer betreten, geht es auch schon los. Eine Horde Erstklässler oder Kindergartenkinder (ich kann das schlecht schätzen) wuselt durch die Türen. Zwei Frauen begleiten sie. Die eine ist mittelalt, mit kurzen grau melierten Haaren und Kleidung, der man anmerkt, dass sie praktisch und bequem sein soll, nicht modisch oder schön. Sie sieht gestresst aus und redet gerade auf ein Kind ein, das mit bockigem Gesicht und verschränkten Armen mit dem Fuß aufstampft. Die andere Begleitung trägt eine blaue Latzhose und ein Longsleeve mit einem bunten Muster, das mir Augenkrebs bereitet. Ihre Haare hat sie zu einem Dutt auf ihrem Oberkopf aufgetürmt. Ich muss mich zusammenreißen, nicht draufzudrücken wie auf einen Buzzer, um zu prüfen, was sie für Geräusche macht.

»Willkommen in der Bibliothek der SFSU«, begrüße ich die Gäste und bemühe mich um ein höfliches Lächeln.

Ein paar Kinder lächeln schüchtern zurück, einige winken, die meisten wirken jedoch völlig desinteressiert und beschäftigen sich mit anderen Dingen. Mit ihrem Handy, dem Nebenmann, ihrer Brotzeit, oder sie schauen aus dem Fenster. Das kann ja heiter werden.

»Hallo Kinder«, sage ich und beuge mich ein wenig hinunter, um auf ihrer Höhe zu sein. »Ich zeige euch heute die Bibliothek. Wir haben eine Abteilung mit ganz vielen Kinderbüchern. Ihr dürft stöbern, so viel ihr wollt. Später lese ich euch dann etwas vor.«

»Was heißt stöppern?«, fragt ein Mädchen mit Zöpfen und großen Kulleraugen.

»Stöbern heißt, dass du herumlaufen und Sachen aussuchen kannst.«

Sie nickt ernst. Wenigstens eine, die mir zuhört.

»Hat euch denn eure Lehrerin schon erzählt, was wir hier machen?«

Die jüngere der beiden Frauen verzieht pikiert ihren Mund. »Ich bin keine Lehrerin, sondern Fachkraft für transdisziplinäre Frühförderung«, verbessert sie mich. Sie mag keine normale Lehrerin sein, ihr Ton ist dafür umso oberlehrerhafter.

Das kleine Mädchen verdreht die Augen, tippt mich an und flüstert mir dann zu: »Die nervige Tussi heißt Miss Redwood.«

Ich grinse meine neue Komplizin an und nicke dankbar. Miss Redwood funkelt mich mit zusammengezogenen Brauen an und zeigt mir deutlich, dass sie mich für denkbar unqualifiziert hält. Die andere Aufsichtsperson hat sich vor die Tür geschlichen, wo sie eine Zigarette raucht.

»Wenn wir gleich durch den großen Lesesaal gehen, müsst ihr ganz leise sein. Wir dürfen die Studenten nicht stören.« Ich lege meinen Zeigefinger auf die Lippen und sage: »Schsch«.

»Hier wohnt nämlich das Wissen, und Leute, die hier lesen, werden ganz schlau«, sagt die Kleine. Kluges Mädchen. Ich mag sie.

»Da hast du vollkommen recht. Sehr gut.« Ich lächle, und sie freut sich offenbar über mein Lob, denn sie strahlt übers ganze Gesicht. »Wie heißt du denn?«

»Sophia.«

»Wusstest du, dass Sophia auf Griechisch Weisheit heißt? Philosophie ist damit die Liebe zur Weisheit.«

»Wow.« Ihr Mund steht offen. »Das ist cool. Das muss ich Mami erzählen. Ich glaube nicht, dass sie das schon weiß. Mami war nicht auf dem College. Und wo mein Daddy ist, weiß ich nicht.«

Ich knie mich vor sie. »Wenn man nicht auf dem College war, heißt das nicht, dass man nicht klug ist. Es gibt viele Menschen, die nicht studiert haben.«

»Hm.« Sie überlegt. »Ich will mal aufs College. Ich will Ärztin werden und Menschen retten.«

»Dann wirst du das sicher schaffen, Sophia. Ganz bestimmt.«

»Können wir jetzt bitte anfangen? Sie sehen doch, wie unruhig die Kinder schon werden. Sie können uns doch nicht einfach ignorieren!«, unterbricht die bunte Latzhosen-Frühförderin unsere Zweisamkeit. »Haben Sie überhaupt irgendwelche pädagogischen Erfahrungen mit der Zielgruppe?«, schiebt sie gehässig nach.

Ich schlucke meine ebenso gehässige Belehrung hinunter. Die Bibliothek ist auf bezahlte Führungen angewiesen. Außerdem ist es wichtig, Kinder an Literatur und Wissen heranzuführen. Wenigstens lenkt mich die Schnepfe von Claire ab. Man soll ja in allem etwas Gutes sehen.

Sophia und ich sehen uns in stummem Einverständnis in die Augen, ich greife ihre Hand und beginne mit der Führung.

Zwei Stunden später bin ich nicht nur fix und fertig, sondern habe auch einen fusseligen Mund vom vielen Erklären und Vorlesen. Nach anfänglichen Motivationsschwierigkeiten habe ich es dann doch noch geschafft, dass die Kinder mir zuhörten. Als ich ihnen mit verschiedenen Stimmen aus Harry Potter vorgelesen habe, saßen alle gespannt lauschend im Kreis um mich herum auf dem Boden. Sogar Miss Klugscheißerin-Redwood schien versöhnt.

Jetzt allerdings wünsche ich mir nur noch eine Pause. Sobald alle weg sind, flüchte ich in den Personalraum, lege mich auf die schmale

Ablage vor den Spinden und schließe für einen Moment die Augen. Die Stille ist nach dem Durcheinandergerede der Kinder herrlich beruhigend.

»Oh, hi. Ich wollte nicht stören.«

Wann ist Claire denn hereingekommen? Von unten ist sie genauso schön wie von vorne oder von hinten oder von der Seite. Weil sie auf mich herabsieht, umspielen ihre Haare ihren Kopf wie ein Wasserfall. Sie riecht nach Wind und Sand und Meer und nach Claire.

»Alles in Ordnung?« Ihre Stimme klingt ehrlich besorgt.

Erst da registriere ich, dass ich immer noch wie ein Penner auf der Bank liege und sie anglotze. Schnell setze ich mich auf, fahre mir durch die Haare, ruckle meine Brille zurecht und räuspere mich. »Ja, klar. Ich habe nur Pause gemacht.«

Sie sieht mich seltsam an, und ich meine, Zärtlichkeit und Unsicherheit in ihrem Blick zu lesen. Aber was weiß ich schon von den Gefühlen anderer Menschen? Schon Wittgenstein wies darauf hin, dass wir uns nie sicher sein können, wenn es darum geht, Zeichen oder Worte zu deuten. Woher soll ich wissen, dass ihr Blick nicht Abscheu bedeutet und ich mir nur einbilde, dass es etwas anderes ist? Ich seufze. Warum ist das Leben auf einmal so verdammt kompliziert geworden?

Claire sieht mich immer noch so komisch an. Sie setzt sich neben mich auf die schmale Ablage, hebt zögerlich die Hand, lässt sie dann wieder sinken. »Du siehst traurig aus«, sagt sie leise.

Ich wende mich ihr zu, schweige aber. So sitzen wir eine Weile und schauen uns stumm in die Augen. Ohne darüber nachzudenken, streiche ich ihr eine Haarsträhne aus der Stirn. Sie schließt die Augen und schmiegt sich in meine Hand. Wie in einer Wiederholungsschleife. Nur dass wir diesmal nicht im Lager sind, sondern hier. Ganz langsam nähert sie sich meinem Gesicht. So langsam, dass ich sie jederzeit aufhalten könnte. Weil ich es nicht tue, nicht kann, nicht will, berührt ihr Mund sanft meinen. Ihre Lippen sind weich, und ich komme ihr entgegen, küsse sie zögernd und sehnsüchtig. Es fühlt sich an wie ein Nachhausekommen nach langer Abwesenheit. Obwohl unser Kuss unschuldig ist, nicht einmal unsere Zungen sind beteiligt, und wir uns ansonsten nicht anfassen, explodiert etwas in mir. Mein Magen rebelliert, mein Herz rast, meine Brust wird eng, mein Penis pocht. Das Gefühl überflutet mich derart unkontrolliert dass ich kaum mehr Luft bekomme. Angst kriecht in mir hoch. Ich muss mich von ihr lösen, darf mich von dem, was sie in mir auslöst, nicht einfangen und unterdrücken lassen. Ich bin der Chef über mich selbst. Nicht Hormone, nicht Emotionen, nicht Lust. Nur ich.

Aber mein Verstand hat sich zurückgezogen. Wo bist du, wenn ich dich brauche? Lass mich nicht allein! Komm zurück!

Statt nach meinem Verstand zu suchen, schiebe ich vorsichtig meine Zunge in ihren Mund. Sofort empfängt sie mich, als habe sie ihr ganzes Leben darauf gewartet. Meine Hände zittern, mein Kopf dröhnt, das Engegefühl in meiner Brust steigert sich ins Unerträgliche. Und gleichzeitig fühle ich mich frei, genieße die Wärme ihres Mundes und ihrer Finger, die nach meinen greifen.

Nein.

Nein.

Keine Gefühle.

Kein Kontrollverlust.

Keuchend löse ich unsere Verbindung. Schweiß bricht mir aus. Ich bin atemlos, als hätten wir gerade wilden Sex hinter uns. Atemloser als nach einem Zehn-Meilen-Lauf. Atemloser als damals, als mein Dad so betrunken war, dass ich dachte, er sei tot. Mein Körper kann sich nicht mehr erinnern, wie man atmet. Das Einzige, was ich zustande bekomme, ist ein schnelles Bewegen meines Brustkorbs. Ich brauche Sauerstoff. Hier drin ist viel zu wenig Raum für uns beide und für das, was gerade passiert.

Genau so fühlte ich mich damals als Kind. Ich war vielleicht fünf oder sechs. Ich weiß es nicht mehr. Ich wachte in unserem kleinen Iglu-Zelt auf, und meine Eltern waren nicht da. Die Musik wummerte laut im Hintergrund. Ich musste dringend aufs Klo und lief durch die Dunkelheit zu den Toiletten, stieg über scheinbar leblose Körper, quetschte mich an anderen Zelten vorbei, stolperte über ein am Boden liegendes, ineinander verkeiltes und stöhnendes Pärchen. Auf dem Rückweg verirrte ich mich. Sosehr ich auch suchte, ich fand den Weg nicht mehr zurück in mein temporäres Nest, in meine Zuflucht, das Zelt, in dem ich der Herrscher war. Ich weinte und schluchzte und fühlte mich von aller Welt verlassen und wahnsinnig haltlos und verloren. Irgendwann, es wurde bereits hell, fand mich meine Mom, schloss mich in ihre Arme und trug mich zurück zum Zelt, streichelte mir über den Kopf und flüsterte mir Worte ins Ohr, an die ich mich nicht erinnere, bis ich mich schließlich beruhigte und an sie geschmiegt einschlief.

Doch jetzt ist niemand da, der mich findet und rettet. Sogar mein bester Freund, der Verstand, hat mich verlassen.

Ich weiche zurück, schüttle den Kopf und schließe die Augen. Versuche, mich auf mein Atmen zu konzentrieren, versuche, wenigstens irgendetwas in mir wieder unter Kontrolle zu bringen. Ich schaffe es nicht. Versage kläglich.

Ihr Blick ist voller Schmerz, als ich aufspringe und rückwärts zur Tür fliehe, als sei sie ein lauerndes Raubtier und ich die Maus, die denkt, sie könne entkommen.

Sie folgt mir nicht.

Erst vor der Tür, im Freien, verlangsame ich meine Schritte. Ich stütze mich auf meine Oberschenkel und sauge den Sauerstoff in meine Lunge, spüre, wie das Blut durch meine Adern fließt, und warte verzweifelt darauf, dass mein Körper wieder mir gehört. Vielleicht bekomme ich dann wieder Zugang zu meinem Verstand. Wenn nicht, weiß ich nicht, wie ich weiter überleben soll.

Claire

Ich habe meinen Chef gebeten, meine Schichten so zu planen, dass ich möglichst wenig mit Ethan zusammentreffe.

»Nicht, dass ich es Ethan zutrauen würde, aber hat er etwas getan, was ich als Chef wissen muss?«, hat er gesagt und mich mit besorgtem, strengem Blick fixiert. »Sexuelle Belästigung ist kein Kavaliersdelikt. Auch anderweitiges Mobbing nicht. Wobei, Ethan ist der Letzte, von dem ich derlei denken würde. Aber man kann sich immer täuschen.«

»Nein, nein«, habe ich mich beeilt zu antworten.

Dass ich mir wünschte, er hätte mehr getan, verschweige ich. Wir haben uns ja nur kurz geküsst. Anfangs saß er völlig unbeweglich da, mein Mund auf seinem, als warte er darauf, dass es endlich vorbei ist. Dass unser Kuss dermaßen ausgeartet ist, lag nicht an mir. Er hat damit angefangen. Okay. Wir beide. Aber das gibt ihm nicht das Recht, aufzuspringen und wegzurennen, als hätte ich ihn gezwungen, Stierhoden zu essen.

Ich habe Ed irgendeine fadenscheinige Ausrede vorgemurmelt, von wegen, dass ich versuchen will, selbstständig ohne Anleiter zu arbeiten und so Quatsch. Er hat zwar skeptisch geschaut, mich aber in Ruhe gelassen und den Dienstplan entsprechend geändert. Jetzt bleibt Ethan von meinem Anblick verschont. Und seiner mir.

Besser geht es mir deswegen nicht. Ich weiß, dass ich dringend ein Date brauche. Für die Seminararbeit und um mir selbst zu beweisen, dass ich nicht so abstoßend bin, wie mich Ethan behandelt. Es muss doch jemanden geben, der nicht vor Panik hyperventiliert, wenn ich ihm zu nahe komme.

Mittags hole ich mir in der Cafeteria ein Truthahnsandwich und treffe mich mit Ellen an unserem üblichen Tisch. Vor ihr liegt ein Stapel Papier, in dem sie liest und mit einem roten Stift einzelne Passagen markiert.

»Was ist das?«

Sie sieht auf und kaut auf ihrem Stift herum. »Hm? Ach so. Der erste Entwurf meiner Seminararbeit. Ich überarbeite gerade.«

»Du bist so eine Streberin.«

Sie zuckt die Schultern. »Nein, bin ich nicht. Ich kümmere mich nur um die Dinge, die ich erledigen muss.«

»Und ich mache das nicht?«, frage ich genervt nach. Sie hat schlicht Glück, dass sie ein besseres Thema abbekommen hat und nebenbei nicht noch Vollzeit arbeiten muss.

»Jetzt sei nicht sauer. Ich weiß, dass du viel zu tun hast. Aber du musst auch zugeben, dass du dich nicht wirklich konsequent um die Durchführung der Studie, sprich die Probandenakquise bemühst.« Sie redet, als wollte ich mich als Escort-Dame selbstständig machen. »Wenn dieser Ethan-Typ dich verschmäht, was ich übrigens überhaupt nicht nachvollziehen kann, weil du klug und hübsch und, wenn du nicht gerade vor Liebeskummer zerfließt, witzig und fröhlich bist, solltest du schleunigst nach Alternativen suchen. Ich bin sicher, dass hier in diesem Raum viele Männer vor Verlangen nach dir vergehen.«

Wenn sie so lange und komplizierte Sätze auch in ihrer schriftlichen Arbeit verwendet, sehe ich für eine gute Note schwarz. Unser Prof hasst Schachtelsätze. Allerdings liebt er so antiquierte Formulierungen wie *vor Verlangen vergehen*.

Frustriert stütze ich das Kinn auf die Hände. Hunger habe ich keinen mehr. Das ganze Studien-Dating-Männer-Ethan-Ding schlägt mir auf den Magen.

»Der zum Beispiel.« Sie zeigt mit dem Stift auf einen Typen, der allein am Nebentisch sitzt und mit einem Bleistift in ein ledernes Buch zeichnet. »Der ist nett. Studiert Grafikdesign. Weiß ich, weil er mal für Matts Firma einen kleinen Auftrag erledigt hat. Ich habe mich kurz mit ihm unterhalten, als wir beide auf Matt gewartet haben. Etwas zu hipstermäßig für meinen Geschmack, aber der Wurm muss ja dem Fisch schmecken, nicht dem Angler.« Sie zieht mein Tablett mit dem labbrigen Sandwich heran und beißt ein großes Stück ab. Mayonnaise tropft auf ihre Arbeit. »Mist.« Weil ihr Mund voller Speisebrei ist, fallen beim Motzen noch mehr Bröckchen auf ihre weiße Bluse. Mit der Serviette vom Tablett versucht sie, die Sauerei wegzuwischen. Da die aber auch voller Soße ist, vergrößert sie dadurch das Chaos nur noch. »Mann!« Wütend wirft sie mein Sandwich zurück aufs Tablett. Ich reiche ihr ein Taschentuch, und sie rubbelt verzweifelt an dem Fleck auf ihrer Bluse herum. Gut, dass es kein Ketchup war.

»Vergleichst du mich gerade mit einem Wurm?«, frage ich.

»Nein, du Doofi. Ich meine damit Folgendes: Erstens brauchst du noch ...« Sie schiebt das Kinn vor. »Wie viele Dates?«

»Sieben.«

»Also erstens brauchst du noch sieben Dates. Einen Grafiker hattest du noch nicht, ist das richtig?« Ich nicke. »Zweitens ist dieser potenzielle Proband, von dem mir spontan der Name entfallen ist – auf jeden Fall irgendwas Asiatisches, klar, er ist ja auch ein Asiat –, den du aber sicher schnell herausfinden wirst, ein netter Vertreter der Spezies Mann. Und drittens stehst du doch auf so schlaksige Genossen, die aussehen, als bräuchten sie erst einmal etwas Gescheites zu essen. Voilà, hier ist ein netter, schlanker, intelligenter und kreativer junger Mann. Frag ihn einfach, ob er mit dir ausgeht. Probandenproblem gelöst.«

»Nur weil mir Muskelprotze nicht sooo gut gefallen, heißt das nicht, dass ich auf Dünnlinge abfahre. Außerdem waren mir eben schon immer die inneren Werte wichtiger.«

Sie nimmt meine Hand und schaut mir tief in die Augen. »Schätzlilein. Was spricht dagegen, wenn die inneren Werte in einer ansprechenden Hülle stecken?«

Gegen ihre Argumente kommt man nicht an.

Sie steht auf, greift meine Hand und zerrt mich an den Nebentisch, wo sie sich und mich auf die Bank schiebt.

»Hi«, sagt sie bloß.

Der Typ sieht auf und wirkt einen Moment verwirrt. Dann steigt die Erkenntnis in sein Gesicht, und er lächelt sie herzlich an. »Hi. Ellen, richtig? Die Freundin von Matt. Schön, dass wir uns mal an der Uni treffen.«

Sie nickt, und die beiden schütteln sich förmlich die Hand. Ich sitze daneben und weiß nicht, was Ellen jetzt von mir erwartet.

»Das ist meine Mitbewohnerin und beste Freundin Claire«, stellt sie mich vor.

Der Typ streckt auch mir die Hand hin. »Hi Claire. Wu. Freut mich.«

So kompliziert ist sein Name nicht, dass man ihn sofort wieder vergessen würde. Typisch Ellen. Er sieht nicht umwerfend gut aus, ist aber auf subtile Weise süß, wenn auch für meinen Geschmack ein wenig zu androgyn. Oder ist das politisch unkorrekt, wenn man so etwas sagt? Vor allem, wenn man Gender Studies studiert und sich ständig mit den Begriffen Mann, Frau, Androgyn, Intersexuell und ähnlichen Bezeichnungen beschäftigt?

Er lächelt. Ellen reibt sich die Schenkel. »Ich muss los, ihr zwei Hübschen. Ich will mit meiner Seminararbeit vorankommen.« Sie rafft ihre Sachen zusammen, beugt sich zu mir herunter und gibt mir ein Küsschen auf die Wange. »Bis später, Karamellbonbon.«

»Sie gibt mir immer so komische Namen«, erkläre ich dem verwirrt dreinblickenden Wu und zucke mit den Schultern. »Was malst du da?«

Er dreht sein Heft so, dass ich hineinschauen kann. Ein mit feinen Strichen skizzierter Drache schlängelt sich über die Seite.

»Wow. Das sieht klasse aus! Ist das für ein Seminar?«

»Danke. Nein, das ist nicht fürs Studium. Nur für mich. Ich will mir ein neues Tattoo stechen lassen. Das ist nur eine erste Idee. Noch nicht ganz fertig.«

»Hat er eine bestimmte Bedeutung?«

»*Fuku Ryu* steht in Japan für Glück.«

»Kann man ja immer brauchen«, sage ich sinnloserweise. Sehr geistreich.

Wu lacht. »Stimmt.« Eine Weile betrachte ich die Zeichnung und überlege, auf welche Stelle seines Körpers er sie wohl stechen lassen will. »Im Studium geht es momentan mehr um Schriften und Logos. Das freie Gestalten kommt leider erst wieder nächstes Semester.«

An der Art, wie er das sagt, kann ich herauslesen, dass ihm das freie Kreative offenbar mehr liegt. Tja, wir müssen für unser Studium alle Dinge machen, die wir lieber lassen würden. Stichwort: Dates.

»Heute Abend ist die Vernissage der Werkschau von uns Studenten zum Thema *Visualisierung von Gefühlen.*« Er rutscht ein wenig auf seinem Stuhl herum und tippt mit seinem Bleistift auf den Tisch. Tipp tipp tipp – wie ein Schlagzeuger auf Ecstasy.

Hoffentlich fragt er gleich, ob ich zu dieser Vernissage mitgehen will. Dann müsste ich ihn nicht um ein Date bitten. Kunstausstellungen sind mir ziemlich egal, aber es geht schließlich um die Wissenschaft und meine Zukunft am College. Vielleicht wird es ja ganz nett. Wu scheint in Ordnung zu sein.

»Hast du Lust, mich zu begleiten?«, fragt er so schnell, dass ich ihn beinahe nicht verstehe.

»Ja, gern«, lüge ich.

Ich würde *gern* mit Ethan rummachen. Ich hätte *gern* mehr Geld. Ich hätte *gern* eine andere Seminararbeit. Aber ich schaue mir *nicht gern* Kunst von Leuten an, die mir völlig schnurz sind. Wahrscheinlich bin ich da einfach nicht intellektuell genug.

»Fein.« Wu freut sich sichtlich. »Weißt du, wo das Gebäude ist, in dem wir Gestalter unsere Seminare haben?«

Ich schüttle den Kopf, woraufhin er mir den Weg beschreibt.

»Die Vernissage beginnt um sechs. Ich werde spätestens ab vier da sein, weil ich noch den Rest vorbereiten muss, Bilder aufhängen und so. Komm einfach, wann du magst.«

Als ich an diesem Abend in der Ausstellung ankomme, arrangiert Wu gerade eine Reihe kleiner Bilder auf einem hölzernen Ständer. Was die Zeichnungen darstellen sollen, kann ich nicht identifizieren, es sieht aus wie Spritzer auf einem Spiegel vom zu heftigen Zähneputzen. Nur in unterschiedlicher Dichte und in unterschiedlichen Farben. Die einzelnen Rahmen hat er regenbogenartig angeordnet.

»Und? Wie findest du sie?«

»Ja ... schön ...« Verlegen kratze ich mich am Ohr. Den Drachen fand ich tatsächlich schön. Das hier ist mir irgendwie zu ... Keine Ahnung. Vermutlich verstehe ich den künstlerischen Gedanken dahinter nur nicht.

Er grinst zufrieden. »Hübsch siehst du aus.«

»Danke.« Ich habe extra das Hippie-Kleid angezogen, von dem Ellen behauptet, dass es mir so gut steht, und mich geschminkt. Für eine Vernissage erschien es mir angemessen, mich aufzubrezeln.

Stolz führt Wu mich durch die ansonsten noch menschenleere Ausstellung.

Drei Stunden später habe ich mehrere endlos lange Reden über mich ergehen lassen, drei Gläser widerlich süßen, aber dafür kostenlosen Rotwein in mich hineingeschüttet und mir langweilige Abhandlungen – oder besser gesagt Gejammer – über den Wert der innovativen jungen Kunst in den USA anhören müssen. Noch ein paar Minuten, dann kann ich mich davonstehlen. Wu scheint von meiner Stimmung nichts zu merken, obwohl ich sicher momentan keine Lebensfreude und kein grenzenloses Interesse ausstrahle. Aber er gibt sich sichtlich Mühe, mich zu bespaßen, und weicht kaum von meiner Seite. Sogar bis zum Klo hat er mich begleitet und vor der Tür gewartet. Denkt er, dass einer der Kunststudenten mich überfallen und vergewaltigen würde? Oder hat er Angst, ich könnte mich im Klo runterspülen?

Nachdem ich ihm eröffnet habe, dass ich müde sei und nun nach Hause gehen würde, fällt sein Gesicht enttäuscht in sich zusammen. Er hat offensichtlich mehr Interesse an mir als ich an ihm. Es würde ihm das Herz brechen, wenn er erfahren würde, dass ich lediglich wegen einer Studie mit ihm ausgegangen bin und dass mich Kunst in etwa so sehr interessiert wie das gegenwärtige Wetter in Timbuktu.

Mit hängenden Schultern begleitet er mich zum Ausgang. Sein flehender Blick bringt mich beinahe dazu, noch zu bleiben. Aber nur beinahe. Ich bin froh, wenn ich hier weg bin und mein reizüberflutetes Gehirn mit Dummie-Fernsehen entspannen kann. Wenn ich mich richtig erinnere, beginnt heute die neue *Bachelor*-Staffel.

Zum Abschied umarme ich ihn kurz. Er nutzt die Gelegenheit, schlingt wie ein Oktopus seine Arme um mich und hält mich fest. Dann drückt er seine Lippen auf meine. Der Kuss ist okay, Wu weiß, was er tut, küsst mich in der theoretisch richtigen Mischung: nicht zu feucht, nicht zu drängend, nicht eklig oder so. Aber in der Praxis löst er nichts in mir aus. Das kurze Berühren von Ethans Lippen dagegen entfachte ein Verlangen und eine Sehnsucht in mir, die Wu niemals erreichen wird. Selbst wenn er mich hundert Jahre durchgehend küssen würde.

Deswegen schiebe ich ihn entschlossen von mir, streichle ihm entschuldigend über die Wange und bedanke mich für das Date. Er lässt den Kopf hängen und seufzt, hält mich aber nicht auf, als ich meine Tasche zurechtrücke und die Tür aufstoße.

Ethan

Mit den Seminarkollegen aus dem Anatomiekurs treffe ich mich vor der California Academy of Science. Zurzeit gastiert hier eine Sonderausstellung des deutschen Mediziners und Künstlers Gunther von Hagens mit seiner Ausstellung »Körperwelten – Anatomie des Glücks«. Laut Ausschreibung ist er darin dem Glück auf der Spur. Na, das passt ja hervorragend. Vielleicht finde ich hier Antworten.

Ich höre unserem Museumsführer kaum zu. Die Ausstellungsstücke, die sogenannten Plastinate, faszinieren mich. Reale menschliche Körper, die mit einem speziellen Verfahren unsterblich gemacht wurden. Jede Sehne, jeder Muskel, jeder Nerv, jede Vene und jede Arterie ist deutlich zu sehen. Klar definiert. Von Beginn des Lebens an angelegt. Ein unglaublich kompliziertes Konstrukt der Evolution, in dem alles funktioniert, ohne dass wir darüber nachdenken müssen.

Bei einem der Körper ist das Gehirn freigelegt. Ein Mann, der in klassischer Denkerpose vor einem Schachbrett sitzt und über den nächsten Zug zu grübeln scheint. Nachdenklich betrachte ich das Ding in seinem Kopf. Ein unspektakuläres, aber trotzdem unheimlich schönes, weißlich-beiges Gebilde, die einzelnen Teile klar voneinander getrennt. Nur das monströs überdimensionierte Großhirn unterscheidet uns von anderen Lebewesen. Macht uns zum Menschen. Ist das tatsächlich so? Ist eine Fliege weniger glücklich, weil sie kein Gehirn wie unseres besitzt? Denkt sie überhaupt über so etwas Abstraktes wie Glück nach? Vermutlich nicht, denn das würde eine Selbstreflexion voraussetzen. Mein eigenes Gehirn ist auf jeden Fall momentan völlig überfordert.

Je länger ich die Exponate betrachte, umso mehr frage ich mich, was uns lebendige Menschen von den hier ausgestellten toten unterscheidet. Ich sehe sie an, alles ist dran, was dran sein muss. Trotzdem fehlt etwas. Die Seele? Was ist es, was die Plastinate so unwirklich erscheinen lässt? Selbst mit der Gewissheit, dass es Körper von echten Menschen sind? Sie wirken nicht lebendig. Tot – was sie auch sind, aber nicht nur körperlich, sondern vor allem entleert: ihrer Seele, ihres Lebendigseins, ihrer Erinnerungen, ihrer Gedanken und ihrer Persönlichkeit, ihrer Gefühle. Ihres Glücks.

Verhält es sich mit der Liebe ebenso? Macht erst sie uns zu wirklichen Menschen?

Ich versuche, aus den Körpern herauszulesen, wer von ihnen in seinem Leben geliebt hat, wer geliebt wurde, wer glücklich oder unglücklich war. Aber es sind schlichtweg nur präparierte, für die Ewigkeit haltbar gemachte Körper.

Was davon bin ich? Ein Körper ohne Inhalt? Oder macht mich der nicht sichtbare, der nicht greifbare Inhalt erst zu einem wahren Menschen? Mein Kopf explodiert beinahe.

Was, wenn ich es auf einen Versuch ankommen lasse? Wenn ich mir erlaube, mich in Claire zu verlieben? Was, wenn ich dann feststelle, dass Liebe nur eine Illusion ist? Wenn sie mich verletzt? Wie damals, als ... Wenn sie dafür sorgt, dass all meine mühsam erarbeitete Kontrolle komplett zusammenbricht? Zu lieben ist ein verdammt hohes Risiko. Liebe ist wie Lottospielen. Man kann gewinnen, aber die Wahrscheinlichkeit zu verlieren ist ungleich höher. Der Jackpot quasi unmöglich. Wenn es für jeden Menschen den einen anderen Menschen gibt, der uns vervollständigt, liegt die Chance bei eins zu sieben Milliarden, diesem auch zu begegnen. Wie hoch ist die Wahrscheinlichkeit, genau diesen einen Menschen in seinem näheren Umfeld zu finden? Was passiert mit der Liebe, wenn jemand stirbt? Verschwindet sie mit der Seele und dem

Leben ins Nichts? Nur das Leid des Zurückgebliebenen bleibt. Wäre es also nicht besser, überhaupt nicht zu lieben?

»Das ist so gruselig«, haucht eine Kommilitonin neben mir und grapscht nach meinem Arm. Sind wir in der Geisterbahn, oder was? Ich entziehe mich ihr, aber sie rückt noch näher heran. Ich hasse Menschen, die so wenig Feingefühl haben, dass sie nicht merken, wann sie eine Grenze überschreiten.

»Es sind nur Körper.«

»Ja, aber wenn man sich vorstellt, die haben mal gelebt.« Sie schüttelt sich. »Warum nimmt dieser von Hagens echte Leute? Die im Wachsfigurenmuseum schauen doch auch authentisch aus.«

Weil von Hagens vielleicht genau dieselben Gedanken wie ich hatte und wissen wollte, was den Menschen zum Menschen macht? Weil er ein seltsamer Typ ist? Weil es genug Menschen gibt, die freiwillig ihren Körper spenden, um unsterblich zu sein? Weil er sich eine Mission auferlegt hat, die nur er gänzlich versteht?

»Du kannst dich in eine Liste als Spender eintragen«, informiere ich sie und deute zum Foyer.

»Nein, ganz sicher nicht!« Sie klingt empört. »Stell dir mal vor, dir wird die Haut abgezogen und dann wirst du mit Chemie vollgepumpt und in irgendeiner Pose aufgestellt. Vielleicht in einer, die total peinlich ist. Oder so auseinandergefaltet wie ein explodierter Zombie.« Sie deutet auf ein Exponat, bei dem alle Schichten wie bei einer aufgefächerten Zwiebel dargestellt werden. »Schlimm.«

»Man würde dich doch gar nicht mehr erkennen«, mischt sich ein anderer ein. »Viele haben ja gar keine Haare mehr. Und kein richtiges Gesicht. Kein Mensch würde merken, dass du das warst. Nicht einmal deine Familie.«

»Soll mich das beruhigen?«

»Ich verstehe sowieso nicht, warum wir uns das hier antun müssen. Das ist doch voll ekelhaft«, sagt der Student. Ich glaube, er heißt Craig oder vielleicht auch Colin oder Cedric, bin mir aber nicht sicher. Irgendwas mit C auf jeden Fall.

Die zwei nerven mit ihrem blöden Gerede. Sie stören mich beim Nachdenken. Deswegen gehe ich zum nächsten Exponat. Aber die beiden folgen mir, als wäre ich ihr Führer.

»Ob die Tittenimplantate wohl auch mit ausstellen?«, überlegt Craig-Colin-Cedric. »Ich habe mal einen Bericht gesehen über so Billigimplantate, die im Körper zerfetzt sind. Krasse Sache. Das wäre interessant zu sehen, nicht dieses langweilige Zeug hier. Das kann ich mir auch im Anatomiebuch anschauen.«

Das namenlose Mädchen hat sich mittlerweile bei ihrem neuen Freund eingehakt und stimmt ihm wild nickend zu. Die beiden fangen an, über das Seminar zu lästern und wie unverschämt es doch sei, dass wir uns »so etwas« wie die Körperwelten antun und auch noch Frösche sezieren müssen. He Leute, ihr studiert Biologie. Schon vergessen?

Innerlich den Kopf schüttelnd, aber nach außen beherrscht, lasse ich sie stehen und verlasse das Museum.

Bin ich auch nur wie einer dieser leblosen Körper, weil ich es meiner Seele nicht erlaube, sich auszubreiten? Zu lieben? Zu leben?

In der Toilette stelle ich mich dicht vor den Spiegel und versuche herauszufinden, was mich von den Exponaten unterscheidet. Aber ich finde nichts. Nichts außer einem Gehirn, das es nicht schafft, sich mit den anderen Teilen des Körpers, speziell dem Herz, anzufreunden. Mein verdammtes Gehirn ist ein genauso großer Eigenbrötler wie ich. Ein genauso großer Idiot wie ich.

Aber genau wie die Exponate in der Ausstellung kann ich nicht aus meiner Haut. Die dort im wortwörtlichen Sinn, weil sie schlichtweg tot sind, ich im übertragenen Sinn.

Weil ich eines der Bücher, die ich für mein Seminar lesen soll, in meinem Spind in der Bib vergessen habe, mache ich mich auf den Weg zum College. Mit dem Buch unter dem Arm schlendere ich noch eine Weile über den Campus. Abends ist hier weniger los, das gefällt mir, weil ich dann in Ruhe nachdenken kann.

Von Weitem sehe ich ein hell erleuchtetes Gebäude. Ich erinnere mich, ein Plakat gesehen zu haben, auf dem eine Vernissage bei den

Gestaltern angekündigt wurde. Ein Pärchen steht davor und umarmt sich.

Ich weiß nicht, warum ich näher trete. Ich weiß nicht, warum ich unbedingt wissen will, wer die beiden sind. Ich bin nicht neugierig, zumindest nicht, wenn es um Menschen geht. Aber etwas zieht mich zu ihnen.

Hätte ich es besser nicht getan.

Dann hätte ich nicht Claire in dem wunderbaren Kleid erkannt. Nicht, wie ihr Mund gerade den eines schwarzhaarigen Kerls berührt. Hätte nicht gesehen, wie seine Hände auf ihren Hüften liegen, nicht, wie er sie an sich zieht.

Mein Herz stolpert, und auf einmal ist mir übel. Das Atmen fällt mir schwer.

Was ist das? Ein Date zu Studienzwecken? Oder ein echtes?

Es geht mich nichts an. Ich habe sie wiederholt von mir gestoßen, und sie hat alles Recht der Welt, sich anderweitig umzusehen. Trotzdem schmerzt es, dass sie es offensichtlich tut.

Ich muss dringend weg.

Ohne mich noch einmal umzusehen, renne ich über den Campus. Flüchte vor Claire und dem Typen und vor meinen Gefühlen.

Zu Hause schleudere ich das Buch gegen die Wand. Zerfleddert landet es auf dem Boden. Ich lasse es liegen, setze meine Kopfhörer auf, vergrabe mich in meinem Bett und hoffe, dass ich endlich wieder zu mir selbst finde.

Claire

Nach dem Date mit Wu habe ich mich in meinem Zimmer verschanzt und mich gezwungen, die Treffen mit den ersten vier Probanden aufzuschreiben. Das, die Seminare und die Arbeit haben mich erfolgreich beschäftigt. Abends bin ich immer so erschöpft, dass ich um spätestens halb zehn tot ins Bett falle.

Ethan begegne ich auf der Arbeit kaum noch. Ich bin mir nicht sicher, ob ich froh oder enttäuscht darüber sein soll. Selbst schuld. Warum bin ich nur hier in der Bibliothek gelandet? Es gibt Tausende Studentenjobs, aber nein, ich muss genau an einen Ort gelangen, der mein ganzes Leben durcheinanderbringt.

Zufall? Schicksal? Kosmische Störungen?

Mom behauptet immer, es gäbe keine Zufälle, alles sei vom Universum und von Mutter Erde vorherbestimmt und weise uns den Weg zu unserem höheren Selbst. Und dass manchmal der Sinn eines Lebensabschnitts erst viel später sichtbar wird. Was der Sinn daran sein soll, dass ich mich in einen Typen verliebt habe, der unerreichbarer ist als der Mars mit dem Fahrrad, weiß ich nicht. Mir ist es egal, ob ich als alte Oma plötzlich von der Erkenntnis überfallen werde, warum ich gerade in dieser Situation bin. Sie ist *jetzt* scheiße, und sie tut *jetzt* weh. Wenn es so etwas wie Schicksal gibt, kann ich momentan gut darauf verzichten. Ich sollte Nonne werden, dann hat man wenigstens einen guten Grund, allen Männern abzuschwören.

Mom und Ethan würden sich mit ihren verworrenen Glaubenssätzen sicher gut verstehen.

Cole hat mir kurz nach unserem Stranddate eine Nachricht geschrieben und mich wie versprochen auf seine Geburtstagsparty eingeladen. Ich habe keine Ahnung, wie alt er wird. Zweiundzwanzig? Dreiundzwanzig? Genauso wenig weiß ich, wofür er sich neben Sport noch interessiert, sodass ich mangels Geschenkideen einfach eine Flasche Wein besorgt habe. Mehr gibt mein Budget ohnehin nicht her. Dazu habe ich ihm einen Kuchen gebacken, auf den ich mit bunter Lebensmittelfarbe seinen Namen und *Happy Birthday* geschrieben habe.

Wie üblich komme ich zu spät. Die Wohnung ist bereits gestopft voll. Einige Gäste lungern auf den wenigen Sitzgelegenheiten herum, die meisten stehen, ein paar wenige tanzen. Es riecht nach normalen Zigaretten und nach welchen, die nicht nur Tabak enthalten, nach Bier, Parfüm, schwitzenden Menschen und verbrauchter Luft. Laute Musik wummert aus kugelförmigen Lautsprechern, die an der Decke befestigt sind. Ein Typ, dessen glasige Augen zeigen, dass er entweder eine Menge Alkohol oder irgendetwas anderes konsumiert hat, torkelt in meine Richtung und rempelt mich an. Dabei fällt mir beinahe der Kuchen aus der Hand. Im letzten Moment kann ich ihn noch festhalten und drücke ihn beschützend an meinen Bauch.

Ich sehe mich um, ob ich bekannte Gesichter erkennen kann, und entdecke ein paar Studenten, die die gleichen Kurse besuchen wie ich. Den Gastgeber sehe ich nirgends. Auch nicht Zane oder den dritten Mitbewohner. Der, dessen Name ich nicht einmal denken will.

»Wo ist die Küche?«, brülle ich dem nächstbesten Gast ins Ohr. Der deutet wortlos in eine unbestimmte Richtung und wendet sich dann wieder dem Mädchen zu, an dem er gerade herumfummelt.

Ich dränge mich durch die Menschen, was schwer möglich ist, ohne die Ellbogen einzusetzen. Wo kommen die vielen Leute her? Hat Cole die gesamte SFSU eingeladen? Irgendjemand drückt mir einen Becher in die Hand, den ich aber sofort wieder auf einer Kommode abstelle. Bevor ich selbst zu trinken anfange, will ich erst einmal den Kuchen und den Wein loswerden und Cole oder Zane finden.

Die Küche ist wirklich nicht weit entfernt. Wegen der vielen Menschen habe ich sie nur schlichtweg nicht sehen können. Eigentlich ist es auch keine richtige Küche, sondern eine zu einem großen Wohnzimmer hin offene Kochzeile, die gleichzeitig als Bar dient. An der Wand steht ein riesiger, silberner, doppeltüriger Kühlschrank mit integriertem Eiswürfelbereiter. Die Schränke sind in einem dunklen Grau gehalten und wirken sauber. Die Arbeitsflächen sind übersät mit Flaschen diverser Alkoholika, leeren oder halb vollen Gläsern und Plastikbechern, schmutzigen Tellern, Chips und allem möglichen Essen. In einer Schüssel meine ich grünen Salat zu erkennen, in einer anderen etwas, das wie Guacamole aussieht und in dem Tortillas stecken. Daneben steht eine fast leere Nachspeise – Panna Cotta? – und ein zermatschter Erdbeerkuchen. Hat sich jemand auf den draufgesetzt?

Cole entdeckt mich als Erster. Er stößt sich vom Kühlschrank ab und kommt freudestrahlend und mit ausgebreiteten Armen auf mich zu.

»Claaaiiiire-Baby. Schön, dass du da bist!«, brüllt er mit seiner tiefen Stimme und zieht mich an seine Brust. Er drückt mich so fest an sich, dass ich kaum noch Luft bekomme. Weil ich in der einen Hand die Flasche Wein und in der anderen den Kuchen balanciere, kann ich ihn nicht zurückumarmen. Auch er scheint nicht mehr ganz nüchtern zu sein.

Kurz darauf lässt er mich wieder los, klopft mir auf den Po und zwinkert mir zu, als teilten wir ein Geheimnis. Wenn ich nur wüsste, welches.

Zane lehnt lässig am Herd und stützt sich mit einer Hand hinter sich ab, den anderen Arm hat er um ein Mädchen geschlungen, das ihm gerade etwas ins Ohr flüstert. Vielleicht leckt sie ihm auch das Ohr aus, so genau kann ich das nicht erkennen, und es interessiert mich auch nicht. Er nickt mir kurz zu, lächelt und beschäftigt sich dann wieder mit seiner Freundin oder was auch immer sie ist.

»Herzlichen Glückwunsch zum Geburtstag«, stammle ich und strecke Cole Kuchen und Wein entgegen. Wie ein dämliches Rotkäppchen. Warum hast du so große Hände, Cole? Damit ich dich besser packen kann. Haha.

»Danke, Darling« Er nimmt mir beides aus der Hand und stellt es auf die Arbeitsplatte neben den Matschkuchen. »Frischer Kuchen, Leute!«, ruft er zu keinem Bestimmten. Sofort kommen mehrere Personen angelaufen und stürzen sich wie verhungert auf mein Mitbringsel. Cole lacht laut und zeigt mit dem Finger auf seine Gäste, die den Kuchen mit den Händen in sich hineinstopfen. »Falscher Hunger, was? Kiffen ist schon scheiße.« Wieder lacht er. »Nö, nicht wirklich!« Kurz hält er inne. »Du bist doch schon einundzwanzig, oder?« Ich nicke. »Gut, dann muss ich ja nicht mehr so tun, als ob Alkohol und Gras total böööööse wären.« Er fuchtelt in der Luft herum und macht ein Geistergeräusch.

Nein, muss er nicht. Kiffen ist trotzdem nicht meins. Ich werde von Marihuana immer weinerlich und unangenehm anhänglich. Das hat mich schon ein paarmal in peinliche Situationen gebracht, weshalb ich die letzten Jahre vorsorglich aufs Kiffen verzichtet habe und mich lieber an Alkohol halte.

Cole nimmt sich ebenfalls ein Stück Kuchen und schiebt es auf einmal in sich hinein. Anerkennend nickt er. »Mmmhh. Lecker«, nuschelt er mit vollem Mund, trinkt gluckernd von seinem Bier und schluckt alles zusammen hinunter.

»Schöne Wohnung«, lobe ich, weil ich nicht weiß, was ich sonst sagen soll. Dabei kann ich wegen der vielen Menschen kaum etwas sehen.

Cole blickt sich um, als wisse er nicht, wo er sich befindet, und zuckt dann die Schultern. »War eigentlich nur für den Übergang gedacht, bis wir etwas Besseres finden. Jetzt sind wir hier hängengeblieben. Außer dass wir nur ein Bad haben, passt alles.«

»Und dass die Wände so dünn sind, dass man dein Gegrunze und Gefurze hören kann«, wirft Zane ein. Er lacht, und das Mädchen neben ihm wird rot. Sie schämt sich nicht, öffentlich mit Zane herumzumachen, aber ist peinlich berührt, wenn man über Körpergeräusche spricht? Kein Wunder, dass Männer aus uns Frauen nicht schlau werden. Vielleicht wird ihr auch nur bewusst, dass man im Umkehrschluss auch sie und Zane bei allem hören könnte. Oder hören konnte. Was weiß denn ich, ob sie zum ersten oder wiederholten Mal in Zanes Bett landet.

»Du bist doch nur neidisch«, feixt Cole, woraufhin Zane die Augen verdreht.

»Als ob. Ich brüll nur nicht so rum wie ein abgestochener Büffel, wenn ich abspritze.«

Am liebsten würde ich mir die Ohren zuhalten und laut *Lalala* singen. Mich interessiert es nicht die Bohne, was für Geräusche die zwei beim Sex machen. Das ist viel zu viel Information. Auch Zanes Mädchen windet sich unbehaglich hin und her.

Ich räuspere mich. »Wie lange wohnt ihr schon hier?«, lenke ich ab, um nicht ungefragt noch mehr Details präsentiert zu bekommen.

»Seit dem ersten Semester. Ursprünglich sollte unser Schnöselchen Zane hier allein wohnen. Hat Daddy ihm besorgt. Aber weil wir sowieso ständig hier rumhingen und nicht im Wohnheim wohnen wollten, sind wir einfach hier eingezogen. Zentral, bezahlbar und mit den besten Bros. Perfekt.«

Ich nicke. Eine richtige Wohnung wäre mir auch lieber gewesen, auch wenn ich Ellen wirklich liebe. Aber ein wenig mehr Privatsphäre wäre nicht schlecht. Und eine eigene Küche. Und Platz für einen richtigen Schrank.

Hätte ich alles haben können, wenn ich das studiert hätte, was Dad will.

»Fühl dich wie zu Hause, Claire.«

Cole breitet einladend die Arme aus, tritt einen Schritt zur Seite und gibt den Blick auf die anderen Anwesenden frei. Außer uns befindet sich in der Küche noch ein Pärchen, das ungeniert in einer Ecke knutscht und sich aneinander reibt wie rollige Katzen. Dann sind da noch drei Männer, in Statur und Größe ähnlich wie Cole, also vermutlich Team-Kollegen, die sich laut unterhalten und lachen. Alle haben ein Bier oder einen Becher in der Hand und trinken regelmäßig davon. Von mir nehmen sie keine Notiz. Ein Mädchen – etwas jünger als ich, mit hellblonden, bis zur Hüfte reichenden Haaren – sitzt mit übergeschlagenen Beinen auf der Arbeitsplatte und mustert mich. Ich lächle, aber sie lächelt nicht zurück.

»Du bist also Claire«, sagt sie. Es klingt nicht freundlich.

»Pack deine Giftspritze ein, Grace. Sie ist keine Konkurrenz. Sie ist eine Freundin.« Cole schnauft genervt und wendet sich mir zu. »Sie ist heiß und eine Granate im Bett, aber zuweilen ein wenig besitzergreifend«, flüstert er so laut, dass sie es sicher auch gehört hat. Sie macht ein abfälliges Geräusch. »Keine Ansprüche, kein Pärchengetue, Grace. Nur Sex. Nicht vergessen.« Sie schürzt die Lippen, hält aber ihren Mund, während er sie an sich zieht und auf die Wange küsst.

»Seid ihr eigentlich die Anti-Beziehungs-WG? Wieso wehrt ihr alle drei euch so extrem gegen etwas Festes?«, kann ich mich nicht zurückhalten zu fragen. Dieses Gehabe nervt. Was ist so falsch an Liebe?

Cole zuckt die Schultern. Dann hebt er seinen Zeigefinger und wackelt damit lehrermäßig hin und her. »Zane und Ethan wollen partout keine Beziehung.« Jetzt tippt er sich auf den Bauch. »*Ich* bin nicht so vehement dagegen wie die beiden Vollpfosten.«

Ich schiele zu dem Mädchen. Sie wirkt verletzt. Ist ja auch nicht schön, wenn man zu hören bekommt, dass der andere zwar einer Beziehung nicht abgeneigt ist, aber nicht mit einem selbst. Immerhin ist er ehrlich zu ihr, das muss man ihm zugutehalten.

»Ich schau mich mal ein bisschen um«, sage ich zu Cole. Er nickt mit geschlossenen Augen, was komisch wirkt, trinkt sein Bier aus und kümmert sich dann wieder um das Mädchen. Im Weggehen höre ich, wie er ihr etwas zubrummt und sie kichert.

Mit einem Becher Wasser in der Hand schlendere ich durch die Räume. Immer wieder treffe ich Studenten, die ich kenne, bleibe stehen, führe Smalltalk, bewege mich alibimäßig zur Musik und gebe vor, Spaß zu haben. Aber so ganz kann ich mich nicht auf die Party einlassen. Die Musik ist die meiste Zeit in Ordnung, die Leute sind freundlich und offen, die Getränke gut, die Stimmung ausgelassen. Trotzdem fühle ich mich einsam und nicht dazugehörig. Zane ist mittlerweile mit seiner Tussi in einem der Zimmer verschwunden, Cole fummelt hingebungsvoll an Blondinchen herum. Wo ist eigentlich Ethan? Er ist doch sicher auch eingeladen. Schließlich wohnt er hier. Welches der drei Schlafzimmer ist wohl seins? Zane ist im hinteren verschwunden, also muss entweder das mittlere oder das vordere Ethan gehören. Liegt er allein in seinem Bett und liest? Oder ist eine Frau bei ihm, mit der er so lange und intensiv beschäftigt ist, dass er nicht zum Feiern kommt? Sieht er fern? Oder ist er gar nicht in der Wohnung?

Vor dem Klo warte ich eine geschlagene halbe Stunde, bis endlich frei ist. Drinnen sperre ich ab, pinkle und wasche mir die Hände. Ich will noch nicht wieder raus. Plötzlich erschöpft setze ich mich auf den Rand der Badewanne und stütze meine Ellbogen auf die Oberschenkel. Meinen Kopf bette ich in meine Hände und schließe die Augen. Die Geräusche der Party dringen gedämpft durch die Tür. Sie klingen wie aus einer anderen Welt. Jemand klopft – nein, wummert – gegen die Tür und brüllt, dass ich gefälligst rauskommen soll. Also stemme ich mich hoch, fahre mir durch die Haare, straffe die Schultern und öffne die Tür. Der Wartende quetscht sich an mir vorbei, während ich noch im Durchgang stehe, und knallt die Tür hinter mir zu, sodass ich nach vorne stolpere und gegen die Wand gegenüber pralle.

»Was willst du hier?« Wie ein Geist hat Ethan sich plötzlich neben mir materialisiert.

»Cole hat mich eingeladen?« Warum klingt das so unsicher?

»Du hattest deine Dates mit Zane und Cole. Jetzt kannst du weiterziehen. Hast du nicht eine Menge zu tun? Männer für Fake-Dates aufzureißen zum Beispiel?« Er nimmt eine drohende Haltung ein. Unwillkürlich weiche ich zurück. Er folgt mir, drängt mich nach hinten, bis ich an die Wand am Ende des Ganges stoße. Mein Atem geht abgehackt, seine Augen funkeln, sein ganzer Körper ist angespannt. Er stützt sich mit beiden Händen an der Wand ab, sodass ich zwischen seinen Armen gefangen bin. Mittlerweile ist er mir so nah, dass sich unsere Oberkörper berühren und ich seinen Herzschlag spüren kann. Ebenso schnell wie meiner. Für einen Moment schließt er die Augen, holt tief Luft, seine Nasenflügel blähen sich. Er schluckt. »Also, warum bist du hier? Willst du Cole? Stehst du auf ihn?«

»Bist du etwa eifersüchtig? Du hast kein Recht dazu! Wir sind nicht zusammen und werden es nie sein. Deine eigenen Worte. Schon vergessen? Cole hat mich eingeladen. Ich mag ihn. Wir sind Freunde. Er will wenigstens Zeit mit mir verbringen. Und er bringt mich zum Lachen. Stößt mich nicht ständig weg. Bei ihm heißt es nicht: mal hin, mal her, mal küssen, dann wegrennen. Er labert mich nicht mit abstrusen Theorien voll, warum er nicht mit mir zusammen sein will. Er ...«

Auf einmal presst Ethan seine Lippen auf meine. Schiebt seine Zunge in meinen Mund, drängt sich gegen mich, sodass ich seinen Körper spüre. So deutlich, als wären wir nackt. Mir wird heiß und kalt zugleich, er entfacht ein unglaubliches Glühen in mir. Feuchtigkeit breitet sich in meinem Schritt aus, und ich reibe meine Beine aneinander, um meine Lust zu bändigen. Er knurrt gegen meinen Mund, packt mich am Nacken und hält mich fest. Es ist, als hätte er sich in ein wildes Tier verwandelt. Nicht mehr aufzuhalten. Ich klammere mich an ihm fest, kralle meine Hände in seine Haare. Wir küssen uns wie besessen, ich fühle seine Härte, seinen angespannten Körper, seine Leidenschaft, seine Sehnsucht. Mit den Händen fährt er rastlos meinen Körper entlang, seine Finger legen sich um meine Brüste. Er stöhnt, ich stöhne. Es ist mir egal, dass wenige Meter von uns entfernt Leute vor der Toilette warten. Uns vielleicht beobachten. Selbst wenn Ethan mich auf der Stelle ausziehen und nehmen würde, ich würde ihn nicht aufhalten.

So unvermittelt, wie es begonnen hat, endet es. Schwer atmend löst er sich von mir, lässt seine Hände sinken, verkrampft sie zu Fäusten und presst sie an seine Seiten.

»Du machst mich wahnsinnig!«, brummt er. *Ich* mache *ihn* wahnsinnig? Spinnt der? »Du bringst alles durcheinander.« Er macht ein gequältes Geräusch und rubbelt sich mit den Handflächen übers Gesicht. »Bleib weg von mir und lass mich einfach in Ruhe!« Die Hände in den Haaren vergraben starrt er mich schwer atmend an. »Scheiße, verdammt!«

Abrupt dreht er sich um und hastet davon. Lässt mich mit geschwollenen Lippen, zerzausten Haaren, erregtem Körper und aufgewühlter Seele und zertrümmertem Herzen zurück.

Ethan

Ich stürme in die Küche, reiße die Schranktür auf, greife mir das erstbeste Glas und wahllos eine Flasche von der Theke und gieße es bis zum Rand voll. Dann setze ich an und trinke in großen Schlucken auf ex. Mist. Vodka mit irgendeiner pappsüßen Beimischung. Ich hasse Vodka. Der scharfe Alkohol rinnt meine Kehle hinunter und wärmt mich. Bringt mich zurück in meinen Körper.

»Was ist denn mit dir passiert? Du weißt schon, dass das Cherry Vodka ist? Du trinkst nie Vodka.« Cole starrt mich mit großen Augen an, sein eigenes Glas auf halbem Weg zum Mund gestoppt.

Was passiert ist? Claire ist passiert. »Verpiss dich!«, schnauze ich ihn an.

»Häh? Nein? Ich wohne hier. Ich habe Geburtstag. Ich feiere eine Party. Wenn's dir nicht passt, musst *du* dich verpissen.«

Wortlos schnappe ich mir eine Flasche Saft, drehe mich um und verlasse ihn und die Küche. Wo soll ich nun hin, ohne Gefahr zu laufen, Claire erneut zu begegnen? Hoffentlich ist sie nach Hause gegangen. Unschlüssig lungere ich im Wohnzimmer herum, sehe mich immer wieder um, ob ich Claire irgendwo entdecke, lehne mich an die Wand, tigere nervös umher. Als ein Platz auf dem Sofa frei wird, setze ich mich und strecke die Beine aus.

»Was hast du mit Claire angestellt?« Zane hat sich breitbeinig vor mir aufgebaut, die Arme vor der Brust verschränkt, und glotzt auf mich herunter.

»Was? Wieso denn?«

»Sie hat im Gang vor meinem Zimmer auf dem Boden gehockt und Rotz und Wasser geheult. Was hast du diesmal verbockt?«

»Wieso gehst du davon aus, dass ich schuld bin? Mädchen heulen manchmal eben. Vielleicht hat sie ihre Tage oder so.«

Zane zieht sein Kinn zurück und hebt die Augenbrauen. »Ist das dein Ernst, E? Glaubst du wirklich, ich kauf dir das ab, dass du nichts damit zu tun hast? Sie war gut gelaunt, als sie gekommen ist. Sie ist nicht der Typ, der von einer Sekunde auf die andere einfach so die Stimmung wechselt. Sie ist keine Zicke. Sogar mir ist klar, was für ein tolles Mädchen sie ist. Mann, Alter, dir ist echt nicht mehr zu helfen.« Er lässt sich neben mich auf die Couch fallen.

»Wo ist sie jetzt?« Meine Stimme klingt unsicher.

»Ich habe ihr ein Taxi gerufen.« Er mustert mich, während ich versuche, ein unbeteiligtes Gesicht aufzusetzen. »Was stimmt nicht mit dir, Alter?«

»Lasst mich doch alle mit eurem Scheiß in Ruhe! Du musst gerade reden. Du willst genauso wenig eine Beziehung wie ich! Also spar dir dein scheinheiliges Getue.«

Zane atmet tief ein und aus, kaut auf seiner Unterlippe herum und schaut mich eine lange Zeit einfach nur an. »Aber ich war auch noch nie verliebt, Ethan. Im Gegensatz zu dir«, sagt er leise, steht auf und verschwindet.

Der Alkohol von vorhin dröhnt in meinem Kopf. Mir ist schwindlig und leicht schlecht. Ich wanke ins Bad, beuge mich über die Schüssel und würge. Will alles loswerden, was mich belastet. Körperlich und seelisch. Aber es kommt nichts. Nicht einmal das gönnt mir mein Körper.

Mein Platz auf dem Sofa ist mittlerweile belegt. Aber jemand macht gerade einen Sessel frei. Erschöpft sinke ich auf die Kissen. Der Platz ist warm. Nicht einmal das stört mich. Normalerweise finde ich es total ekelhaft, mich auf vorgewärmte Stellen zu setzen, weil ich dann das Gefühl habe, direkt mit dem Vorsitzer intim verbunden zu sein. So, wie wenn man dicht an dicht mit anderen Nackten in einer überfüllten Sauna eingesperrt ist. Oder wenn man von jemandem angefasst wird, der gerade vom Klo kommt, und man nicht weiß, ob er sich, nachdem er seinen Schwanz gehalten oder den Hintern abgewischt hat, die Hände gewaschen hat.

Eine Ewigkeit sitze ich einfach nur da, starre auf den stummen Fernseher, auf dem irgendein Gast einen Sportsender eingeschaltet hat, und beobachte, wie wildfremde Menschen über ein Feld rennen und versuchen, einen Ball in ein Tor zu schießen.

Auf einmal wird mir bewusst, dass eine Hand auf meinem Oberschenkel liegt. Langsam drehe ich den Kopf. Madison. Zanes Cousine. Sie sitzt auf der Armlehne meines Sessels, eine Hand auf meinem Bein, die andere um eine Flasche Bier gekrallt. Sie ist ein paar Jahre jünger als wir. Ist sie überhaupt schon mit der Highschool fertig? Wir kennen uns schon ewig, von Familienfeiern in der Villa von Zanes Eltern oder diversen Partys. Sie ist klein und kurvig und hat ein puppenhaftes, herzförmiges Gesicht. Ähnlichkeiten zu ihrem Cousin Zane sind bis auf die wachen, intelligenten Augen nicht auszumachen. Seit Jahren ist sie heimlich in mich verliebt. Sie denkt, ich merke das nicht. Weil sie sich nicht bewusst oder aufdringlich an mich heranschmeißt, sondern mich eher aus der Ferne anhimmelt, würde das vermutlich nicht allen in meiner Situation auffallen. Aber sie unterschätzt meine scharfe Beobachtungsgabe. Wenn sie sich unbeobachtet fühlt, mustert sie mich mit verträumtem Blick. Manchmal, wenn sie besonders mutig ist, kommt sie ein wenig näher, aber nur so viel, dass man es auch als Versehen oder freundschaftliche Berührung deuten könnte. Als ich ihr einmal von dem zwiebelschalenähnlichen Nähe-Distanz-Modell erzählt habe und dass sie sich gerade am Rande meiner intimen Zone aufhält, ist sie erschrocken zurückgewichen. Ja, ich weiß eben, wie man sich Frauen vom Leib hält. Ironie aus. Oder vielleicht war es auch keine Ironie.

Momentan bleibt sie brav in dem Ein-Meter-Radius meiner persönlichen Zone, wie es sich für Freunde gehört. In meine intime Zone lasse ich konsequent nur Zane, Cole, meine Eltern und die jeweilige, selbst ausgesuchte Sexpartnerin. Und Claire. Sie überwindet sämtliche meiner Zonen, auf allen erdenklichen Ebenen, und ich kann es nicht verhindern. Das macht mir eine Heidenangst. Denn dadurch werde ich verletzlich. Verletzlich sein steht diametral zur geistigen Kontrolliertheit.

Ich könnte die Gelegenheit nutzen und mir mit der sicher willigen Madison mein angeschlagenes Hirn rausvögeln. Wenn mein Körper seine Spannung abbaut, kann ich mich vielleicht auch anderweitig wieder mehr entspannen. Aber das wäre nicht fair. Sie hat Gefühle für mich, und ich würde sie nur ausnutzen. Das hat sie nicht verdient. Andererseits ...

Kurzentschlossen nehme ich ihr Gesicht in meine Hände und nähere mich ihr. Sie weicht nicht zurück. Ihre Augen werden groß, und sie schluckt. Ein wenig kommt sie mir entgegen, wartet aber, dass ich den letzten Schritt mache. Ich spüre ihren Atem auf meinen Lippen. Dann küsse ich sie, vorsichtig zuerst. Weil ich nichts fühle, verstärke ich den Druck und dränge meine Zunge in ihren Mund. Immer noch löst es nichts in mir aus. Kein Herzklopfen, keine Schweißausbrüche, keine Sehnsucht. Nicht wie bei ... Sie klettert auf meinen Schoß, schlingt ihre Arme um meinen Nacken und schmiegt sich leise stöhnend an mich.

»Komm«, sage ich mit rauer Stimme und ziehe sie mit mir. Sie folgt mir widerspruchslos auf den Flur und in mein Zimmer. Hinter uns schließe ich die Tür ab und führe sie zum Bett. Wieder küssen wir uns und sinken zusammen auf die Matratze. Sie fummelt an meinem T-Shirt, und ich helfe ihr, indem ich mich von ihr löse und es selbst ausziehe. Hose und Socken folgen. Sie lächelt glücklich und streift sich ebenfalls ihre Kleidung ab. Sie trägt ein Set aus einem winzigen roten Spitzenhöschen und dazu passendem BH. Ihre vollen Brüste heben und senken sich bei jedem Atemzug. Sie wartet auf mich, legt sich mit einladend geöffneten Schenkeln zurück und leckt sich über die Lippen. Trotz der eindeutig nicht unschuldigen Situation sieht sie wahnsinnig jung und unschuldig aus. Regungslos knie ich auf dem Bett und blicke auf sie hinab. Sie streckt die Hand aus und streichelt über meinen Bauch. Doch als ihre Finger tiefer wandern, halte ich sie auf. Sie sieht mich fragend an.

»Wir sollten das nicht tun, Madison.« Ich setze mich auf meine Fersen und atme tief ein.

»Ich bin keine Jungfrau mehr«, sagt sie mit einer Stimme, in der die Verwirrung und die Enttäuschung deutlich mitschwingen.

Soll ich sie jetzt beglückwünschen? Ich werde nicht mit ihr schlafen. Ich will ihr keine falschen Hoffnungen machen, auch wenn es für mich denkbar einfach wäre, in ihr meine Sehnsucht nach Claire für ein paar Augenblicke zu vergessen. Aber das will ich nicht mehr. Sie hat einen Freund verdient, der sie liebt. Oder Sex mit jemandem, in den sie nicht verliebt ist.

Verdammter Heuchler!

Ich klaube Madisons Kleidung zusammen und halte sie ihr hin. »Bitte zieh dich wieder an.«

Zögerlich nimmt sie mir das Bündel aus der Hand, widerspricht aber nicht, macht auch keine weiteren Verführungsversuche, sondern schlüpft stumm in ihre Bluse und den kurzen Rock. Mit hängenden Schultern rutscht sie vom Bett und läuft zur Tür.

»Es tut mir leid«, sage ich noch, als sie bereits die Hand an der Klinke hat.

Nicht nur bei ihr sollte ich mich entschuldigen. Sondern bei Claire. Ihretwegen verliere ich regelmäßig meine Kontrolle und meinen Verstand. Warum setzt sie mir nicht die Grenzen, die ich so dringend brauche? Warum lässt sie es immer wieder zu, dass ich sie berühre, heißt jede Zuwendung von mir willkommen?

»Mir tut es auch leid«, flüstert Madison und schlüpft leise aus dem Zimmer. Partylärm dringt herein. Lachen, Schreien, Musik. Die Tür fällt hinter ihr ins Schloss, und ich bin wieder allein.

Ich stürze zu meinem Rucksack und hole mein Handy heraus. Stülpe mir die Kopfhörer über die Ohren und schalte Stefanos' Lesung ein. Platons Verse streicheln meine Ohren und beruhigen mein ratterndes Gehirn. Besänftigen mein aufgewühltes Herz. Und endlich kann ich wieder gleichmäßig atmen.

Ich wache auf, weil mir die Sonne ins Gesicht scheint. Nicht einmal zum Vorhängeschließen war ich gestern in der Lage. Das muss sich ändern. Obwohl es erst acht und Sonntag ist, wälze ich mich aus dem Bett. Kaffee. Trotz des riesen Bechers Vodka fühlen sich mein Kopf und mein Magen erstaunlich gut an.

In der Badewanne schnarcht ein Typ. Ich kenne ihn nicht. Wahrscheinlich einer von Coles Sportkollegen, denn er hat einen Pulli mit dem Logo der SFSU-Football-Mannschaft an. Seine Brust ist vollgesaut, ich will lieber nicht wissen, womit, ein Speichelfaden hängt ihm aus dem Mund.

Nachdem ich mir die Zähne geputzt habe, gehe ich ins Wohnzimmer. Cole schläft – nur in Shorts, mit nach unten hängendem Kopf – auf der Couch, Grace liegt halb auf, halb neben ihm. Auch sie ist halb nackt. Seine Hand ist um ihren Hintern gekrallt, ihr T-Shirt ist hochgerutscht, sodass man die Unterseite ihres Busens erkennen kann. BH trägt sie keinen. Der hängt mit ihrer Hose über der Sessellehne. Auf dem Wohnzimmertisch liegt eine leere Kondomverpackung. Hoffentlich haben sie das gebrauchte Ding weggeworfen und es gammelt nicht unter dem Sofa vor sich hin.

Von Zane ist nichts zu sehen oder zu hören, seine Zimmertür ist geschlossen.

Nachdem ich mir einen Kaffee aufgebrüht und eine erste Tasse hinuntergestürzt habe, fange ich an aufzuräumen. Die Becher, Flaschen, Pappteller und Essensreste werfe ich in Müllsäcke. Nach kurzer Zeit sind bereits vier voll, und ich stelle sie vor die Eingangstür.

»Musst du so laut sein?«, brummt Cole gequält von der Couch, als ich um ihn herum die Flaschen einsammle. »Bei dem Geschepper explodiert mein Schädel.« Er stöhnt jämmerlich und greift sich an den Kopf. Durch Coles Bewegung wacht Grace auf, die ebenfalls nicht fitter wirkt. Sie kämmt sich ihre Haare mit den Händen vors Gesicht und vergräbt ihren Kopf in Coles Achselhöhle. Puh, sicher nicht sehr lecker. »Gibt's wenigstens Kaffee?«

»Küche.«

Cole schubst Grace von sich herunter, hievt sich schnaufend hoch und bleibt einen Moment an der Sofakante sitzen, das Gesicht in die Hände gestützt. Dann erhebt er sich schwerfällig, kratzt sich am Hintern und richtet seine eindeutige Morgenlatte und schlappt Richtung Kaffeemaschine. Grace gibt ein Quietschgeräusch von sich, rollt sich seitlich zusammen und schläft weiter.

Bis Cole ganz aufgewacht ist und geduscht hat, habe ich die Wohnung bereits von allen Partyhinterlassenschaften befreit.

In meinem Zimmer schlüpfe ich in meine Laufklamotten und meine Laufschuhe, setze mir Kopfhörer auf und verlasse die stinkende Wohnung. Die Müllbeutel nehme ich gleich mit runter.

Nach einer langen Laufrunde fühle ich mich endgültig frisch und gewappnet für den Tag.

Aber gewappnet für was?

Grace ist mittlerweile verschwunden, Cole lümmelt immer noch sehr derangiert und verkatert aussehend vor dem Fernseher, Zane lehnt in Jogginghose und oben ohne am Tresen und tippt auf seinem Handy herum. Ein ganz normaler Sonntag. Die Wohnung riecht immer noch nach Party und abgestandenem Rauch. Also reiße ich erst einmal die Fenster auf und lasse frische Luft und Sonnenlicht herein. Cole zischt und hält sich die Hand vor die Augen, als wäre er ein Vampir, der bei Sauerstoff und Helligkeit zu Staub zerfällt. Zane reagiert gar nicht.

Als ich aus der Dusche komme, klingelt es. In der Erwartung, dass meine Mitbewohner öffnen, trockne ich mich weiter ab. Aber es klingelt wieder. Und kurze Zeit später noch einmal. Also schlinge ich mir das Handtuch um die Hüften und gehe selbst zur Tür. Wo sind die beiden bloß?

Vor der Tür steht Claire, einen Korb mit Essen in der Hand. Ihr Blick wandert an mir hinab und bleibt auf meinem Unterkörper haften. Rasch versichere ich mich, dass das Handtuch die wichtigen Stellen noch verdeckt und nicht unbemerkt heruntergerutscht ist.

»Checkst du gerade E-Man ab?«, fragt Zane, der plötzlich wieder aufgetaucht ist. Von wo auch immer. Angezogen hat er sich zumindest noch nicht.

Claire wird rot, senkt schnell den Kopf und schüttelt ihn, sie kramt in dem Korb herum, als suche sie etwas.

Grinsend klatscht Zane seine Hand auf meine Schulter. »Wenn das kein schöner Anblick am Sonntagvormittag ist, was, süße Claire? Zwei Adonisse in ihrer vollen halb nackten Pracht. Wobei der hier«, wieder klopft er auf meinen Rücken, »mir natürlich weit unterlegen ist.« Er lacht, und Claire macht ein Gesicht, das alles vermitteln kann. Ekel, Belustigung, Zustimmung. Jetzt kommt auch noch Cole angestapft. Auch er ohne T-Shirt. Wir drei müssen wirken, als hätte Claire uns gerade bei einem romantischen Stelldichein gestört. Oder als könnten wir uns keine T-Shirts leisten. Oder schlichtweg wie Proleten.

»Um was geht's?« Cole drängt sich an uns vorbei. »Oh, hi Claire. Komm rein.«

Hat *er* sie eingeladen?

»Sorry, dass ich so uneingeladen auftauche«, beantwortet sie ungewollt meine Frage. »Ich dachte nur, dass ihr vielleicht Hilfe beim Aufräumen und eine Stärkung braucht.« Sie geht ein paar Schritte in die Wohnung und bleibt dann erstaunt stehen.

»Unser Streber Ethan war fleißig und hat schon alles erledigt«, informiert Cole sie und nimmt ihr den Korb aus der Hand. »Er kann es nicht aushalten, wenn zu viel Zeug rumsteht. Sehr praktische Sache übrigens, wenn man so einen Ordnungsfanatiker als Mitbewohner hat.« Er packt mehrere Flaschen Orangensaft, einen Laib Brot, Käse und Erdbeeren aus und stellt alles auf die Theke. Dann tritt er zu Claire, hebt sie hoch und drückt ihr einen Schmatzer auf die Wange. Sie quiekt und windet sich lachend, hat aber gegen ihn keine Chance. »Du bist ein Schatz, Darling. Ich glaube, ich werde dich heiraten.«

Nein, wird er nicht!

Er lässt sie langsam herunter, und sie boxt ihn aus Rache in den Bauch. Der sich allerdings keinen Millimeter rührt.

»Aha, so ist das also. Du suchst Streit ...«

Mit ausgebreiteten Armen stürzt Cole sich auf sie und kitzelt sie. Sie kreischt und tritt nach ihm, trifft ihn mit dem Knie im Schritt, woraufhin er sich mit einem Schmerzensschrei zusammenkrümmt und sie freikommt. Zane kriegt sich kaum ein vor Lachen und hält sich am Türrahmen fest. Ich kann nur regungslos dastehen und zusehen, wie mein Verräterfreund Claire an Stellen berührt, die ihn nichts angehen.

Dich auch nicht, Ethan. Warum stört es mich dann so, dass die beiden so vertraut wirken? Was ist bei ihrem Date vorgefallen? Ist doch mehr passiert, als beide zugeben wollen? Warum hat sie sich mir dann gestern so hingegeben? Ihr Kuss zeigte ganz deutlich, dass sie mich will. Nur mich. Nicht Zane. Nicht Cole. Nicht einen dahergelaufenen Typen vor dem Gestaltergebäude. Niemanden außer mir. Es wäre so einfach. Aber das Leben ist nun mal nie, wie es vorgibt zu sein. Das Leben verleitet uns dazu, Dinge zu tun, von denen wir denken, dass sie gut sind, und schießt uns dann von hinten in den Rücken. Lässt uns blutend liegen und lacht sich über unsere Hilflosigkeit kaputt.

»Ich zieh mich an. Ich hab sowieso keinen Hunger«, presse ich hervor und flüchte in mein Zimmer. Dort tigere ich unruhig hin und her. Fenster, Tür, Fenster, Bett, Regal, Fenster, Tür. Greife nach den Kopfhörern, setze sie auf, drücke auf *Play* und sofort wieder auf *Stopp*, werfe sie wieder weg. Das Handtuch löst sich und fällt herunter, aber es ist mir egal.

Anscheinend ist Fliehen das Einzige, was ich zuverlässig in Claires Gegenwart zustande bringe. Flight or fight. Die Urinstinkte bei Gefahr. Oder totstellen. Claire ist eine größere Gefahr für mich und mein Seelenheil als eine Naturkatastrophe. Aber ich bin nicht einmal mehr in der Lage, zu entscheiden, ob ich kämpfen oder fliehen oder mich totstellen will. Ich tue alles auf einmal. Kämpfe dafür, die Kontrolle wiederzuerlangen, flüchte vor mir und vor ihr und stelle mich tot, in der Hoffnung, dass die Gefahr irgendwann von selbst vorbeizieht. Aber wir alle wissen, dass das nicht so sein wird. Trotzdem versuche ich es verzweifelt, wie die Menschen in den Sechzigern, die dachten, man könne sich vor einer

Atombombe schützen, indem man unter den Tisch kriecht. Wie lächerlich. Und erbärmlich.

Ich sinke auf den Boden und lehne mich mit dem Rücken an die Tür. Die Stimmen meiner Freunde und von Claire dringen gedämpft durch das Holz zu mir. Claires helles, melodisches Lachen. Zanes gackerndes und Coles grunzendes. Claires sanfte Stimme. Zanes und Coles tiefe. Warum haben sie so viel Spaß? Ich will nicht, dass sie gemeinsam Spaß haben. Außerdem habe ich echt Hunger. Es stimmt nicht, was ich vorhin behauptet habe. Seit gestern Abend habe ich nichts mehr gegessen und zusätzlich noch eine Menge Kalorien beim Laufen verbraucht.

Irgendwann fällt die Tür mit lautem Knall ins Schloss. Deswegen gehe ich davon aus, dass alle weg sind. Hoffentlich haben sie mir etwas vom Frühstück übrig gelassen. Ich bin so erbärmlich. Statt wie ein Erwachsener mit der Claire-Situation umzugehen, verstecke ich mich wie ein trotziges Kind nackt in meinem Zimmer. Zumindest Letzteres kann ich kontrollieren. Deswegen nehme ich Klamotten aus der Kommode und ziehe mich an.

Doch als ich ins Wohnzimmer komme, ist nur Zane weg. Claire sitzt mit untergeschlagenen Beinen auf der Couch, Cole liegt mit dem Kopf in ihrem Schoß, ihre Finger fummeln in seinen Haaren herum. Wie eine Affenmama, die ihr Kind laust. Was ist jetzt los? Läuft da doch was zwischen den beiden? Cole hat doch gestern noch Grace gevögelt. Wobei, das hat ihn bis jetzt auch nicht davon abgehalten, sich am nächsten Tag an die Nächste ranzuschmeißen.

Im Fernseher läuft eine Tuning-Sendung aus den Neunzigern, in der Xzibit Schrottautos zu Angeberkarren umbaut. Vermutlich hat nicht Claire das Programm gewählt.

»Fertig geschmollt, Prinzesschen?«

Halt die Klappe, Cole, und fass Claire nie wieder an. Aber da mein Freund nicht für Empathie und Telepathie empfänglich ist, ignoriert er meine Gedanken und grapscht nach Claires Knie. Die beiden sehen so vertraut miteinander aus, dass sich meine Eingeweide zusammenziehen.

»Ist noch Essen da?«, frage ich, statt ihn mit einem der Sofakissen zu ersticken.

Claire nimmt die Hand von Coles Kopf und deutet hinter sich in die Küche. Betont unbeteiligt schlendere ich zur Anrichte, wo nur noch das Randstück Brot und ein Rest Käse liegen.

»Sorry, die Jungs haben alles vernichtet«, entschuldigt sich Claire, obwohl sie nichts dafürkann. Wenn Zane und Cole Hunger haben, sind sie wie ein alles zerstörender Heuschreckenschwarm.

»Pech, wenn man zu spät kommt«, fügt Cole hinzu. Ohne ihn zu sehen, weiß ich, dass er gehässig grinst.

Sein Handy piepst. Es folgt eine kurze Stille, in der ich kaue und Claire mich dabei beobachtet.

»So, ihr zwei Hübschen. Ich geh dann mal. Grace will noch einen Orgasmus. Ich kann die Gute doch nicht warten lassen.« Cole rappelt sich hoch, tätschelt Claire wie einer Oma die Wange und richtet sich stöhnend in die Senkrechte auf. »Bis später, Kinder. Ich würde ja *seid brav* sagen, aber das wäre ja langweilig.« Er beugt sich noch einmal zu Claire herunter und flüstert ihr etwas ins Ohr. Ihr Blick huscht zu mir, ihre Wangen sind gerötet, und sie schüttelt hektisch den Kopf. Cole zuckt die Schultern und küsst sie auf den Scheitel. »Danke fürs Picknick, Darling«, sagt er zu ihr. Und zu mir: »Bis später, Hackfresse.«

Wie schön es doch ist, so freundliche Mitbewohner zu haben.

Sobald Cole weg ist, schaltet Claire den Fernseher aus. Sie läuft die wenigen Schritte zu mir in die Küche, bleibt aber in einigem Abstand stehen. Weit entfernt von meiner intimen Zone. Nicht einmal die persönliche Zone berührt sie. Ich wünschte, sie käme näher, und gleichzeitig wünschte ich, sie würde für immer auf Abstand bleiben.

»Cole und ich sind nur Freunde«, sagt sie leise, als würde mich das irgendetwas angehen. Verunsicherung schwingt in ihrer Stimme mit.

»Du kannst tun, was du willst und mit wem du es willst.«

Sie antwortet nicht. Wir stehen zusammen in der Küche und wissen beide nicht, wie wir uns verhalten sollen. Claire kehrt mit der Handfläche die Krümel zusammen, ich falte das Brotpapier zu einem komplizierten Origami-Kunstwerk.

»Willst du mein Zimmer sehen?«, frage ich, ohne darüber nachzudenken. Fragen so etwas nicht Kinder, die sich das erste Mal besuchen? Bescheuerter geht's nicht. Sehr souverän. Was soll das überhaupt? Claire in meinem Zimmer verbessert die Situation garantiert nicht.

Sie nickt vorsichtig.

Ich gehe voraus, und sie folgt mir mit ein paar Schritten Abstand. Im Türrahmen mache ich eine Geste, die einladend wirken soll, aber in lächerliches Herumfuchteln ausartet.

Mit leicht schief gelegtem Kopf betritt sie mein Heiligtum. Langsam geht sie an den Regalen entlang, liest die Buchrücken, nimmt ab und zu ein Buch heraus und blättert darin herum. Noch nie hat sich ein Mädchen für meine Bücher interessiert. Schon gar nicht für die Philosophiebände

»Der kategorische Imperativ«, liest sie vor. »Hm. Das musste ich mal im ersten Semester lesen. War mir zu kompliziert.«

»Kant ist nicht kompliziert.«

»Da haben wir offenbar unterschiedliche Wahrnehmungen«, seufzt sie und streichelt gedankenverloren über ein Notizbuch, das auf meinem Schreibtisch liegt. »Wer ist dein Lieblingsphilosoph?«

Statt ihr zu antworten, greife ich nach meinen Kopfhörern und setze sie ihr auf. Sie zuckt erstaunt zurück, wartet aber ab, als ich ihr ermutigend zunicke. Dann suche ich Stefanos' Platon-Text und tippe auf *Play*. Sie lauscht andächtig, mit großen, aufmerksamen Augen.

»Das klingt schön«, flüstert sie nach ein paar Minuten und nimmt die Kopfhörer ab. »Was ist das?«

»Platons *Phaidros*.« Meine Stimme bricht. Nie zuvor habe ich jemandem erlaubt, das anzuhören.

»Um was geht es darin?«

Sie scheint ehrlich interessiert. Eine Welle von Wärme durchflutet mich.

»Um Liebe und Sex. Den Rausch der irdischen Liebe und die Möglichkeit zur Transzendenz durch die Liebe.«

»Widerspricht sich das nicht mit deiner Ablehnung gegenüber Beziehungen?«

Nur sie kann solche Fragen stellen. »Überhaupt nicht. Nur eine Liebe, die der Idee der Liebe gleichkommt – Liebe, die weltliche Maßstäbe überschreitet –, kann uns zum wahren, transzendentalen Menschsein führen. Uns Menschen ist es kaum möglich, die Ideen hinter den Dingen zu erfassen. Also bezweifle ich, dass wir solch eine Liebe erfahren können.«

Sie seufzt. »Ich verstehe nicht einmal die Hälfte von dem, was du redest.« Sie gibt mir die Kopfhörer zurück und setzt sich auf mein ungemachtes Bett. »Aber ich verstehe, dass du wahnsinnig viel Angst vor der Liebe hast. Warum?«

Sie erwartet eine Antwort. Die ich ihr nicht geben kann.

Sie durchschaut mich. Das ängstigt mich noch mehr.

»Du spürst es doch auch, dass zwischen uns etwas ist. Warum wehrst du dich so?«

»Beziehungen ...«

Sie springt auf. »Hör auf mit diesem Scheiß!«, ruft sie. »Kannst du nicht einmal locker sein? Nicht einmal weg von deinen selbstgezimmerten Theorien? Was ist los mit dir, verdammt? Bin ich so abstoßend?«

Ich schüttle den Kopf. Im Gegenteil. Genau das ist das Problem.

»Im einen Moment küsst du mich, als gäbe es kein Morgen, als würdest du ohne mich nicht existieren wollen, und im nächsten Moment erzählst du mir wieder verworrenes Zeug, von wegen Liebe ist nicht real und nicht erreichbar. Du bist so verkorkst, weißt du das?« Erschöpft von ihrem Ausbruch sinkt sie zurück aufs Bett und stützt den Kopf in die Hände. Weint sie etwa?

»Ja. Das bin ich.« Mit hängenden Armen stehe ich steif wie ein Statist in meinem eigenen Zimmer. »Du solltest nicht mehr herkommen. Wenn du dich mit Cole treffen willst, dann bitte irgendwo anders. Ich kann das nicht.«

Sie nickt und fällt noch weiter in sich zusammen.

Ich bin ein verdammter, kranker Idiot.

Ohne noch etwas zu erwidern, erhebt sie sich, streift ihre Kleidung glatt, richtet ihre Haare und verlässt erhobenen Hauptes mein Zimmer und mich.

Claire

Draußen regnet es. Na toll. Wie im Film, wenn das Wetter die Stimmung widerspiegelt. Cole meinte gestern, ich müsse Geduld haben und dass wir Ethan zusammen ein wenig eifersüchtig machen könnten. Man müsse ihm lediglich immer vor Augen halten, was er verpasst. Tja, ist wohl nach hinten losgegangen. Als Ethan mich in sein Zimmer eingeladen hat, dachte ich kurz, dass Coles Strategie funktioniert hat. So kann man sich täuschen. Ich werde aus diesem Mann einfach nicht schlau.

Auf jeden Fall muss sich dringend etwas ändern. Der erste Schritt ist, mich wieder auf mein Studium zu konzentrieren. Also schlage ich nicht den Weg zu mir nach Hause ein, sondern den zum Campus. Meist hängen dort auch sonntags Studenten – und damit potenzielle Probanden – herum.

Tatsächlich stoße ich nach wenigen Minuten auf eine Gruppe junger Männer, die sich vor dem Regen unter das Dach des Fahrradparkplatzes gerettet hat. Einen davon kenne ich vom Sehen. Er wohnt im gleichen Wohnheim wie Ellen und ich, und ab und zu begegnen wir uns auf dem Gang oder in einem der Gemeinschaftsräume. Wenn ich mich nicht irre, heißt er Jason. Was er studiert, weiß ich allerdings nicht. Wir haben noch nie mehr als zwei Sätze miteinander geredet, und die bestanden hauptsächlich aus »Hi, wie geht's?« und »Hast du meinen Joghurt gesehen?«. Entschlossen steuere ich die Jungs an.

»Hi Jason«, zwitschere ich und klimpere mit den Wimpern. Gut, dass ich mich heute Morgen, bevor ich in die WG gefahren bin, geschminkt habe. In der irrwitzigen Hoffnung, Ethan zu gefallen. Pah, vergiss es! Ihm gefällt es anscheinend eher, mir wehzutun und mich wegzustoßen.

»Hi«, antwortet Jason verwundert, aber nicht unfreundlich. »Du bist Claire, stimmt's? Wir wohnen im gleichen Wohnheim.«

Bingo. »Ja. Dritter Stock. Mit Ellen.«

»Vierter.«

Damit ist unsere Unterhaltung auch schon beendet. Schön, wenn man sich so viel zu sagen hat. Wir nicken beide, wie Leute es tun, wenn sie die peinliche Stille irgendwie überbrücken wollen.

»Jungs, das ist Claire«, stellt er mich vor. Dann zeigt er nacheinander auf die anderen. »Noah, Evan, Isaak, und der Typ mit dem Handy ist Anthony.«

Alle nicken mir zu, Noah grinst breit und klopft Jason auf die Schulter. Ich verkneife mir ein Augenverdrehen, obwohl ich so ein Männergehabe – sich loben und beglückwünschen, wenn man mit Frauen spricht – affig finde. Als wäre das Leben ein einziger Wettbewerb.

»Und, was studiert ihr alle so?« Schließlich muss ich wissen, wen ich mir als nächsten Probanden auswähle.

»Alle Mathematik, außer Evan, der ist Wirtschaftler«, sagt Jason und deutet mit dem Daumen neben sich. Dann steckt er sich den Finger in den Hals und macht ein Würgegeräusch. Ob sich das auf seinen Freund oder das Studienfach bezieht, ist nicht ersichtlich.

Mist. Zane studiert auch Wirtschaft. Also fällt Evan als Studienteilnehmer flach. Schade, denn er hätte mir von den Jungs am besten gefallen. Groß und schlank, mit schwarzen Haaren, die er zu einem Minizopf zusammengefasst hat. Also konzentriere ich mich auf die anderen und setze mein schönstes Lächeln auf.

»Was verschlägt dich sonntags an die Uni?«, fragt einer. Den Namen habe ich bereits vergessen.

Da ich schlecht zugeben kann, dass ich einen Typen aufreißen will, nicke ich zur Bibliothek, deren Lesesaal auch am Wochenende geöffnet hat. Nur die Bücherausgabe ist geschlossen. »Lernen.« Ich verziehe zerknirscht meine Lippen. »Eine Hausarbeit steht an, die muss ich noch schreiben, und im Wohnheim ist es am Wochenende immer zu laut, um konzentriert zu arbeiten.« Beides ist nicht einmal gelogen. Aber so komme ich nie zu einem Date. Deswegen nehme ich all meinen Mut zusammen und füge hinzu: »Und außerdem suche ich jemanden, der mich nach dem Lernen als Belohnung für mein Fleißigsein auf einen Drink einlädt.«

»Das sollte kein Problem sein. Ich opfere mich gerne.« Der mit den Locken – ich glaube, er heißt Isaak – macht eine kleine Verbeugung. Die anderen pfeifen, und er richtet sich wieder auf, dreht sich zu seinen Freunden und klopft sich auf die Brust. Hoffentlich bereue ich nicht, mich ihnen quasi aufgedrängt zu haben. Er wendet sich wieder mir zu. »Ich hole dich um sechs ab. Genau hier. Und jetzt husch, husch lernen, damit du dir deine Belohnung auch verdient hast.«

Husch, husch. Wenn ich nicht dringend einen Probanden bräuchte, hätte er sich mit diesem Gerede schon disqualifiziert.

Er tatscht mir auf den Hintern und schiebt mich Richtung Bibliothek. Die anderen johlen. Das kann ja heiter werden.

Isaak lässt mich nicht nur zwanzig Minuten im strömenden Regen warten, er entschuldigt sich nicht einmal. Zwar hat er einen Regenschirm dabei, aber den hält er so akribisch über sich selbst, dass ich mich regelrecht an ihn pressen muss, um auch ein Stück Schutz abzubekommen. Bei seinem glänzenden BMW angekommen, sperrt er auf, öffnet mir aber nicht die Tür, sondern geht ums Auto herum und steigt selbst ein. Ich bestehe garantiert nicht auf jede Benimmregel, aber bis jetzt hat er sich nur unhöflich verhalten. Das werden lange drei Stunden werden.

Bevor ich mich angeschnallt habe, startet er den Motor und Justin Bieber brüllt aus den Lautsprechern. Wirklich? Ist das sein Ernst? Wie alt ist er? Zwölf?

Statt die Straße zur Innenstadt zu nehmen, biegt er in die andere Richtung ab.

»Wo fahren wir hin?«

»Lass dich überraschen, Puppe.« Er legt seine eklig schwitzige Hand auf mein Knie und streicht darüber. Mir wird flau. Ich dachte, er will mich ausführen?

Nach einer halben Stunde Fahrt hält er auf einem einsamen Parkplatz vor einem geschlossenen Supermarkt. Er dreht die Heizung höher, kurbelt seine Lehne zurück und nestelt an seinem Gürtel herum. Da es immer noch wie aus Eimern schüttet, sind wir von draußen quasi unsichtbar.

Ich rutsche rückwärts zur Tür. »Was wird das?«

»Jetzt tu nicht so, als ob du dich zieren würdest. Es war doch eindeutig, dass du heute jemanden zum Ficken gesucht hast. Also mach hinne und zieh den Fetzen aus.«

Er zerrt an meinem Oberteil. Angst kriecht in mir hoch. Ich versuche, seine feuchten Hände wegzuschieben, aber er bleibt hartnäckig und langt zwischen meine Beine. Mit der anderen Hand öffnet er seine Hose und holt seinen Penis heraus. Ich rüttle an der Tür, aber sie ist verschlossen, oder ich bekomme sie vor Aufregung einfach nicht auf. Scheiße, was mache ich jetzt?

Mittlerweile hat es aufgehört zu regnen, aber weil die Scheiben beschlagen sind, ist es immer noch unmöglich, dass jemand von außen sehen kann, was hier drin gleich passieren wird. Ohnehin war der Parkplatz leer.

»Lass mich bitte gehen«, piepse ich. Aber er ignoriert mich, pumpt mit widerlich gierigem Blick seine Erektion und beugt sich über mich. Von seinem Gestank wird mir schlecht. »Mach bitte die Tür auf«, flehe ich eindringlicher.

Seine Finger finden unter dem Rock mein Höschen und ziehen es herunter. Ich wehre mich, aber er ist stärker, presst mich grob mit seinem Körper in den Sitz. Beim Herumzappeln landet meine Hand auf dem elektrischen Fensterheber, und die Scheibe fährt – Gott sei Dank – in einem Rutsch herunter. Frische, kalte, nach Regen riechende Luft strömt herein.

»Hilfe«, schreie ich atemlos, bevor Isaak seinen ekelhaften Mund auf meinen drückt und seine Zunge so weit in meinen Rachen steckt, dass ich würgen muss. Nebenbei fährt er das Fenster wieder hoch.

»Halts Maul, Bitch. Du wirst jetzt schön brav sein und deine Beine breit machen, sonst helfe ich nach«

Verzweifelt trete ich um mich, drehe hektisch meinen Kopf hin und her, um seiner Zunge zu entgehen. Seine Finger krallen sich schmerzhaft um meine Brust und quetschen meine Brustwarze, die andere Hand versucht, wieder zwischen meine Beine zu gelangen. Aber weil ich mich so winde, schafft er es nicht, seine Finger in mich hineinzustecken.

»Halt doch endlich mal still!«, zischt er.

Das kann er vergessen! Ich werde es ihm garantiert nicht so leicht machen.

Wieder nähert sich sein Gesicht meinem. Als er seinen Mund grob auf meinen presst, beiße ich, so fest ich kann, in seine Unterlippe. Er weicht fluchend zurück und hält sich die Hand vor den Mund. Es blutet ein wenig. Leider nicht genug.

»Spinnst du?«

Es folgt eine so heftige Ohrfeige, dass mein Kopf gegen die Lehne donnert. Für einen Moment sehe ich Sternchen und denke schon, ich werde ohnmächtig. Starr kauere ich im Sitz und kämpfe mit den Schmerzen und der Angst. Rotz und Tränen laufen ungehindert über meine Wange und mein Kinn hinunter.

Isaak lehnt sich mit süffisantem Grinsen, das sein Gesicht zu einer hässlichen Fratze verzerrt, zurück und holt ein Kondompäckchen aus dem Handschuhfach. Während er sich das Kondom überrollt und dabei widerlich stöhnt, taste ich panisch nach dem Knopf, der die Türen entriegelt. Ich habe nur eine einzige Chance. Isaak ist viel stärker als ich. Wenn ich jetzt versage, bin ich geliefert. Ich atme tief ein, spanne meine Muskeln an, ziehe mein Knie an den Oberkörper und trete zu. Was ich treffe, weiß ich nicht, aber Isaak jault auf und krümmt sich zusammen. Dann drücke ich den Entriegelungsknopf, stoße die Tür auf und stürze nach draußen. Ich lande mit den Knien im Dreck, Kieselsteine bohren sich schmerzhaft in meine Haut, aber mit letzter Kraft rapple ich mich auf und sprinte los.

»Du Scheiß-Nutte!«, brüllt mir Isaak hinterher.

Ich stolpere und kann mich im letzten Moment fangen, bevor ich weiter um mein Leben renne. Ich sehe mich nicht um, ob er mir folgt, ich will nur weg.

Plötzlich ein dumpfer Schlag. Für einen Augenblick bleibt mir der Atem weg. Hände packen mich. Halten mich fest. Jemand sagt etwas. Ich verstehe nichts.

»Claire? O Gott, was ist passiert?«

Ich schüttle nur panisch den Kopf, winde mich, will dem Griff entkommen. Doch die Hände lassen mich nicht los. Ich weine und schluchze, will weg, schaffe es aber nicht. Die Arme packen mich noch fester, ziehen mich heran und umschlingen mich. Es fühlt sich seltsam tröstend und vertraut an, und langsam komme ich zur Ruhe.

»Claire, ich bin's. Alles ist gut. Dir wird nichts passieren. Ich bin da.«

Ethan. Es ist Ethan.

Es ist mir egal, wo er auf einmal herkommt. Ich bin nur unendlich froh, dass er da ist. Er hält mich an sich gepresst, und ich drücke mein Gesicht an seine Brust, während er beruhigend über meinen Rücken streichelt.

»Isaak ... er ...«, schniefe ich. »Er wollte ... er hat ... meine Tasche ...« Ich wedle mit der Hand Richtung Parkplatz.

»Du wartest hier«, weist mich Ethan an.

»Nein! Lass mich nicht allein.« Ich kralle mich an ihm fest.

Sanft löst er meine Finger von seinem Shirt, nimmt meine Hand und läuft zielstrebig mit mir im Schlepptau zum Parkplatz. Isaaks Wagen steht noch da.

Mit einem Gesichtsausdruck, den ich bei Ethan noch nie gesehen habe – wütend, kalt, beängstigend –, reißt er die Tür auf. Isaak erschrickt, die Hand um seinen Penis gekrampft. Holt er sich gerade einen runter?

»Steig aus.« Ethans Stimme ist ungewohnt tief und drohend.

»Was sonst, Sackgesicht? Haust du mir sonst eine in die Fresse?« Mit überheblichem Grinsen lehnt sich Isaak zurück.

»Steig aus!«, wiederholt Ethan mühsam beherrscht. Sein Brustkorb hebt und senkt sich, er schnauft, die Fäuste hat er an die Oberschenkel gepresst.

Isaak reagiert nicht, verzieht nur arrogant den Mund und nickt mir grinsend zu.

Ohne Vorwarnung lässt mich Ethan los, langt ins Auto und zerrt Isaak am Arm heraus. Der strauchelt, fängt sich jedoch erstaunlich schnell und richtet sich auf. Sein Penis ist mittlerweile in sich zusammengefallen und baumelt aus seinem offenen Hosenlatz. Drohend baut er sich vor Ethan auf, der mich beschützend hinter sich schiebt.

»Und jetzt?«, ätzt Isaak. »Willst du mich schlagen?«

»Wer Frauen zu vergewaltigt, hat es nicht anders verdient, du Arschloch!«, sagt Ethan kalt. So kenne ich ihn gar nicht. Ist das sein verschollener Bad-Boy-Zwillingsbruder oder so?

Isaak hebt sein Kinn. »Versuch's doch. Die Puppe wollte es doch nicht anders. Sie gehört mir.«

»Claire ist ein Mensch, eine Frau, keine Puppe, und sie gehört niemandem außer sich selbst. Aber so was wirst du Schwachkopf nie verstehen. Frauen sind nicht dazu da, dass man seinen Schwanz in sie hineinsteckt.«

Isaak macht ein abfälliges Geräusch. »Für was denn sonst?«

Ethan schüttelt nur den Kopf, dreht sich zu mir und legt den Arm um meine Schultern. »Komm, ich bring dich hier weg«, sagt er sanft.

Isaaks Schlag kommt aus dem Nichts. Mit Wucht donnert er seine Faust in Ethans Nieren. Der krümmt sich vor Schmerz zusammen und stöhnt. Ich erkenne genau den Moment, in dem seine Stimmung umschlägt. Wie sich sein Körper anspannt und irgendwie anschwillt, als würde er sich jede Sekunde in einen Hulk verwandeln. Schwer atmend richtet er sich auf, hebt wie in Zeitlupe seinen Arm und platziert seinen Ellbogen gezielt in Isaaks Gesicht. Wie ein gefällter Baum stürzt der Getroffene nach hinten und bleibt wimmernd liegen.

Noch einmal greift Ethan ins Innere des Wagens, tastet herum und findet meine Tasche. »Lass uns gehen.« Er nimmt meine Hand.

Aber ich kann mich nicht bewegen. Mein Körper zittert unkontrolliert, meine Beine sind aus Gummi und können mich nicht mehr tragen. Schlaff sinke ich gegen Ethan.

»Das sind das Adrenalin und der Schock«, erklärt er.

Ist mir egal, was es ist. Hauptsache, er hält mich fest, damit ich nicht umfalle. Und das tut er. Schlingt seine Arme um mich, drückt meinen Kopf an seine Brust und lässt mich weinen. Streichelt mir tröstend übers Haar. Sein T-Shirt ist nass, vom Regen, von meinen Tränen. Er riecht nach Mann und frischem Schweiß und Regen und Ethan.

»Was machst du überhaupt hier?«, schniefe ich.

»Ich war laufen. Das ist meine übliche Strecke.«

»Im Regen? Im Dunkeln?«

Ich merke, wie er sich verkrampft. Aber er lässt mich nicht los. »Nachdem du ... Ich brauchte dringend Bewegung und frische Luft.« Das ist nicht die ganze Wahrheit. Fahrig streicht er mir über die Oberarme. »Geht's wieder? Kannst du laufen, oder soll ich uns ein Taxi rufen?«

»Nein, ich will laufen. Danke, dass du mich gerettet hast.«

Seine Arme fallen herunter. »Hätte ich für jeden getan.«

Das ist nicht die Antwort, die ich mir gewünscht hätte. Ein strahlender Ritter auf einem Pferd, der mir – nur mir – zur Hilfe eilt, wäre mir eindeutig lieber gewesen. Aber man kann eben nicht alles haben im Leben. Wieder umarmt er mich. Entweder weil er nicht will, dass ich doch noch kollabiere, oder weil er vergessen hat, dass er mich ja eigentlich nicht wieder anfassen wollte. Und es besteht die winzige Möglichkeit, dass er mich gerne berührt. Aus welchem Grund auch immer. Ich beschließe, den Augenblick zu genießen, und schmiege mich an ihn, lausche seinem regelmäßigen Herzschlag, sauge seinen Duft in mich hinein.

Nach einer Ewigkeit schiebt er mich von sich, lässt mich aber nicht ganz los. »Ich bring dich jetzt nach Hause.«

»Nein, nicht ins Wohnheim. Bitte!«

Er schaut mich fragend an.

»Ellen ist bei Matt. Ich will jetzt nicht allein sein.«

Er seufzt und windet sich. Ringt mit sich. »Dann nehm ich dich mit zu mir. Cole und Zane haben sicher nichts dagegen. Ich schlafe auf der Couch. Du kannst mein Bett haben.«

»Danke«, sage ich tonlos. Jetzt, da der Schreck nachlässt, merke ich, wie schlecht es mir geht. Ich fühle mich zittrig und ich bin schweißüberströmt und mit den Nerven am Ende. Ich will nur noch schlafen. Plötzlich kann ich nicht mehr laufen und sinke auf den nassen Bürgersteig.

»Scheiße, du hast einen Schock«, murmelt Ethan und klopft seine Jogginghose ab. »Mein Handy ist zu Hause. Gib mir deins.«

»Handtasche«, nuschle ich nur und falle langsam seitlich auf den Asphalt. Meine Haare landen in einer Pfütze, aber ich bin nicht in der Lage, wegzurutschen. Er kauert sich neben mich, richtet mich auf und lehnt mich an sich. Dann greift er in meine Handtasche und sucht mein Telefon.

»Zane, kannst du uns abholen?« Kurz hört er zu, dann erklärt er in wenigen Worten, was passiert ist und wo wir uns befinden. Lautes Fluchen ist zu hören. »Er kommt gleich.«

Weil ich beinahe wieder umkippe, zieht Ethan mich auf seinen Schoß und wiegt mich wie ein Baby hin und her. »Schsch, alles wird gut«, brummt er immer wieder beruhigend.

Als Zane endlich vorfährt, setzt sich Ethan auf den Rücksitz und legt mich neben sich, bettet meinen Kopf auf seinen Oberschenkeln und unterbricht keine Sekunde unseren Körperkontakt.

»Sie sollte das Schwein anzeigen. Er wollte sie vergewaltigen«, flucht Zane von vorne. Ja, sollte ich. Momentan kann ich allerdings gar nichts tun. Außer in Ethans tröstender und schützender Wärme zu verharren. »Sie hat Glück, dass du so gestört bist und zweimal am Tag joggen gegangen bist. Im strömenden Regen. Noch dazu die große Runde am Supermarkt vorbei.«

Er hat mich gerettet. Das ist das Einzige, was zählt.

Die Fahrt kommt mir unendlich lang vor. »Warum kannst du eigentlich so gut prügeln?«, sage ich in die Stille, als sei das aktuell die dringendste Frage.

»Ich habe viel Zeit unter Rockern verbracht«, erklärt er trocken. »Da habe ich eine Menge gelernt.«

»Wie bei *Sons of Anarchy*«, murmle ich noch, bevor ich erschöpft und mit Zanes und Ethans Lachen im Ohr einschlafe.

Ethan

Mit quietschenden Reifen stoppt Zane vor unserem Wohnhaus. »Bring sie schon mal rein, ich suche noch einen Parkplatz.«

Ich nicke und hebe vorsichtig ihren Kopf von meinem Schoß. Sie protestiert, indem sie einen undefinierbaren Laut von sich gibt, ist aber zu schwach, um sich zu wehren.

»Alles gut«, beruhige ich sie und klettere aus dem Auto. Mit Zanes Hilfe hieve ich sie hinaus. Dann nehme ich sie hoch und trage sie zum Eingang. Schlaff hängt sie in meinen Armen, ihr Kopf lehnt an meinem Brustkorb.

»Ich bin zu schwer«, nuschelt sie, macht aber keine Anstalten, sich loszumachen und selbst zu laufen.

Das stimmt nicht. Sie ist so leicht und verletzlich. Ich antworte nicht, drücke sie nur fester an mich und stoße rückwärts die Eingangstür auf.

Oben verharre ich kurz vor der Tür und überlege, wie ich aufsperren soll, ohne Claire loslassen zu müssen. Schließlich wummere ich mit einem Fuß gegen die Tür.

Nach einer Weile öffnet Cole, nur mit einem Laken bekleidet. Die Haare sind zerzaust und auf einer Seite platt gedrückt. »Was soll'n das? Warum benutzt du nicht deinen verdammten Schlüssel, Arschloch? Ich hab schon geschlafen.« Geschlafen? Wie spät ist es denn? »O Gott! Was ist passiert?« Endlich tritt er zur Seite und lässt mich rein. Auch Zane ist mittlerweile da und kommt gleich nach mir in die Wohnung. Flüsternd erklärt er Cole, was vorgefallen ist. Der schnaubt und flucht und schaut immer wieder kopfschüttelnd zu uns herüber. »Was für ein verfluchter Drecksack.«

Womit er ausnahmsweise einmal recht hat.

Ich trage Claire in mein Zimmer, lege sie aufs Bett und decke sie zu. Gott sei Dank schläft sie. Unschlüssig stehe ich vor ihr. Soll ich sie ausziehen? Die ganze Nacht in dem engen Rock und mit BH ist sicher unbequem. Außerdem ist alles nass. Aber ich kann das nicht tun. Das wäre ihr sicher nicht recht. Wo sind die Mädchen, wenn man sie braucht?

Sie wimmert leise, dreht sich auf die Seite und steckt ihre gefalteten Hände unter den Kopf. Ihre Lider flattern. Wunderschön sieht sie aus, wenn sie schläft, selbst in diesem Zustand.

Ich gehe zurück in die Küche, wo Zane und Cole Bier trinken und sich immer noch über den Grapscher aufregen.

»Hat einer von euch beiden zufällig ein Mädchen da?«

Sie verziehen synchron die Gesichter.

»Öhm«, sagt Cole mit dümmlichem Grinsen. »Nein. Warum?«

»Claire hat ihre nassen Klamotten noch an, und so kann sie doch nicht die ganze Nacht schlafen.«

»Warum ziehst du sie ihr nicht aus?«, fragt er und hebt die Augenbrauen.

»Weil ...«, fange ich an, weiß aber keine Antwort, die die beiden zufriedenstellen würde.

»Weil er ein Feigling ist«, antwortet Zane für mich. Vielleicht hat er gar nicht so unrecht. »Soll ich es für dich tun?«

»Nein!« Das kam lauter heraus als geplant. Zane grinst und nickt in Richtung meines Zimmers. Also hole ich tief Luft und stapfte zurück.

Als ich die Decke zurückschlage, bewegt sich Claire kurz, wacht aber nicht auf. Die Schuhe kommen als Erstes. Ich stelle sie ordentlich nebeneinander vors Bett. Jetzt der Rock. Du schaffst das, Ethan. Weil alles nass ist, klebt die Kleidung an ihrem Körper, was es noch schwerer macht, sie davon zu befreien, ohne dass sie aufwacht. Was wäre so schlimm daran? Dann könnte sie sich wenigstens selbst ausziehen. Aber sie wirkte so erschöpft. Also zerre ich weiter an ihrem Rock, bis ich es endlich schaffe, ihn herunterzuziehen. Dann setze ich mich vor sie an die Bettkante, greife unter ihre Schultern und hebe vorsichtig ihren Oberkörper in die Senkrechte. Schlaff plumpst sie gegen mich und murmelt irgendwas. Jeder normale Mensch wäre doch schon längst aufgewacht. Sie muss wirklich unheimlich fertig gewesen sein. Mit einer Hand halte ich sie zwischen den Schulterblättern aufrecht, mit der anderen packe ich den Saum ihres Shirts und ziehe es ihr über den Kopf. Langsam lasse ich sie aufs Bett zurücksinken. Nur noch in Slip und BH liegt sie vor mir. Ich schlucke, und mein Schwanz regt sich. Ihr Körper ist der Hammer. Ihre Haut glatt und zart. Bevor ich es überhaupt rational erfasse, streiche ich mit dem Zeigefinger über ihr Schlüsselbein bis hinunter zu ihrem Bauchnabel. Sie stöhnt leise, und erschrocken ziehe ich meine Hand zurück. Schnell decke ich sie wieder zu. Mist, wie bekomme ich jetzt die Unterwäsche weg, ohne dass ich die Kontrolle verliere? Wenn sie die nassen Sachen anbehält, wird sie eine Blasenentzündung bekommen. Eine verdammte Pattsituation. Reiß dich zusammen. Stell dir vor, du bist Krankenpfleger und musst eine Patientin ausziehen. Bleib professionell. Mein Schwanz denkt nur leider ganz anders darüber. Ich versuche, ihn zu ignorieren, schließe für einen Moment die Augen, um mich zu konzentrieren, und greife dann unter die Decke. Der Slip ist so winzig, dass ich noch einmal überlege, ob sie ihn nicht doch anbehalten kann, entscheide mich aber dann dagegen. Nass ist nass. Meine Mom hat immer darauf bestanden, dass ich trockene Sachen anziehe, wenn wir auf einem Festival mal wieder im Schlamm gespielt haben oder wenn es mitten in der Nacht zu schütten angefangen hat. Man kann ihr vieles vorwerfen, aber nicht, dass sie nicht auf meine Gesundheit geachtet hätte. Das nasse Ding werfe ich zu den anderen Klamotten auf den Boden. Fehlt nur noch der BH. Gut, dass es einer ist, der vorne zu öffnen ist.

Die Vorstellung, dass sie jetzt komplett nackt in meinem Bett unter der Decke liegt, ist wahnsinnig erregend und beängstigend zugleich. Es ist ja nicht so, dass ich noch nie eine Frau in meinem Bett gehabt hätte. Aber noch nie eine wie Claire. Noch nie eine, die Gefühle in mir auslöst, die ich nicht haben will. Die ich mir verboten habe. Sie macht es mir verdammt schwer. Aber sie kann ja nichts dafür, dass sie heute an diesen Vergewaltiger-Vollpfosten geraten ist. Das hat sie sicher nicht absichtlich inszeniert, damit sie sich in meinem Bett räkeln kann. Sie konnte nicht einmal wissen, dass ich dort entlangjogge.

Schweren Herzens löse ich mich von ihr, schnappe mir aus der Kommode ein Shirt und eine Pyjamahose und gehe ins Bad. Dort schlüpfe ich aus meinen nassen Laufklamotten und stelle mich unter die heiße Dusche. Mein Penis kann Claires Anblick ebenso wenig vergessen wie ich. Trotzdem kümmere ich mich nicht um ihn, verkneife mir, mich zu erleichtern, sondern stelle stattdessen die letzten Minuten das Wasser eiskalt ein.

Cole ist offenbar wieder ins Bett verschwunden, Zane lümmelt mit den Beinen über der Armlehne im Sessel und nippt an seinem Bier. Wie immer läuft der Fernseher. Zane, Bier und Fernseher, best buddies forever.

Ich breite die Wolldecke über der Sitzfläche des Sofas aus, schmeiße zwei Kissen ans Kopfende und lege mich hin.

»Was wird das?« Zane zeigt mit der Bierflasche auf mich und mein provisorisches Schlaflager.

»Ich schlafe hier. Falls es dir nicht aufgefallen ist, mein Bett ist momentan besetzt.«

»Ja, von einem Mädchen, das nicht nur hammermäßig intelligent, attraktiv, sexy und süß ist. Nein, sie ist auch nackt. Und außerdem«, er hebt einen Finger, »hast du sie gerade vor einer Vergewaltigung bewahrt. Sie ist völlig durch den Wind. Du kannst sie doch jetzt nicht allein lassen.«

»Aber sie ist nackt«, protestiere ich, als sei das die Erklärung für alles.

»Das sagte ich bereits, Blitzmerker. Umso besser, oder? Ich würde mich ja um sie kümmern, aber ich vermute, ich bin nicht der, den sie braucht. Und vor allem nicht der, den sie will.« Genau das ist das Problem, Zane. »Du nimmst jetzt sofort deinen dürren Skeptikerarsch und schaffst ihn in dein Schlafzimmer. Selbst wenn du nicht verrückt nach ihr wärst und sie nicht nach dir, gebietet es der Anstand, dass man eine junge Dame nach so einem traumatisierenden Vorfall nicht allein lässt.«

Seit wann redet Zane so geschwollen? Aber vermutlich hat er recht. Dummerweise habe ich eine Heidenangst davor, was dann passieren wird. »Ich bin nicht verrückt nach ihr.«

»Tja, mein Freund, das sehe ich anders.«

»Bin ich nicht.«

»Bist du doch.«

»Bin ich nicht!«, wiederhole ich nachdrücklicher. Warum kapiert er das nicht?

»Bist du doch!« Will er jetzt das Nein-doch-nein-doch-Spiel bis ins Unendliche weitertreiben? »Was wäre so schlimm daran, zuzugeben, dass du in sie verliebt bist?«

»Dass ich es nicht bin!« Er regt mich auf.

»Träum weiter, Kumpel. Du liebst sie, gesteh dir das endlich ein.« Ich will widersprechen, aber er stoppt mich. »Ich weiß, wie du tickst. Du hast Angst, verletzt zu werden, du Sensibelchen. Ich kenne dich lange genug. Deine abartigen Theorien hast du dir nur zusammengeschustert, damit du einen Grund hast, dich gegen alles abzuschirmen, was Spaß machen könnte. Das nervt. Da drüben liegt ein wunderbares Mädchen, das so eindeutig in dich verliebt ist, dass man es in Leuchtbuchstaben auf ihrer Stirn lesen kann. Und du? Zierst dich, als sei sie hässlich oder dumm oder eine Schlampe oder sonst etwas. Ich versteh dich nicht.«

Ich mich auch nicht, das kannst du mir glauben.

Seine Stirn runzelt sich. »Du hast immer irgendwelche seltsamen Theorien parat. Zu allem, was auch nur im Entferntesten mit Gefühlen zu tun hat. Du bist wie meine alte Tante Francis, die immer einen passenden Bibelspruch zu jeder Situation hatte. Schrecklich. Das ist nicht normal. Du bist nicht normal.« Er wedelt mit der Bierflasche herum. »Los jetzt. Verschwinde. Ich habe keinen Bock mehr auf den Scheiß.

Liebe sie oder nicht. Aber sei wenigstens für sie da. Als Freund, wenn du es schon nicht anders auf die Reihe bekommst.«

Seufzend stemme ich mich hoch und mache mich auf den Weg, um meine Pflicht als höflicher und beschützender Mitmensch zu erfüllen.

Claire liegt seitlich im Bett, ihre Haare hängen ihr halb ins Gesicht, halb umspielen sie wie bei einem Engel ihren Kopf. Engel – was für ein Quatsch, Ethan. Sie atmet gleichmäßig und ruhig. Die Decke ist ein wenig heruntergerutscht, sodass man ihre Brüste erkennen kann, die sich heben und senken. Heben und senken. Auf und ab. Ich verlangsame meine Atmung, bis wir im gleichen Rhythmus atmen. Ihre Nippel sind hart. Friert sie? Wie ein Spanner lungere ich regungslos mit bretthartem Ständer in meinem eigenen Zimmer herum und glotze sie an.

Zuerst lege ich mich neben sie auf die Decke, akribisch darauf bedacht, sie nicht zu berühren. Doch da ich ohne Decke nicht schlafen kann, kapituliere ich irgendwann und krieche doch darunter. Ich wünschte, ich hätte zwei Bettdecken statt einer großen. In weitmöglichstem Abstand zu ihr und ihrem Geruch und der Gewissheit ihres nackten Körpers schließe ich die Augen.

Ich wache auf, weil mir furchtbar heiß ist. Es muss mitten in der Nacht sein, denn draußen ist es noch immer stockdunkel, nur ein dünner Lichtstrahl von den Straßenlaternen dringt durch die nicht ganz geschlossenen Vorhänge. Ich versuche, mich zu bewegen, aber ich bin gefangen in einem Wirrwarr aus Beinen und Armen. Claire hat sich an mich geschmiegt, ihr Arm ruht schwer auf meinem Bauch, ihr Kopf auf meiner Schulter. Mein Arm ist um sie geschlungen, unsere Beine sind ineinander verhakt. Selbst im Schlaf zieht es uns zueinander. Mit der freien Hand berühre ich vorsichtig ihr friedliches Gesicht. Liegt es an der Müdigkeit? An ihrem weichen, nackten Körper, der an meinen gepresst ist? Meinem hoffnungsvoll wartenden Schwanz? An der schwindenden Kontrolle? Ich weiß es nicht. Ich weiß nur, dass ich mich nicht mehr wehren kann. Nicht mehr wehren will. Ich drehe mich ein wenig, sodass sie ebenfalls leicht bewegt wird und aufwacht. Selbst bei dem schwachen Licht kann ich erkennen, dass sie lächelt. Verschlafen blickt sie mich an. Dass sie nackt ist, hat sie entweder noch nicht registriert oder es ist ihr egal, denn sie deckt sich weder zu noch weicht sie zurück. Ihre Finger wandern in mein Gesicht, und gemeinsam erkunden wir die Züge des anderen. Eine zärtliche, unschuldige Geste, die so viel mehr verspricht und so viel mehr bedeutet als wildes Vögeln. Und dann küssen wir uns. Gierig und hungrig und voller Sehnsucht. Ich will sie. Wie nichts zuvor. Mein Schwanz pocht gegen den Stoff meiner Hose. Ich schiebe mich über sie, löse keinen Moment meine Lippen von ihren. Unsere Zungen spielen miteinander, heißen sich gegenseitig willkommen. Sie stöhnt in meinem Mund und biegt sich mir entgegen.

»Bitte«, fleht sie. »Lösch den gestrigen Abend aus. Schlaf mit mir. Liebe mich.«

Wenn sie wüsste, wie sehr ich sie liebe. Meine Erektion drückt gegen ihre Mitte, und sie bewegt sich ein wenig, bis sie mich da hat, wo ich hingehöre. Ich löse mich von ihrem Mund, rutsche ein Stück nach unten und schließe meine Lippen um ihre Brustwarze. Ihr Unterkörper hebt sich von der Matratze, und sie stößt ein langgezogenes Stöhnen aus. Mit der Zunge umkreise ich ihren Nippel, knete mit der Hand ihre andere Brust. Sie drückt ihren Kopf ins Kissen und drängt sich noch stärker an mich. Ich lasse ihre Brust los und wandere weiter nach unten zu ihrer Mitte. Sie ist feucht und bereit. Beinahe kann ich ihre Erregung riechen. Ich necke sie, streichle mit einem Finger an ihren Schamlippen entlang, stecke ihn hinein und krümme ihn, bevor ich ihn wieder herausziehe und sie weiter mit ihrer eigenen Nässe stimuliere.

Wir sprechen nicht, Worte sind nicht nötig. Unsere Reaktionen sind Antwort genug. Ungeduldig zerrt sie an meinem T-Shirt herum, schafft es aber nicht, es mir auszuziehen. Also helfe ich ihr und entledige mich gleich auch noch meiner Hose. Nackte Haut trifft auf nackte Haut. Ein unglaubliches Gefühl. Ich habe schon oft Frauenkörper an meinem gespürt, doch nie war es so intensiv. Als durchfahre mich ein Stromschlag, ein nicht enden wollendes wohliges Schaudern. Eine Hitze, die lebensnotwendig ist, damit ich nicht zerfließe.

Nur ungern lasse ich von ihr ab, um ein Kondom aus der Nachttischschublade zu holen. Mit zittrigen Fingern reiße ich es auf und rolle es mir über. Sie hat sich rückwärts auf die Ellbogen gestützt und beobachtet mich mit halb geöffnetem Mund und vor Lust verschleierten Augen. Ihr Brustkorb hebt sich schnell. Sie will mich. Und ich sie. So dringend. Mein Verstand hat sich verabschiedet. Nur noch mein Körper und mein Herz reagieren. Wenigstens ein Mal muss ich Claire auf diese Weise spüren.

Bereitwillig öffnet sie die Beine, ihre Hände hat sie in meine Hüften gekrallt. Sie wartet auf mich. Unendlich langsam dringe ich in sie ein, genieße jede Sekunde, koste jeden Zentimeter aus. Sie kommt mir entgegen, zusammen finden wir unseren Rhythmus, bewegen uns miteinander und gegeneinander, lieben uns, zärtlich und leidenschaftlich und verzweifelt. Meine Lippen finden ihre, ihre Zunge begrüßt meine, heißt mich und meinen Körper willkommen. Ich greife in ihre Kniekehle, beuge ihr Bein und drücke es an ihre Brust. Dadurch kann ich noch tiefer in sie hineingleiten, bin mit ihr so verbunden, als wären wir ein einziger Körper. Sie blickt mich mit großen Augen an, ihr Mund steht ein wenig offen, die Wangen sind gerötet. Mit jedem Stoß keucht sie und biegt sich mir entgegen. Immer und immer wieder stoße ich in sie, spüre ihre Enge und ihre Wärme und ihre Liebe. Ihre Hände krampfen sich um meinen Nacken, ziehen an meinen Haaren. Als ich merke, dass Claire anfängt, unter mir zu zittern, erhöhe ich mein Tempo, schiebe mich noch einmal tief in sie hinein. Sie klammert sich mit Armen und Beinen an mich, sucht meinen Mund und kommt, am ganzen Körper erschaudernd. Nach wenigen kräftigen Stößen folge ich ihr und ergieße mich ihren Namen stammelnd in ihr. Dann lege ich meine Stirn auf ihre und küsse sie noch einmal zärtlich.

Sie streichelt meinen Rücken, meinen Nacken, meine Haare, ebenso atemlos wie ich.

Was für ein Erlebnis. Was für gigantischer Sex.

Leider muss ich mich von ihr trennen, um das Kondom zu entsorgen. Seufzend gleite ich aus ihr heraus, sie beschwert sich mit protestierendem Wimmern und schlingt ihre Arme um mich. Das zugeknotete Kondom lasse ich achtlos auf den Boden fallen. Dann presse ich mich wieder an sie. So nah, als wären wir erneut ein einziger Organismus. Zwei Symbionten, die ohneeinander nicht existieren können.

So schlafen wir wieder ein.

Claire

Mir ist kalt, und ich fühle mich seltsam allein. Zwischen den Beinen bin ich ein wenig wund, was beweist, dass ich den unglaublichen Sex mit Ethan nicht nur geträumt habe. Ansonsten geht es mir erstaunlich gut. Ethans und Zanes Zuwendung nach dem schlimmen Abend haben mich getröstet, und ich bin zuversichtlich, dass ich den Vorfall ohne bleibende psychische Schäden überstehen werde. Ethans hat Isaaks Dreckfinger mit seinen liebevollen Berührungen überschrieben und die schrecklichen Erlebnisse beinahe ganz ausgelöscht. Der gestrige Abend scheint nur noch eine entfernte Erinnerung. Wie ein böser Albtraum, in dem man sich zwar unheimlich fürchtet, solange man drinsteckt, aus dem man aber unbeschadet aufwacht. Nur ein dumpfes Gefühl der Wut und der Angst bleibt. Gute Arbeit, Ethan. Ich grinse. Etwas hat sich letzte Nacht verändert. Ethan hat sich mir geöffnet, nicht nur auf körperliche Art. Endlich hat er sich mir ganz gezeigt. Und damit meine ich nicht, dass ich jetzt weiß, wie er nackt aussieht. Sehr gut, nebenbei bemerkt.

Nein, es war, als hätte er mir seine Seele geschenkt. Die Liebe, die aus seinen Augen sprach, die Verletzlichkeit, die Lust, aber auch die Angst, die Art, wie er sich in mir bewegte, mich berührte, beinahe verzweifelt, war wie eine Offenbarung. Mal ganz abgesehen von dem alles in den Schatten stellenden Orgasmus. Ich hatte schon viele Höhepunkte. Allein, zu zweit, mit Hilfsmitteln. Aber keiner war vergleichbar mit dem, was Ethan in mir ausgelöst hat. Es war, als explodierten alle meine Sinne auf einmal.

Doch die andere Bettseite ist leer. Ebenso das Zimmer. Meine Kleidung liegt ordentlich auf einem Stuhl. Sogar mein Slip und mein BH sind gefaltet. Wer hat mich überhaupt ausgezogen? War das Ethan? Ich hoffe, dass es nicht Zane oder Cole waren.

Mein T-Shirt und meine Hose riechen immer noch nach Isaaks ekelhaftem Aftershave. Aber ich kann ja schlecht nackt durch eine fremde Wohnung spazieren, auch wenn Zane und Cole sicher nichts dagegen hätten. Also schlüpfe ich notgedrungen hinein und mache mich auf die Suche nach meinem ... ja, was eigentlich?

Ich finde Ethan in der Küche. Von mir abgewandt steht er am Fenster, umklammert eine Kaffeetasse und starrt nach draußen. Und jetzt? Soll ich zu ihm gehen? Mein erster Impuls wäre, meine Arme um ihn zu schlingen und mich an ihn zu kuscheln, seinen wunderbaren Ethan-Duft in mich aufzusaugen und ihn zurück ins Bett zu ziehen. Doch obwohl ich nur seinen Rücken präsentiert bekomme, spüre ich seine Ablehnung. Er hat sich erneut verschlossen. Man kann die Mauer förmlich sehen, die er hochgezogen hat.

»Hi«, piepse ich und bleibe in sicherer Entfernung stehen.

Nach einer Ewigkeit dreht er sich um. Er trägt keine Brille, was ihn verletzlicher und weicher erscheinen lässt. Seine Augen wirken gehetzt, wie von einem verwundeten und eingesperrten Tier.

»Geht's dir gut?« Seine Stimme klingt furchtbar kalt. »Wegen der Isaak-Sache?«

Ich nicke zögerlich. Ist das alles? Wir tun einfach so, als hätten wir gestern keinen weltverändernden Sex gehabt? Habe ich mir die Bedeutung dahinter nur eingebildet? War alles nur reiner Geschlechtsverkehr? So unverbindlich, wie er es am liebsten hat? Das kann er mir nicht erzählen.

Er mustert mich lange. »Du solltest besser gehen«, sagt er leise. »Das gestern Nacht hätte nie passieren dürfen. Es war ein Fehler.« Er wendet sich wieder zum Fenster, stellt die Tasse auf das Fensterbrett und verschränkt die Arme vor der Brust.

»Ich dachte ... wir ...«, stammle ich, stoppe aber dann. In der Spiegelung der Scheibe kann ich erkennen, dass er die Augen geschlossen hat, den Mund verkniffen.

»Du warst durcheinander und brauchtest Trost und menschliche Nähe. Die hast du bekommen. Es hatte keine Bedeutung. Ablenkung. Sonst nichts.« Seine Schultern sind verkrampft, sein Kinn ist in einer betont stolzen Geste nach oben gereckt. Doch, es hatte eine Bedeutung, und das weiß er ganz genau. »Geh bitte.« Weil ich mich nicht rühre, schnauft er tief. Es klingt nicht genervt oder wütend, eher verzweifelt. Er drückt seine Hände aufs Gesicht und wiederholt: »Geh!« Diesmal brüllt er.

Tränen steigen mir in die Augen. Ich halte sie nicht auf. Ich weiß, dass ich ihn nicht umstimmen kann. Stattdessen wanke ich in sein Zimmer zurück, greife mir meine Handtasche und stürme aus der Wohnung, nehme zwei Stufen auf einmal und renne die Straße hinunter.

Ich bleibe erst stehen, als meine Lunge zu platzen droht. Völlig kraftlos plumpse ich auf eine Bank vor einem Schaufenster und versuche, zu Atem zu kommen.

»Alles in Ordnung, Miss?«, fragt ein alter Mann mit sorgenvoller Miene, der gerade mit seinem übergewichtigen Hund am Laden vorbeigeht. Der Hund schnüffelt an meinen Schuhen und zieht an seiner Leine.

»Ja. Danke.« Ich zwinge mich zu lächeln, und nach kurzem Zögern läuft der Alte weiter.

Eine Verkäuferin tippelt aus dem Laden. »Sie dürfen hier nicht so vor dem Geschäft herumlungern. Das verschreckt unsere Kunden.«

Ihre hohe, belehrende Stimme verursacht mir Kopfschmerzen. Weil ich keine Diskussion will, beachte ich sie nicht, stehe wortlos auf und gehe langsam davon. Stundenlang laufe ich durch die Straßen, betrachte raufende Hunde, spielende Kinder, knutschende Pärchen, sehe dem Krankenwagen nach, der mit Blaulicht und Sirene an mir vorbeirauscht, und wünschte, ich könnte meine Gedanken einfach wie mit einem Lichtschalter ausknipsen.

Mein Handy klingelt. Ellen. Ich drücke sie weg, schalte das Telefon aus und stecke es ganz unten in meine Handtasche. Derjenige, von dem ich mir wünschen würde, dass er anruft, wird es nicht tun.

Vom vielen Herumlaufen schmerzen meine Füße. Aber zumindest geht es mir ein Mini-Stückchen besser. Von *gut* bin ich noch so weit entfernt wie Alaska von Australien. Und mir ist eines klar geworden: Ethan wird sich nicht ändern. Nicht für mich, nicht für sich, für niemanden. Er wird weiter an seinen verworrenen Theorien festhalten und sich selbst ein mögliches Verlieben verbieten. Ihm ist nicht zu helfen. Mir dagegen schon. Für mich ist es noch nicht zu spät. Noch kann ich mich selbst retten.

Als Erstes gehe ich die Polizei und zeige Isaak wegen versuchter Vergewaltigung an. Ich muss eine Menge unangenehmer Fragen über mich ergehen lassen. Die Polizistin, die meine Aussage protokolliert, ist aber nett und verständnisvoll und gibt mir keine Sekunde das Gefühl, mir nicht zu glauben oder mir gar die Schuld zu geben.

»Machen Sie sich keine Sorgen. Er wird damit nicht ungeschoren davonkommen«, verabschiedet sie mich.

Danach besuche ich meinen Professor. Die Tür zu seinem Büro ist angelehnt, und ich klopfe entschlossen. Nach seinem »Herein« stoße ich die Tür auf, warte aber, bis Professor MacGillan von seinen Papieren aufsieht.

»Claire, was kann ich für Sie tun?« Eines der Dinge, die ich an ihm bewundere, ist, dass er sich anscheinend mühelos die Namen sämtlicher seiner Studenten merken kann. »Setzen Sie sich«, fügt er hinzu und deutet auf den Stuhl vor seinem Schreibtisch.

Sobald ich sitze, fange ich an. Herumdrucksen macht die Sache schließlich auch nicht leichter. »Ich wollte Sie informieren, dass ich die Studie abbrechen werde. Mir ist bewusst, dass ich dann für dieses Semester keine Note bekomme. Aber ich kann nicht weitermachen. Es tut mir leid.«

Er runzelt die Stirn und tippt mit dem Stift an seine Lippe. »Darf ich fragen, was Sie zu diesem Schritt veranlasst hat?«

Wie soll ich es ihm erklären, ohne dass es wie Versagen klingt? Außerdem kann ich ja schlecht erzählen, dass ich mich verliebt habe, meine Gefühle aber nicht erwidert werden und ich deswegen die Schnauze voll habe von Männern, auch wenn ich sie nur zu Studienzwecken treffen muss.

»Es ist schwieriger als gedacht, geeignete Probanden zu finden.« Ich mache eine Pause. »Außerdem ist etwas vorgefallen.«

Er will wissen, was, und ich gebe ihm eine knappe Zusammenfassung von meinem Date mit Isaak.

»Das ist ja ungeheuerlich! Das wird für ihn Konsequenzen haben. Ich werde es sofort melden und ein Disziplinarverfahren einleiten. Aber wegen so jemandem sollten Sie nicht auf Ihre Seminararbeit verzichten. Sie sind eine gute Studentin, Sie sollten deswegen kein Semester verlieren.« Er steckt den Stift zwischen die Lippen und kaut nachdenklich darauf herum. »Also, was halten Sie davon, wenn wir die Arbeit einfach umformulieren und Sie Ihre bisherigen Erfahrungen zusammenfassen?«

Erleichtert, dass er so verständnisvoll ist und ich doch noch zu meinen Credits kommen werde, nicke ich. Die nächste halbe Stunde besprechen wir die neuen Rahmenbedingungen und den Titel für meine geänderte Seminararbeit. Noch nicht gut, aber doch ein wenig besser gelaunt, verlasse ich MacGillans Büro.

Fehlt nur noch eine Station, obwohl das bedeutet, dass ich meinen Dad anbetteln muss, dass er mich finanziell unterstützt, bis ich eine neue Arbeitsstelle gefunden habe. Aber immer noch besser, als weiterhin jeden Tag mit Ethan konfrontiert zu werden.

Ethan

Es war die richtige Entscheidung, sie fortzuschicken. Eine Beziehung mit ihr würde zu nichts führen. Es. War. Richtig. Seit wir miteinander geschlafen haben, seit ich den größten Fehler meines Lebens begangen habe und mein Herz und meinen Körper über den Verstand habe siegen lassen, kann ich an nichts anderes denken. Der Sex mit Claire war unbeschreiblich. Wie das platonische Ideal von Sex.

Erleuchtend.

Erkenntnissteigernd.

Ein Aufblitzen des Höchsten.

Trotzdem.

Ich kann nicht.

Den Weg zur Arbeit nutze ich zum Laufen. Ich nehme extra einen Umweg, die große Runde am Parkplatz vorbei und durch die Grünflächen zur Bibliothek. Am Parkplatz stoppe ich. Gestern Nacht war er menschenleer, jetzt ist er vollgeparkt, Menschen schieben ihre überfüllten Einkaufswagen, packen Lebensmittel und ihre Kinder ins Auto, schwatzen, tun ganz normale Dinge. Sie wissen nicht, was gestern passiert ist. Für sie geht das Leben störungslos weiter.

Für mich nicht. Für mich ist nichts mehr, wie es war. Das ist nicht gut. Kontrolle ist wichtig. Es wird ein hartes Stück Arbeit werden, sie zurückzuerobern. Aber es muss sein. Ich muss Claire vergessen.

Ich renne und renne, bis ich atemlos und mit wummerndem, bedenklich schnellem Puls vor der Bibliothek ankomme. Pumpend beuge ich mich vor und stütze mich auf meine Knie, atme tief und ruhig und warte, bis sich mein Körper so weit erholt hat, dass ich mich nicht mehr fühle, als würde ich in den nächsten Minuten sterben. Mein Rücken ist verschwitzt von der Anstrengung und vom Rucksack. Aber heute musste ich ihn mitnehmen, weil ich Kleidung zum Wechseln brauche. Ich kann ja nicht in meinen stinkenden, feuchten Laufklamotten Bücher ausgeben.

Hoffentlich hat Claire nicht zeitgleich Dienst mit mir.

Als ich drinnen ankomme, wartet mein Chef bereits an der Theke. Der Platz dahinter ist leer. »Du bist zu spät.«

»Sorry, ich war laufen. Kommt nicht wieder vor.«

Er verzieht den Mund und schnauft tief, nickt aber. Man wird doch wohl einmal zu spät kommen dürfen. Sonst bin ich immer zuverlässig pünktlich.

»Arbeitet Claire heute?« Es gelingt mir nicht, unbeteiligt zu klingen, denn meine Stimme ist nicht neutral, sondern seltsam piepsig, als sei ich im Stimmbruch.

»Sie hat vorhin gekündigt.«

Was? Mein Herz klopft, und mir bricht der Schweiß aus. Sie ist weg? Warum?

Wegen dir, du Idiot. Du hast sie vertrieben. Es ist nur logisch und konsequent, dass sie sich selbst schützt.

»Hast du etwas damit zu tun, Ethan?« Ed zieht die Augenbrauen zusammen.

Ich hebe meine Hände und strecke ihm beschwichtigend meine Handflächen hin. »Nein, wie kommst du darauf?«

»Zuerst will sie, dass ich die Dienstpläne ändere, damit ihr nicht mehr zusammen arbeitet. Und jetzt kündigt sie Knall auf Fall, obwohl sie mir vor ein paar Wochen noch vorgejammert hat, wie dringend sie das Geld braucht? Beide rennt ihr herum wie Zombies, seid vergesslich und unzuverlässig, checkt euch aber ständig gegenseitig ab. Ich sehe alles, Ethan. Immer wenn ihr denkt, der andere merkt es nicht, beobachtet ihr ihn mit verträumtem Blick. Claire ist süß. Und sie steht eindeutig auf dich. Was hält dich also ab?«

»Es geht dich einen verfluchten Scheiß an, wen ich vögle oder nicht! Misch dich nicht in mein Leben ein!«, schnauze ich ihn an. Keiner soll sich einmischen. Weder Zane noch Cole noch er. Es ist *mein* Leben.

»Normalerweise müsste ich dir dafür eine Abmahnung geben. Ich bin immer noch dein Chef und kein dahergelaufener Penner, der deine Brieftasche stehlen wollte.«

Ich murmle eine Entschuldigung. »Kann ich mich jetzt umziehen und arbeiten?«

Er deutet mit dem Kinn Richtung Lager und setzt sich an die Bücherausgabe.

Im Pausenraum stelle ich meinen Rucksack auf die Bank und schließe meinen Spind auf. Ein Zettel flattert heraus und segelt auf den Boden. Ich hebe ihn auf. Kein Absender. Nur die Zeichnung einer Pyramide, die in Ebenen unterteilt ist. Auf der untersten steht *Körperliche Bedürfnisse*. Darüber jeweils *Sicherheits-*, *Sozial-* und *Individualbedürfnisse* und ganz oben an der Spitze *Selbstverwirklichung*. Die Bedürfnispyramide nach Maslow. Auf der Rückseite ist in einer weiblich geschwungenen Handschrift zu lesen:

Wo verortest du das von gestern Nacht? Wo verortest du uns? Ich hoffe, du findest irgendwann alle Antworten, die du brauchst. Ich weiß, wo du für mich stehst. Vermutlich kommen wir nicht zum selben Ergebnis. Alles Gute, Axl Rose. Ich wünsche dir, dass du die Glückseligkeit, nach der du so verzweifelt suchst, findest.

Sie benutzt meine eigenen Waffen ... die Philosophie ... Claire ... Was würde ich dafür geben, dass die Antwort für mich so einfach wäre wie für dich?

Mit Wucht schlage ich die Spindtür zu, aber sie springt wieder auf. Mit dem Fuß trete ich dagegen, donnere meine Faust gegen das dünne Metall. Es kracht, eine Delle entsteht. Wieder und wieder hämmere ich gegen die Tür. Schreie meinen Frust und meine Wut und meine Hilflosigkeit heraus.

»Was ist denn hier los?« Ed stürmt herein, bleibt erschrocken stehen, als er mich in diesem Zustand entdeckt.

Sein Auftauchen reißt mich aus meiner Trance. Ich breche zusammen, sinke kraftlos auf die Bank vor den Spinden, betrachte teilnahmslos meine schmerzenden Hände. Blut rinnt daran herab und tropft auf den Boden. Kleine, perfekt geformte Tropfen, die sich zu einer kreisrunden Lache vereinen. Sie wissen genau, was sie tun. In wenigen Augenblicken wird es aufhören zu bluten, die Thrombozyten werden sich zuverlässig zusammenrotten und die Wunden verschließen. Ein geregelter Ablauf, so, wie es sein soll. Nichts Unvorhergesehenes. Alles wird gut sein. Als wären es nicht meine eigenen Fäuste, hebe ich sie vor mein Gesicht und begutachte sie von allen Seiten. Es blutet bereits viel weniger. Gut gemacht, liebe Thrombos.

»Ethan?« Weil ich nicht antworte, wiederholt Ed lauter: »Ethan? Verdammt, was ist los? Bist du jetzt übergeschnappt?«

Ich kann nicht aufhalten, dass sich in meinem Gesicht ein Lächeln ausbreitet. Mit schief gelegtem Kopf blicke ich ihn an.

Ed schüttelt den Kopf, kniet sich neben mich und wühlt in meinem Rucksack herum. Auf einmal hat er mein Handy in der Hand. Er nimmt meinen Daumen, drückt ihn auf den Home-Button und entsperrt es. Nach kurzem Scrollen höre ich, wie es tutet und jemand abhebt. Er erklärt der anderen Person, dass ich teilnahmslos und debil grinsend dasitze und jemand mich abholen und zum Arzt bringen soll, weil er befürchtet, dass ich einen Schlaganfall hatte oder wahlweise den Verstand verloren habe. Wie recht er mit seiner Diagnose hat.

Einige Zeit später sind Cole und Zane da. Wortlos packen sie mich unter den Achseln, ziehen mich hoch und führen mich hinaus. Wie ein Parkinsonkranker setze ich robotermäßig einen Fuß vor den anderen. Links. Rechts. Links. Rechts. Das ist einfach. Offenbar ist mein Gehirn doch noch nicht ganz nutzlos.

Zu Hause platzieren sie mich auf der Couch, drücken mir ein Bier in die Hand und setzen sich auf beiden Seiten neben mich. Keiner von ihnen fasst mich an. Danke. Sie kennen mich so gut.

Cole beugt sich ein wenig vor, damit er mir ins Gesicht schauen kann. Ich fühle mich beobachtet. »Was ist passiert, Bro?«

Ich schweige und schließe langsam meine Augen. Genauso langsam öffne ich sie wieder. Ich fühle mich wie in dickem, zähflüssigem Honig. Alles ist verlangsamt, aber in diesem Zustand fühlt sich alles weniger schlimm an.

Zane kratzt sich am Kopf. »Gestern Nacht habe ich ihn und Claire beim Ficken gehört. Ich dachte mir noch, *endlich hat er's geschnallt*, und dann so was. Sitzt da, als hätte er auf einmal einen IQ wie eine Kartoffel. Gruslig.«

»Es war ein Fehler. Ich hab sie weggeschickt.« Selbst meine Stimme klingt nach Roboter. Wenn ich lange genug nichts tue, verwandle ich mich vielleicht tatsächlich in eine Kartoffel. Das wäre schön.

»Du hast was?«, brüllen Zane und Cole gleichzeitig.

»Spinnst du?«, fügt Zane hinzu und springt auf. Er baut sich vor mir auf und tritt mit dem Fuß gegen mein Schienbein. Nicht einmal diesen Schmerz spüre ich. »Warum?«

»Liebe führt zu nichts. Liebe ist ein reines Konstrukt, das ...«, sage ich automatisch.

»Halt doch einfach mal dein Maul! Wie konntest du sie gehen lassen?«

Cole schlägt mir so fest gegen den Oberarm, dass ich umfalle. Weil mir aufsetzen zu anstrengend erscheint, bleibe ich einfach liegen und starre den schwarzen Fernseher an.

Die beiden reden weiter auf mich ein, was ich für ein Idiot bin und blablabla. Sollen sie denken, was sie wollen. Ich brauche niemanden. Und schon gar keine Liebe. Also verharre ich weiter in der unbequemen halb sitzenden, halb liegenden Stellung und vertraue darauf, dass mein bester Freund, mein Verstand, entweder zurückkehrt oder ich komplett überschnappe. Ein Leben in der Klapse erscheint mir momentan nicht schlimmer als das hier.

Dezember

Claire

Mein Arbeitstag will und will einfach nicht zu Ende gehen. Nach ein paar Tagen Wundenlecken mit viel Geheule, noch mehr Süßigkeiten und Ellens Trösten und Schimpfen habe ich mir einen neuen Job gesucht. Es muss ja schließlich weitergehen. Selbst wenn ich die letzte Frau auf Erden wäre, würde Ethan mich nicht wollen. Das sollte ich endgültig kapieren. Mein Verstand hat es begriffen, mein Herz jedoch noch nicht. Ich vermisse ihn. Seine verschrobene Art, sein in Gedanken vertieftes Gesicht, seine Zufriedenheit, wenn er von Büchern umgeben ist. Auch die Arbeit in der Unibibliothek vermisse ich. Sogar Zane und Cole und ihr kindisches Verhalten. Es ist jedoch besser, alles, was mich mit Ethan verbindet oder an ihn erinnert, hinter mir zu lassen. Neustart. Wie ein Handy, das ständig abstürzt und das man dann auf den Werkszustand zurücksetzt.

Ich habe meine Seminararbeit bei MacGillan beendet, gehe weiterhin brav in meine Vorlesungen, hänge mit Ellen herum, esse, trinke, schminke mich, arbeite. Alles wie zuvor. Nur etwas fehlt. Jemand fehlt.

Der einzige Job, den ich auf die Schnelle gefunden habe, ist als Kassiererin an einer Supermarktkasse. Genau bei dem Supermarkt, auf dessen Parkplatz mich Isaak beinahe vergewaltigt hätte. Und von dem Ethan mich gerettet hat. Das macht es nicht leichter, ihn zu vergessen. Gegen Isaak läuft mittlerweile ein Verfahren wegen versuchter Vergewaltigung. Es stellte sich heraus, dass ich nicht das einzige Opfer war. Ich hatte sogar Glück, denn die anderen Mädchen wurden nicht rechtzeitig gerettet. Ich habe keine Spur Mitleid mit ihm. Er soll in der Hölle verrotten. Von mir aus kann ihm auch sein Penis abfaulen. Hauptsache, er fasst nie wieder eine Frau an.

Es regnet, und seit gestern sind die Temperaturen auf eklig kalte sieben Grad gesunken. In ein paar Tagen ist Weihnachten, die meisten Studenten sind schon nach Hause gefahren. Auch Ellen. Sie ist mit Matt bis Silvester bei seinen Eltern, dann wechseln sie zu ihren. Erst zum Ende der Semesterferien Mitte Januar werde ich sie wiedersehen.

Ach ja. Sie vermisse ich auch.

Habe ich schon erwähnt, dass ich mich einsam fühle?

Ich selbst werde über Weihnachten hierbleiben. Meine Mom feiert in ihrer Kommune kein Weihnachten, Mutter Erde und die allumfassende Energie seien das ganze Jahr über unveränderlich für uns alle da. Und Jesus sei nur ein Hirngespinst der Kirche, um die Menschen zu unterdrücken. Sie nutzt die stille Zeit, um sich mit anderen Mitgliedern in die Berge zurückzuziehen, zu fasten und zu schweigen. Also nichts mit Besuchen. Auf Dad und seine Tussi habe ich keine Lust. Außerdem planen sie sowieso, die Feiertage in der Karibik zu verbringen. Ohne mich, versteht sich.

Der erste Ansturm für die Feiertagseinkäufe ist vorbei, und momentan ist es etwas ruhiger, sodass ich mich auf meinem Hocker hinter der Kasse zurücklehnen und ein wenig durchatmen kann. Ich falte die Hände vor meinem Bauch und schließe die Augen.

»Na, so was, wenn das nicht die süße Claire ist.«

Die Stimme kommt mir bekannt vor. Tatsächlich, es ist Zane. Er legt seinen Einkauf – zwei Sixpacks Bier, Toast und Käse, vier Tüten Chips und ebenso viele Packungen Kondome in verschiedenen Ausführungen und Geschmacksrichtungen – auf das Kassenband und grinst mich an. Was hat er denn über Weihnachten mit den ganzen Kondomen vor? Blöde Frage, Claire. Es gibt Menschen, die ein Liebesleben besitzen. Im Gegensatz zu dir.

Cole steht ein paar Schritte hinter Zane, beladen mit noch mehr Alkohol und Junkfood, aber auch mit Äpfeln und Bananen. Wenigstens ein paar Vitamine. Als er mich entdeckt, überbrückt er die letzten

Schritte zu mir und lässt seine Sachen achtlos auf das Kassenband fallen. Ob Ethan auch irgendwo hier ist?

»Ihr solltet nächstes Mal besser einen Einkaufswagen benutzen«, sage ich schmunzelnd.

Die beiden gehen nicht auf meinen Rat ein. Cole beugt sich über das Band, packt mich und umarmt mich so fest, dass ich kaum Luft bekomme. Er drückt mir zwei feuchte Küsse auf die Wangen und schwingt mich hin und her wie eine Schaufensterpuppe. Zane steht daneben und grinst immer noch breit.

»Schön, dich zu sehen, Claire«, sagt Cole. »Wie geht's?«

Nervös blicke ich über seine Schulter.

Er dreht sich um. »Er ist nicht da.« Auch ohne seinen Namen auszusprechen, wissen wir beide, um wen es geht.

Schade. Gut. O Mann.

»Warum hast du dich nicht mehr gemeldet? Nur weil der Arsch dich nicht mehr sehen will, musst du uns, deine besten Freunde, doch nicht verstoßen.« Cole klopft sich auf die Brust und legt dann Zane seinen Arm um die Schultern.

»Ich konnte nicht.«

Cole und Zane nicken synchron, als hätten sie tatsächlich meine Beweggründe verstanden.

»Er ist ein Idiot, wenn er dich nicht will. Er hat dich gar nicht verdient«, sagt Zane und verzieht wie zu einer Entschuldigung die Lippen.

»Wir haben ihm die Hölle heiß gemacht«, fügt Cole mit seiner brummigen Bärenstimme hinzu. »Aber er hat total dicht gemacht. Seit du weg bist, ist er noch stranger geworden. Hängt nur noch über seinen Büchern und hört stundenlang dieses Altgriechisch-Zeug. Er geht nicht mehr raus, nur noch zur Arbeit und in seine Seminare. Und laufen. Meilenweit. Stundenlang. Oft mehrmals am Tag. Und – bevor du fragst – Frauen ist gar nicht. Ich glaube, er hat mittlerweile auch allem Körperlichen abgeschworen. Echt krass.«

Klingt nicht gut, ist aber nicht mein Problem.

»Er hat sich einen Schnauzer wachsen lassen«, raunt er, als wolle er mir Drogen verkaufen und als würde das alle meine Fragen beantworten.

»Warum erzählst du mir das?«

»Weil ich sehe, wie beschissen es dir geht. Hast du mal deine Augenringe gesehen, Mädchen? Außerdem bist du fast ausgerastet, als du uns gesehen hast. Vor lauter Angst, dass er auch dabei sein könnte.«

»Stimmt gar nicht. Mir geht es gut«, murmle ich.

Zane steckt seine Hand in die Hosentasche und hebt eine Augenbraue. »Jaja. Das sagt er auch immer.«

Jetzt kommen mir die Tränen. Ich versuche, sie aufzuhalten, blinzle wild und ziehe geräuschvoll die Nase hoch. »Was soll ich denn machen? Er will mich einfach nicht.«

»Will er schon. Aber er weiß es nicht.« Zane sagt das so selbstverständlich, als wäre ich völlig begriffsstutzig.

»Es ist besser, wenn ich ihn nicht mehr sehe«, sage ich. Wem mache ich eigentlich etwas vor?

Zane zuckt mit den Achseln. »Euer Leben. Trotzdem schade.«

Eine alte Dame kommt zur Kasse und funkelt uns böse an. »Nicht trödeln da vorne, Miss. Ich habe nicht alle Zeit der Welt.«

Cole dreht sich zu ihr um. »Was haben Sie denn vor?«

Die Frau antwortet nur mit einem »Pfff« und kramt in ihrer Handtasche herum.

Stumm und immer noch leise schniefend, ziehe ich Coles und Zanes Einkäufe über den Scanner und nehme das Geld entgegen.

Beim Gehen winken sie beide, Cole macht das Wir-telefonieren-Zeichen, und Zane spitzt die Lippen zu einem Luftkuss.

Es ist bereits dunkel, als ich endlich Schluss habe und den Laden abschließen kann. Mir ist immer etwas unheimlich zumute, wenn ich allein über den Parkplatz und durch die Straßen nach Hause laufe, aber es hilft ja nichts, ich kann mir nun mal kein Auto leisten. Das Geld, das ich hier verdiene, reicht gerade einmal für Essen und Miete und ab und zu einen Coffee to go oder ein neues Oberteil.

Ich ziehe die Kapuze meiner warmen Jacke hoch und vergrabe die

Hände in den Taschen, dann stapfe ich los. Frische Luft und ein strammer Fußmarsch haben noch niemandem geschadet. Die Menschen in Alaska oder Sibirien müssen viel schlimmere Temperaturen aushalten. In San Francisco rutscht das Thermometer so gut wie nie unter den Gefrierpunkt. Trotzdem ist mir saukalt.

Nach einer halben Stunde sind meine Zehen und meine Ohren beinahe abgefroren. Gut, dass ich gleich zu Hause bin. Warum bin ich eigentlich nicht wenigstens heute mit dem Bus gefahren?

Auf einmal höre ich ein leises Jaulen. So leise, dass ich mir nicht sicher bin, ob ich es mir nicht nur eingebildet habe. Kältehalluzinationen oder so etwas. Dann wieder. Ein jämmerliches, hohes Fiepen. Ich suche die Umgebung ab. In einem Busch finde ich einen Welpen, zerzaust, dreckig und schrecklich zitternd. Er kauert sich ängstlich auf die Erde und wedelt nervös mit seinem kleinen Schwänzchen, schaut mich aber mit großen Augen an, als ich mich zu ihm auf den kalten Boden knie.

»Hi, Kleiner. Was machst du denn hier?«, flüstere ich.

Vorsichtig strecke ich meine Hand aus, um ihn zu streicheln. Er weicht ein wenig zurück und schnuppert an meinen Fingern, lässt meine Berührung aber schließlich zu. Ich will ihn zu mir locken, und er bewegt sich kurz, jault aber dann auf. Der Arme hat eindeutig Schmerzen. Ganz langsam nähere ich mich ihm und nehme ihn hoch. Sein Vorderlauf steht in einem seltsamen Winkel ab. Sieht gebrochen aus. Mist. Was mache ich jetzt? Einen Tierarzt kann ich mir nicht leisten. Und hierlassen kann ich ihn ja auch nicht, er würde wahrscheinlich sterben. Also bleibt mir nur eine Möglichkeit.

Ich stehe wie gelähmt vor Ethans Tür. Das Hündchen drückt sich an mich. Es zittert nicht mehr so stark, ist aber immer noch – verständlicherweise – verängstigt. Genau wie ich. Mir ist so schlecht, dass ich fast auf die Matte vor meinen Füßen kotze.

Nach mehrmaligem Klopfen öffnet Ethan. Mein Herz hämmert, und meine Beine fühlen sich plötzlich wie Wackelpudding an. Er sieht mich an. Einen Moment lang glaube ich, Freude und Sehnsucht in seinen Augen zu lesen. Dann verdüstert sich sein Blick und wechselt in eine Neutralität, die schmerzhafter ist als eine Abfuhr.

»Hi«, piepse ich, und der Hund macht ein ähnliches Geräusch. Erst da entdeckt Ethan offenbar, dass ich nicht allein bin, denn sein Blick wandert meinen Oberkörper hinab und bleibt an dem verwahrlosten Tier hängen. »Ich habe ihn auf dem Heimweg gefunden. Er ist verletzt.« Das beantwortet zwar nicht seine unausgesprochene Frage, warum ich hier bin, aber warum ich das Tier an mich presse.

»Und was habe ich damit zu tun?« Berechtigter Einwand.

»Ich weiß, du wolltest mich nicht mehr sehen. Aber er braucht Hilfe. Ich kann mir keinen Tierarzt leisten. Und du bist der Einzige, den ich kenne, der sich mit Tieren auskennt.« Weil er immer noch zittert, streichle ich dem Hund beruhigend über den Rücken, was ihn sichtlich entspannt.

Ethan lehnt sich an den Türrahmen und verschränkt die Arme. »Und was denkst du, qualifiziert mich dafür?« Höre ich da einen spöttischen Unterton?

»Du studierst Biologie.«

»Ich kann Frösche sezieren oder Nadelbäume bestimmen, aber keine Hunde heilen.«

Ich strecke ihm den Hund hin. Der schaut ihn mit flehenden, großen Augen an und winselt, als wolle er meine Aussage unterstreichen. »Kannst du ihn dir nicht wenigstens einmal ansehen?«

Er seufzt und tritt zur Seite, sodass ich endlich ins Warme schlüpfen kann. Cole und Zane scheinen nicht da zu sein, die hätten mich sicher nicht so lange vor der Tür stehen lassen.

Ethan verschwindet im Bad und kommt mit einem Handtuch wieder, das er auf dem Sofa ausbreitet. Vorsichtig bette ich den Patienten darauf, ziehe meine Jacke aus und setze mich daneben.

Behutsam, beinahe zärtlich untersucht Ethan das Tier. Nichts ist mehr von seiner aufgesetzten Neutralität zu spüren. In seinen Augen liegt ein weicher Ausdruck. Ich wünschte, seine Hände lägen auf meinem Körper und würden ihn so hingebungsvoll berühren. »Ich denke, das Bein ist gebrochen«, bestätigt er meine Vermutung.

»Und was machen wir jetzt mit ihm?« Das Hündchen robbt zu mir und drückt seinen Kopf an mein Bein. Abwesend kraule ich ihn.

»Mit ihr. Es ist ein Mädchen.« Okay. Trotzdem. »Ich kann versuchen, ihr Bein zu richten und zu schienen. Aber du musst sie festhalten, das wird wehtun.«

Ich nicke.

Er geht wieder ins Bad, ich höre ihn herumkramen. Kurz darauf kommt er mit einer Dose Schmerzmittel und einem Verband zurück und legt beides auf den Wohnzimmertisch. »Teile die Tablette in Viertel und löse ein Teil davon in etwas Wasser auf. Das hilft ihr vielleicht ein wenig gegen die Schmerzen.«

Gleichzeitig greifen wir nach dem Medikament. Unsere Hände treffen sich, und ein Blitzschlag durchfährt mich. Schnell zieht er seine Finger zurück, räuspert sich und setzt sich aufrecht hin. Seine Augen wandern überall hin, nur nicht zu mir. Mit den Handflächen reibt er über seine Oberschenkel. Hält er nicht einmal eine zufällige Berührung aus?

Was habe ich erwartet? Dass ich mit dem Hund hier auftauche und er mich in seine Arme schließt und alles vergessen ist? Dass er mich plötzlich doch liebt? Mir seine Liebe gesteht und mit mir in eine gemeinsame Zukunft inklusive Hund aufbricht?

Es war ein Fehler hierherzukommen.

»Ich denke, es ist doch besser, wenn ich zu einem Tierarzt gehe«, sage ich leise und will meinen Schützling hochnehmen.

»Nein«, platzt er heraus. Seltsam erschrocken und laut. »Geh nicht«, fügt er leiser und beherrschter hinzu. »Wir kriegen das schon hin.«

»Okay.« Ich bin mir nicht sicher, ob das eine gute Idee ist. Nein, ich bin sicher, dass das eine ganz schlechte Idee ist. Denn hier bei ihm zu sein, ihm so nahe zu sein, seinen Geruch einzuatmen, von seiner Wärme umhüllt zu sein, reißt alle mühsam verklebten Wunden wieder auf.

Trotzdem bleibe ich und assistiere ihm bei unserer improvisierten

Operation. Löse die Tablette auf und flöße sie dem Hund ein, halte ihn fest, als Ethan das Beinchen geraderuckelt und anschließend mit einem Bleistift schient und einen dicken Verband darumwickelt.

Von der Aufregung und den Tabletten ist das Tier eingeschlafen. Ethan und ich betrachten es beide wie Eltern ihr Baby. Ethan streichelt am Kopf, ich am Rücken.

»Ich hoffe, sie wird wieder gesund«, flüstert er.

»Das hoffe ich auch«, antworte ich ebenso leise.

Dann schweigen wir beide wieder.

Endlich sieht er mich an. »Willst du sie behalten?«

»Vielleicht gehört sie irgendjemanden. Vielleicht vermisst sie jemand ganz schrecklich.«

Er nickt und zuckt die Schultern. »Tätowiert ist sie nicht, und sie trägt auch kein Halsband mit Marke oder so.« Abwesend krault er dem Hündchen den Bauch. »Wir können einen Zettel schreiben. Vermisst und gefunden oder Ähnliches. Vielleicht meldet sich jemand.« Mit seinem Handy macht er ein Foto, prüft es, ruckelt den Hund anders hin und schießt noch ein Foto. »Später rufe ich noch bei der Polizei an. Vielleicht wissen die ja was.«

»Und wenn nicht?«

Ethan lässt die Hände sinken. »Dann muss sie einer von uns nehmen.«

»In meinem Wohnheim sind keine Tiere erlaubt, aber du hast recht, wir können sie ja nicht auf die Straße setzen. Sie braucht jemanden, der sie pflegt.«

Er zieht die Oberlippe zwischen die Zähne und runzelt die Stirn. Dann nimmt er sein Handy und tippt etwas ein.

»Was machst du?«

»Ich schreibe Zane und Cole, dass wir ab sofort eine neue Mitbewohnerin haben. Das wünschen sie sich schon lange.«

Sicher verschweigt er ihnen, dass die neue Mitbewohnerin haarig ist und auf vier Beinen läuft. Ich grinse. Nach nur wenigen Sekunden vibriert Ethans Handy. Er liest die Nachricht, lacht laut los und tippt eine Antwort. So geht das eine Zeit lang hin und her. Schließlich legt er das Telefon auf den Tisch und wendet sich wieder dem Tier und mir zu.

»Wie sollen wir sie nennen?«, fragt er.

Wir?

»Wie wäre es mit Rose? Wie Axl Rose?«

Er sieht mich lange an. Dann stiehlt sich ein Lächeln in sein Gesicht, und er nickt langsam. Er beugt sich zu ihr herunter und flüstert ihr ins Ohr: »Hallo Rose. Wir werden hier sehr viel Spaß haben.«

Rose gibt im Halbschlaf ein leises Geräusch von sich und schmiegt ihren kleinen Kopf an seinen.

Die beiden sind zusammen so süß, dass es kaum auszuhalten ist. Ethan bewegt seinen Oberkörper, und unwillkürlich schießt mir das Bild in den Kopf, wie er sich über mir und in mir bewegt hat. Dachte ich tatsächlich, ich könnte über ihn hinwegkommen? Stattdessen wird alles nur noch schlimmer. Jetzt erregt mich der Kerl schon, wenn er mit einem Hund flirtet.

»Ich geh dann mal«, murmle ich und greife nach meiner Jacke.

»Wenn sich niemand meldet, kannst du sie dann die paar Tage über Weihnachten nehmen? Ich fahre zu meinen Eltern, und mein Dad hat eine schlimme Tierhaarallergie. Wenn ich mit Rose auftauche, besteht die Gefahr, dass er auf der Stelle tot umfällt. Leider nicht im sprichwörtlichen Sinn. Allergie vom Feinsten. Und die Reise wäre ohnehin zu anstrengend für Rose.« Er sieht mich erwartungsvoll an. Wie sind wir nur so schnell zu gemeinsamen Hundebesitzern geworden? Ich dachte bis jetzt immer, ich sei mehr der Katzenmensch. »Oder fährst du auch weg?«

»Nein, ich verbringe die Feiertage hier. Das bekomme ich schon irgendwie hin. Zu der Zeit sind nicht viele Bewohner da, da kann ich sie bestimmt rein- und rausschmuggeln. Rose kann mir beim Pizzaessen und Fernsehen Gesellschaft leisten.« Hört sich erbärmlich an.

Er rutscht auf seinem Platz hin und her und kratzt sich am Nacken. »Zane und Cole sind auch nicht da. Wenn du willst, könntest du ... hier ...«

»Nein!«, sage ich schnell, bevor ich es doch in Erwägung ziehe. Es ist garantiert nicht förderlich für meine Ethan-Abnabelung, wenn ich auch noch in seinem Bett schlafe. Dann lieber Hundegestank und Versteckspiel in meinem Wohnheimzimmer. Ist ja nur für ein paar Tage.

»Klar.« Er wirkt enttäuscht und lässt die Schultern hängen. »Ich hol sie dann danach wieder ab. Ich wollte ohnehin nicht so lange bleiben. Ich ... ich habe noch eine ganze Menge für die Uni zu tun.«

Er will mich loswerden. Schon wieder.

Ist besser so.

»Ja, ich auch.«

Unangenehmes Schweigen breitet sich aus. Ich klopfe mir auf die Schenkel und springe auf. »Also, tschüss dann. Wann bringst du Rose?«

Wir reden wie ein getrenntes Elternpaar, das die Besuchstermine für die gemeinsamen Kinder aushandelt.

Er nennt mir einen Termin und eine Uhrzeit in ein paar Tagen.

Dann verlasse ich mit einem seltsamen, verwirrten Gefühl Ethans Wohnung.

Ethan

Auf unsere Suchplakate hat sich niemand gemeldet. Auch bei der Polizei kam nichts heraus. Also habe ich Rose einfach behalten. Ehrlich gesagt, habe ich keine großen Anstrengungen unternommen, den potenziellen Besitzer von Rose zu finden. Es gefällt mir, mit ihr zusammenzuwohnen.

Die Hundeübergabe vor meiner Abreise war in wenigen Minuten erledigt. Gesprochen haben wir nur das Nötigste. Als wären wir uns niemals nah gewesen. Mein erneutes Angebot, statt in ihrem winzigen Wohnheimzimmer zu versauern, unsere über die Feiertage verlassene Wohnung zu nutzen, hat sie vehement abgelehnt.

Seit gestern bin ich nun bei meinen Eltern. Seitdem hänge ich fast ausschließlich in meinem alten Zimmer herum. Zu nichts kann ich mich aufraffen. Nicht einmal zum Laufen. Nichts macht mir auch nur annähernd Freude.

Den ersten Tag habe ich allein verbracht, da Mom und Dad noch auf einem Konzert am anderen Ende des Landes waren. Vor ein paar Stunden sind sie angekommen, aber noch so fertig, dass sie sich erst einmal hingelegt haben.

Ich vermisse Rose. Nein, eigentlich vermisse ich Claire. So sehr, dass ich denke, ich halte es keine Sekunde länger aus, ohne sie zu sein. Verdammt. Ich hatte es die letzten Monate doch so gut geschafft, zu meinem alten, kontrollierten, verstandsgesteuerten Leben zurückzufinden. Aber ein paar Augenblicke mit Claire haben ausgereicht, um mich komplett zurückzuwerfen.

Liebe ist eine schwere Geisteskrankheit, hat Platon gesagt. Wie recht er hatte. Nur dass man Geisteskrankheiten heutzutage mit Medikamenten beikommen kann. Gegen Claire helfen keine Medikamente.

Seit Stunden starre ich auf den Zettel, den sie mir damals im Spind hinterlassen hat. Aus irgendeinem Grund habe ich ihn nicht weggeschmissen und trage ihn seitdem in meinem Portemonnaie spazieren. Je länger ich darüber brüte, umso lächerlicher kommt mir mein Leben vor. Was hat es mir gebracht, mich auf mein Gehirn zu konzentrieren? Gar nichts. Im Gegenteil. Das, was ich so dringend vermeiden wollte, Gefühle, Schmerz, Leid, Liebe, Sehnsucht – alles ist wie ein aggressiver, tödlicher Virus über mich hereingebrochen und hat mich lahmgelegt. Das ganze Denken und Theoretisieren und Begründen und all der andere Scheiß, den ich mir die letzten Jahre eingeredet habe, hat mich nicht vor Claire bewahrt. Und es ist noch schlimmer als damals. Vor meiner Rettung durch den Verstand. Was sich mittlerweile als großer Irrtum herausgestellt hat. Nichts konnte mich damals vor dem Schmerz bewahren. Nichts kann es heute.

Irgendwann bekomme ich vom vielen Nachdenken Hunger und gehe in die Küche. Wie erwartet ist der Kühlschrank fast leer. Ich liebe meine Mom, aber sie als gute Hausfrau zu bezeichnen, wäre heillos übertrieben. Nichts deutet darauf hin, dass in wenigen Tagen Weihnachten ist. Kein Baum, keine Deko, keine Lichterketten, keine Plastikrentiere, keine Schokoweihnachtsmänner, kein Truthahnbraten. Aus solchen Feiertagen machen sich meine Eltern nichts. Als ich noch ein Kind war, haben sie versucht, mir besinnliche Festtage zu bereiten, gaben es aber schnell wieder auf. Wir feierten Weihnachten einfach nicht. Trotzdem waren für mich die Weihnachtsferien immer die schönste Zeit im Jahr. Wir kuschelten uns zusammen auf das Sofa, sahen uns alte Filme im Fernsehen an, wie andere Leute Weihnachten feierten, und bestellten uns Unmengen an Pizza. Nie hatte ich meine Eltern so intensiv um mich. Nur für mich allein. Ob das daran lag, dass um diese Zeit keine Konzerte stattfanden, oder ob das ihre Art war, mir schöne Feiertage zu bescheren, ist im Nachhinein irrelevant. Geschenke bekam ich keine. Das war mir egal. Wenn meine Eltern mir etwas schenken wollten, taten sie es dann, wenn Geld übrig war. Auch dieses Jahr verzichten wir auf Geschenke.

Ich nehme mir Brot, Schinken und Käse aus dem Kühlschrank und bereite mir ein Sandwich zu. Nebenbei koche ich Kaffee. Als ob er es gerochen hätte, schlurft Dad im Leopardenslip in die Küche, sobald der Kaffee fertig ist.

»Oh, cool, Axl, du hast Kaffee gekocht«, murmelt er mit seiner rauen Stimme, der man anhört, dass sie viel belastet wurde. Durch Rauchen, Trinken und Grölen.

Stumm sitzen wir zusammen am Tisch und trinken unseren Kaffee. Ich esse mein Sandwich, Dad raucht und kratzt sich seinen nackten Oberkörper. Es fühlt sich ungemein vertraut und heimelig an.

»Dad?«

»Hm?«, brummt er und stößt Rauch aus.

»Liebst du Mom?«

Er schaut mich mit glasigen Augen, die meinen so ähnlich sind, an. »Logisch.« Viel geredet hat Dad nie. »Warum?«

Ich zucke betont unbeteiligt mit den Schultern. »Nur so.«

Dad nimmt noch einen Schluck von seinem Kaffee, verzieht angewidert den Mund und schiebt die Tasse weg. »Bah. Kalt.« Er zieht ein letztes Mal an seiner Kippe und wirft den Stummel in seinen kalten Kaffee. Es zischt. »›Nur so‹ gibt's bei dir nicht.« Er dreht sich eine neue Zigarette, den Filter hat er dabei in den Mundwinkel geklemmt. Das ist Dad. Eine Welle der Zuneigung überrollt mich. Nie, wirklich nie, habe ich an der Liebe meiner Eltern gezweifelt, auch wenn sie einen großen Teil dazu beigetragen haben, dass ich so verkorkst bin. Sie haben mich schließlich nicht absichtlich verkorkst. Sie und ... Jahrelang habe ich nicht mehr daran gedacht, habe mich komplett auf mich selbst und meinen Verstand konzentriert. Warum kommt sie mir jetzt ständig in den Sinn?

Der Schmerz, das emotionale Chaos und das Verliebtsein damals waren nicht einmal ansatzweise vergleichbar mit dem, was Claire in mir auslöst.

Mom betritt den Raum. Ihre Haare sind zerzaust, den Morgenmantel hat sie nachlässig zugeknotet, sodass ich den Ansatz ihrer nicht mehr vollen Brüste sehen kann. Prüde war Mom nie. Ich habe von ihr schon ganz andere Sachen gesehen als ein Dekolleté. Sie drückt mir im Stehen einen Kuss auf den Kopf und nimmt mich in den Arm. »Hi, Sohn. Schön, dass du da bist.«

Sie riecht vertraut nach Schlaf und ihrem Parfüm und nach Mom. Automatisch lehne ich meinen Kopf an ihre Brust und lausche ihrem Herzschlag. Mom ist immer so beruhigend unaufgeregt. Nichts kann sie aus der Ruhe bringen.

»Alles gut bei dir?«, fügt sie hinzu und wuschelt mir wie früher durch die Haare.

»Unser Axl hat ein Mädchen kennengelernt.« Weil Dad immer noch den Filter im Mund hat, nuschelt er etwas.

Meine Eltern nennen mich unbeirrt weiter Axl, auch wenn ich sie gebeten habe, mich ebenfalls Ethan zu nennen. Aber sie weigern sich.

Ruckartig nehme ich meinen Kopf von Moms Brust. »Was? Nein!«, protestiere ich. Ich habe Claire mit keinem Wort erwähnt.

Dad ignoriert meinen Einwand. Meine Mom schenkt sich unterdessen einen Kaffee ein und lehnt sich, ein Bein angewinkelt, an die Küchentheke.

Dad legt den Filter zum Tabak und dreht seine Zigarette zu Ende. Eine Augenbraue fragend nach oben gezogen, streckt er sie erst mir und dann Mom hin. Wir lehnen beide ab, und er zuckt mit den Schultern und zündet sie sich selbst an. »Er macht sich Gedanken über die Liebe.«

»Ist doch schön. Wird ja auch langsam mal Zeit, dass er sich auf ein Mädchen einlässt.« Mom tut so, als sei es das Normalste der Welt, sich zu verlieben. »Du denkst zu viel nach«, sagt sie zu mir und lächelt mich mit ihrem liebevollen Mom-Lächeln an.

»Von uns hat er das sicher nicht«, brummelt Dad in seinen nicht vorhandenen Bart.

»Warum hast du deine Freundin nicht mitgebracht?«, fragt Mom und setzt sich zu uns an den Tisch.

Schluss mit dem Verhör. »Weil ich keine Freundin habe! Lasst mich doch einfach in Ruhe!« Ich springe so abrupt auf, dass mein Stuhl mit lautem Scheppern nach hinten umfällt. Mom zuckt zusammen, Dad hebt eine Augenbraue, beide kommentieren mein pubertäres Verhalten aber mit keiner Silbe.

»In zwei Stunden fahren wir los zu deinen Großeltern. Sei bitte bis dahin fertig«, sagt Mom nur.

Mom und Dad können nichts für mein verqueres Liebesleben. Trotzdem stürme ich aus dem Zimmer, als seien sie schuld an allem, was die letzten Wochen passiert ist. Und auf eine seltsame Art sind sie das auch irgendwie.

Es klopft. »Kann ich reinkommen, oder holst du dir gerade einen runter?« Manchmal ist Dad genauso kindisch wie Cole und Zane. Ich verdrehe die Augen. Dads Lachen dringt durch die Tür.

»Komm einfach rein, Dad.«

Sofort öffnet sich die Tür, und Dad erscheint im Türrahmen. Er hat sich angezogen und trägt jetzt seine obligatorische schwarze, enge Lederhose und ein ausgeblichenes Guns N' Roses-Bandshirt von 1993. Seine knochigen Füße sind nackt. Seit ich denken kann, hat Dad den gleichen Style. Falls man das überhaupt so nennen kann. Die einzigen Varianten sind witterungsbedingt. Bei kalten Temperaturen wie heute wird er vermutlich noch eine Lederjacke und Bikerstiefel anziehen, bevor er das Haus verlässt.

»Ich bin gleich fertig«, sage ich.

Dad beobachtet mich mit seltsamem Gesichtsausdruck, wie ich meinen Pulli überstreife und frische Socken anziehe. »Passt schon. Wir haben noch ein paar Minuten.« Er sieht sich in meinem Zimmer um, als sei er das erste Mal hier drin. Er schiebt die Unterlippe vor und wieder zurück und klopft sich leicht auf seine Oberschenkel. Was hat er denn? Dann setzt er sich auf mein Bett und zupft an der Bettdecke herum. »Was ist mit deinem Mädchen?«, platzt er heraus. »Hat sie dir das Herz gebrochen? Du trägst eine schwarze Wolke um dich herum, das ist kaum auszuhalten.«

Seit wann interessiert sich Dad für mein Gefühlsleben?

»Hat Mom dich geschickt?«

»Kann sein.«

»Hör zu, Dad. Du willst genauso wenig darüber reden wie ich. Also belassen wir es doch dabei.«

Er nickt erleichtert.

»Wenn Mom was wissen will, soll sie mich selbst fragen«, füge ich hinzu. »Was ist überhaupt los? Bis jetzt hat euch mein Liebesleben einen Scheiß interessiert. Genau wie mein restliches Leben!«

Das klang anklagender als beabsichtigt.

Dad lässt sich davon jedoch nicht aus der Ruhe bringen. »Täusch dich da mal nicht, Sohn.« Seine Stimme ist ungewohnt ernst. »Du weißt, dass wir dich lieben und wollen, dass du glücklich bist.«

»Ja, das weiß ich«, sage ich versöhnlicher und seufze.

Eine Weile schweigen wir. Dad reibt seine Oberschenkel, ich stecke die Hände in meine Hosentaschen und wippe auf den Fersen.

»Wenn du reden willst, kannst du jederzeit kommen«, durchbricht Dads Stimme die Stille.

»Okay. Danke.«

Aber wir wissen beide, dass es nie dazu kommen wird.

Dad bläst die Lippen auf und lässt quietschend Luft entweichen. »Alles klar. In fünf Minuten fahren wir los.« Er klatscht sich auf die Schenkel und erhebt sich schwerfällig. Auf einmal wird mir bewusst, wie alt er geworden ist. Das ausschweifende Leben ist an ihm nicht spurlos vorübergegangen.

»Dad?«

Er bleibt im Türrahmen stehen und dreht sich zu mir um.

»Denkst du, man sollte für seine Liebe kämpfen, auch auf die Gefahr hin, dass man verletzt wird?«

Er schaut mich mit einem ungewohnt weichen Ausdruck an. »Wenn sie es wert ist, dann ja. Aber das kannst nur du beantworten.« Er nickt mir zu und verlässt dann mein Zimmer. Die Frage lässt er ebenso wie mich zurück.

Wie immer ist Dad der Fahrer. Mom sitzt neben ihm auf dem Beifahrersitz ihres momentanen Autos und hat ihre Hand auf Dads Knie gelegt. Weder Mom noch Dad ist es wichtig, welchen Wagen sie fahren, deswegen kauft Dad immer irgendeinen, der billig ist, und tauscht ihn dann wieder, meistens wenn er in seine Einzelteile zerfällt, gegen ein anderes gebrauchtes Auto. Das aktuelle ist ein silberner Honda Civic von irgendwann aus dem letzten Jahrhundert, in dem es nach abgestandenem Rauch, alten Socken und etwas Undefinierbarem stinkt. Das Ding ist so alt, dass es nicht einmal einen CD-Spieler besitzt, lediglich ein Kassettendeck. Die ersten Meilen funktioniert das Radio noch, doch nach einer halben Stunde fällt auch das aus.

Draußen regnet es in Strömen, sodass ich nicht einmal hinausschauen und die Umgebung betrachten kann. Mein Handy kann keine Internetverbindung aufbauen, und mein Buch habe ich zu Hause vergessen. Also bin ich wieder einmal komplett allein mit mir und meinen Gedanken. Nicht gut. Denn je länger wir fahren, umso stärker stürzen alle meine Gefühle von damals und heute auf mich ein, drücken mich nieder, saugen alle Energie aus mir heraus.

Dad schnipst mit den Fingern, woraufhin Mom eine Zigarette dreht, sie anzündet und ihm dann reicht. Schweigend teilen sie sich die Kippe. Innerhalb kürzester Zeit ist das Wageninnere von nebligem Rauch erfüllt. Das Fenster klemmt, sodass ich es nicht öffnen kann. Aber weder Mom noch Dad stört mein demonstratives Husten.

»Mach mal Musik an«, weist Dad meine Mom an.

Sie wühlt im Handschuhfach herum, und nur wenige Sekunden später schiebt sie eine Kassette in das Deck. Es rauscht kurz, dann setzen Klavier und Streicher ein. Bereits an den ersten Takten erkenne ich das Lied. *November Rain* von Guns N' Roses.

Der Song löst jedes Mal eine seltsame Stimmung in mir aus. Axl

Roses unverkennbare, leicht quäkende Stimme dringt in mich ein und spült mich fort. Das Video spielt sich vor meinen Augen ab, perfekt untermalt vom Regen draußen und in mir drin. Doch diesmal ist es stärker. Es ist, als würde Axl Rose direkt zu mir sprechen, nur für mich singen. Er singt von Liebe und gebrochenen Herzen und Zeit und verletzten Gefühlen in den Augen des anderen. Was will er mir damit sagen? Dass es Zeit ist, abzuschließen? Dass es Zeit ist, mein gebrochenes Herz endlich heilen zu lassen?

»Immer wieder gut«, seufzt meine Mom und summt leise mit.

Mein Dad nimmt eine Hand vom Lenkrad und spielt einhändig Luftgitarre zu Slashs Solo. Auf einmal bin ich so traurig, dass ich anfange zu weinen. Ich will nicht, dass meine Eltern mitbekommen, dass mich dieses Lied so mitnimmt, und lehne meine Wange an das kühle Fenster, um mich zu beruhigen. Doch es wird es immer schlimmer statt besser. Keine Ahnung, was mit mir los ist. Die Tränen laufen ungehindert aus mir heraus, mein Kopf schmerzt, meine Augen pochen, meine Hände zittern und klammern sich in meine Jeans.

»Don't ya think that you need somebody?«, singt Axl. »Everybody needs somebody.«

Glaubst du nicht, dass du jemanden brauchst? Jeder braucht irgendjemanden.

Jeder braucht irgendjemanden.

Jeder.

Ich presse meine Fäuste auf die Augen. Claires Gesicht taucht vor mir auf. Ich weine und weine, schluchze jämmerlich wie ein kleines Kind.

»Alles in Ordnung? Axl-Schätzchen? Was ist los?« Mom hat sich zu mir nach hinten gebeugt und mein Gesicht zwischen ihre Hände genommen. Das Auto fährt nicht mehr, aber die Musik läuft ungehindert weiter.

»Nein«, schluchze ich. Es ist mir egal, wie unmännlich ich mich gerade verhalte. Dass ich heule und schniefe wie ein Mädchen und hier vor meinen Eltern zusammenbreche wegen einer verdammten schnulzigen Ballade, die ich schon eine Milliarde Mal gehört habe. »Nein, es ist nichts in Ordnung. Nichts. Nichts. Nichts.«

Mom klettert zwischen den Sitzen zu mir, hockt sich neben mich und zieht mich an sich. Ihr zierlicher Körper hält mich fest und spendet mir den Trost, den ich in mir selbst nicht finden kann.

Irgendwann nach gefühlten Stunden beruhige ich mich etwas. Es schüttet immer noch, im Wagen ist es still, nur das Rauschen des Regens und unser Atmen ist zu hören.

»Willst du nicht endlich drüber reden?«, fragt Mom sanft und lässt mich los, hält aber weiter meine Hand fest und streichelt mit ihren zarten Fingern meine verkrampften Fäuste.

Nein, ich will nicht reden. Ich will nicht, dass alles wieder hochkommt. Aber dazu ist es zu spät. Die Erinnerung und alles, was ich die letzten Jahre mithilfe der Philosophie verdrängt habe, schwemmen an die Oberfläche. Ich fühle mich wie ein Topf Milch, der überkocht. Nur zieht mich keiner von der Herdplatte, um mich zu retten.

Dad rutscht auf seinem Sitz hin und her und dreht sich die hundertste Zigarette. Die Situation ist ihm sichtlich unangenehm. Ähnlich wie ich kann er schlecht mit Gefühlen umgehen, zumindest wenn er sie kommunizieren soll.

»Könnt ihr euch an den Sommer erinnern, den ich in diesem Ferienlager in den Bergen verbracht habe?«, fange ich an.

»Natürlich, wir haben dich dort hingeschickt, damit du mal unter anderen Kindern bist.«

Niemand – nicht einmal Zane und Cole – weiß, was dort passiert ist. Was mich gebrochen hat. Was mich dazu gebracht hat, nicht mehr lieben zu wollen.

»Mom, ich war kein Kind. Ich war fünfzehn.«

Sie nickt und tätschelt meine Wange. »Natürlich. Entschuldige.« Einen Moment schweigen wir. Mom legt den Kopf ein wenig schief und sieht mich erwartungsvoll und voller Liebe an. Warum dachte ich immer, sie interessiere sich nicht für mein Leben? »Wenn du bereit bist, weiterzuerzählen, ich höre dir zu.« Ihr Blick wandert zu Dad nach vorne. »Wir hören dir zu.«

Dad schaut zwar etwas erschrocken, nickt aber und zieht kräftig an seiner Zigarette.

»Was ist damals passiert?«, fragt Mom mit ihrer ruhigen Mom-Stimme.

Tja, was eigentlich? Wie kann ich es erklären, ohne dass ich wie der letzte Weichling und Versager dastehe?

»Da war so ein Mädchen.« Meine Stimme ist heiser, und auf einmal weiß ich nicht mehr, wie ich weitermachen soll.

»Sie hat dir das Herz gebrochen«, folgert Mom und seufzt.

Mein Schweigen und das Senken des Kopfes ist Antwort genug.

Erneut greift sie meine Hände, drückt sie und beugt sich weiter zu mir, um mir in die Augen sehen zu können. »Ist es wichtig für mich, zu wissen, was genau war?«

Kurz denke ich nach und schüttle dann langsam den Kopf.

»Dann hör mir bitte einfach nur zu, Axl. Wenn ich falschliege, dann unterbrich mich bitte. Aber ich will, dass du weißt, dass ich – dass wir – dich über alles lieben und dich immer unterstützen werden. Egal was du tust, egal wie du bist, egal wie du denkst, sein zu müssen, egal wen du liebst oder wie du dein Leben gestaltest. Wir waren vielleicht nicht immer die besten Eltern, aber uns war es immer wichtig, dass du glücklich bist. Die letzten Jahre warst du das nicht mehr. Ich weiß gar nicht, ob ich dich jemals wirklich glücklich erlebt habe. Du warst schon immer so ernst und still. Schon als Baby.«

Dad brummt zustimmend. Er hält mir seine eben angezündete Kippe hin, aber ich lehne ab.

»Was auch immer damals passiert ist mit diesem Mädchen, es muss so schlimm für dich gewesen sein, dass du dich danach vollständig verschlossen hast. Glaub nicht, dass ich das nicht gemerkt habe. Ich bin deine Mom, vergiss das nicht. Aber ich weiß ebenso, dass es bei dir nichts bringt, dich zu irgendetwas zu drängen. Schon gar nicht dazu, weniger nachzudenken und mehr zu fühlen.« Offenbar kennt mich

Mom doch besser, als ich immer angenommen habe. Ihre Liebe überrollt mich, und unwillkürlich muss ich aufschluchzen. »Och, mein kleiner süßer Axl, lass ruhig alles raus.« Sie legt ihre Arme um mich und zieht mich zu sich, hüllt mich in ihre Mom-Liebe und beschwert sich nicht, dass ich ihre Bluse vollheule.

Nach einer Weile lässt sie zu, dass ich mich von ihr löse und mich an die Tür lehne. Mit meinem Ärmel wische ich Rotz und Tränen weg und ziehe die Nase hoch. Zu vornehmerem Verhalten bin ich nicht fähig. Hier drin ist es stickig und eng und viel zu warm und voller Zigarettenrauch. Trotzdem möchte ich momentan nirgends anders sein. Zum ersten Mal seit Langem erlaube ich jemand anderem, in meine Blase vorzudringen.

Dad schnauft nur ab und zu seufzend, bleibt aber ansonsten still und überlässt Mom das Trösten und Diagnosestellen.

»Das Mädchen damals hat dich anscheinend sehr verletzt. Und jetzt hast du Angst, dass das wieder passiert«, fasst sie in kurzen Worten zusammen. Ist es tatsächlich so einfach? So durchschaubar? Weil ich nichts sage, redet Mom weiter. »Ich kenne die, wegen der du so eindeutig durch den Wind bist, nicht. Aber sie ist sicher wunderbar. Sonst würdest du dich nicht zu ihr hingezogen fühlen. Oder wegen eines Liedes derart zusammenbrechen.« Sie legt ihre Hand auf meinen Oberschenkel. »Aber sie ist nicht das Mädchen aus dem Ferienlager. Öffne dich. Lass Liebe zu. Liebe ist das Schönste, was dir passieren kann.« Sie lächelt Dad mit einem Blick an, in dem unbeschreiblich viel Liebe liegt, und untermauert damit unbewusst ihre Aussage. Dann wendet sie sich wieder mir zu. »Manchmal schmerzt sie auch. Aber die meiste Zeit beflügelt sie dich, macht dich zu einem ganzen Menschen. Macht dich perfekt. Ist Perfektion nicht das, was du anstrebst mit all deinen Theorien und Erklärungen und Büchern?«

Kann sein. Momentan weiß ich gar nichts mehr. Mein Kopf fühlt sich leer und zugleich übervoll an. Hinter meiner Stirn pocht es. Ich lehne meinen Kopf gegen das Fenster und reibe mit den Handflächen über mein Gesicht.

»Was Mom sagen will, Axl: Hol sie dir, bevor es zu spät ist. Frauen warten nicht bis in alle Ewigkeit, bis wir Idioten es endlich mal auf die Reihe kriegen.«

»Können wir bitte weiterfahren?«, frage ich kraftlos. Es ist alles so anstrengend. Das ganze Leben ist so anstrengend. Und so dankbar ich Mom und Dad bin, dass sie für mich da sein wollen, war es doch einfacher, als sie sich noch nicht zu Seelenklempnern berufen gefühlt haben.

Dad wünscht sich offenbar genauso wie ich das Ende dieses Gesprächs, denn er startet den Motor und schert wieder auf die Straße ein.

Januar

Ethan

Ich bin nervös. So nervös, dass ich schwitze und der Blumenstrauß in meiner Hand zittert.

Richtig, ich habe Blumen gekauft. Ich kenne mich mit diesen Dingen nicht aus. Also habe ich im Internet recherchiert, was man üblicherweise so tut, wenn man eine Frau zurückgewinnen möchte. Diesmal will ich alles richtig machen. Sogar meine Brille habe ich geputzt und ein weißes Hemd angezogen.

Ich klopfe nur ein einziges Mal. Mein Herz klopft dagegen gefühlte tausend Mal in einer Minute. Wahrscheinlich explodiere ich oder sterbe an akutem Vorhofflimmern, bevor Claire öffnet.

Von drinnen höre ich leises Bellen und Kratzen, gefolgt von einem gezischten »Leise, Rose.«

Claire öffnet die Tür und lugt durch den Spalt. Als sie mich erkennt, strahlt sie und lässt mich herein. Rose trägt sie auf dem Arm.

»Schau mal, Rose, Daddy ist da, um dich abzuholen«, flüstert sie in das aufmerksam gespitzte Hundeohr, stoppt sich aber schnell und wird rot. Jetzt erst bemerkt sie offenbar, wie aufgebrezelt ich bin, und mustert mich von oben bis unten. »Sind die für mich?« Sie deutet auf die Blumen. »Oder hast du ein Date?«

Sie versucht, es witzig klingen zu lassen, aber ich höre ihre Unsicherheit.

»Ja, das hoffe ich doch«, antworte ich. Ein wenig genieße ich es, sie zu ärgern. Sie wirkt enttäuscht und verletzt. Rose zappelt herum, also setzt Claire sie auf den Boden. Sofort wuselt der Hund mit wackelndem

Schwänzchen zu mir und schnüffelt an meinen Füßen. Ich beuge mich herunter und kraule Rose zwischen den Ohren. »Mit dir«, füge ich leise hinzu, richte mich auf und sehe Claire in die Augen.

»Du? Mit mir? Ein Date?« Mit den Händen wedelt sie zwischen uns hin und her. »Aber ...« Sie tritt einen Schritt zurück. »Du hast mich rausgeschmissen, weil du mich nicht wolltest«, flüstert sie und schlingt die Arme um sich. »Und du gehst auf keine Dates. Niemals.«

»Ich war ein Arsch. Bitte gib mir eine Chance. Gib uns eine Chance.«

Sie reibt ihre Arme, als friere sie ganz schrecklich. In ihren Augen stehen die Verletzungen der letzten Monate. Als Rose zu winseln anfängt und an Claires Hose knabbert, nimmt sie sie hoch und drückt sie an ihre Brust.

»Es tut mir so unendlich leid, was ich dir angetan habe. Ich habe dich weggestoßen und verletzt. Das hast du nicht verdient. Denn du bist das Beste, was mir in den letzten Jahren passiert ist. Du hast eigentlich etwas Besseres als mich verdient. Jemanden, der nicht so verkorkst ist. Jemanden, der keine Angst vor einem harmlosen Date hat. Jemanden, der keine so verdammte Angst hat vor Gefühlen wie ich. Aber ich kann mich nicht mehr wehren. Ich schaffe es einfach nicht.« Sie schluckt und drückt ihr Gesicht in Roses Fell. »Ich war so dumm, Claire.« Ich schließe die Augen und atme tief ein. »Ich liebe dich«, flüstere ich.

Sie starrt mich mit aufgerissenen Augen an. Warum sagt sie nichts? Bitte sag was. Irgendwas. Am besten, dass du mich auch liebst.

Ich überbrücke die letzten Schritte zu ihr und strecke ihr wie ein Idiot die Blumen hin. Dann nehme ich ihr Rose ab, setze sie aufs Bett und sinke vor Claire auf die Knie. Ich komme mir unheimlich bescheuert vor. Aber da muss ich jetzt durch. »Willst du ...?«

Sie zieht die Augenbrauen hoch. »Fragst du mich gerade wie ein Siebtklässler, ob ich mit dir gehen will?«

Beschämt nicke ich. Macht man das etwa nicht so? Sie nimmt mir die Blumen ab. Mit geschlossenen Augen hält sie sich den Strauß vor das Gesicht und riecht daran. Dann nickt sie zögerlich.

Unendlich glücklich über ihre Antwort erhebe ich mich und ziehe sie in meine Arme. Küsse sie überschwänglich und lege all meine bis dahin unterdrückten Gefühle in den Kuss. Die Blumen fallen herunter. Keinen kümmert es. Stöhnend öffnet sie ihre Lippen und gibt sich mir auf allen Ebenen unseres Daseins hin. Rose springt bellend um uns herum.

Sie löst sich von mir und tritt einen Schritt zurück. Hat sie es sich anders überlegt? Mein Herz stolpert vor Angst, sie könnte mich doch noch abweisen.

»Ich habe nur eine Bedingung.«

»Ja?«, frage ich vorsichtig.

»Du musst dir den furchtbaren Schnauzer abrasieren.«

Erleichtert stoße ich die Luft aus. Das ist alles? »Kann ich das auf später verschieben? Momentan kann ich mich nicht aufs Rasieren konzentrieren. Sorry.«

Sie lacht befreit, fällt mir um den Hals und küsst mich gierig. Ebenso hungrig erwidere ich ihren Kuss und dränge sie zum Bett. Rückwärts krabbelt sie darauf, ihr Lächeln ist frech und wahnsinnig sexy. Weil ich nicht mehr warten kann, will ich mein Hemd abstreifen, aber meine Finger zittern so sehr, dass ich es nicht schaffe, die Knöpfe zu öffnen. Deswegen greife ich es einfach am Kragen und ziehe es über meinen Kopf. Es verhakt sich, und ich winde mich, stolpere und stoße gegen den Bettrahmen. Claire beobachtet mich belustigt. Sie könnte mir auch helfen, statt sich darüber zu amüsieren, wie ich mich abmühe. Schließlich ist sie schuld daran, dass ich so nervös und unbeholfen bin. Endlich ist das lästige Hemd weg. Ich bin jetzt schon völlig außer Puste. Nur wegen ihr.

»Komm, ich helfe dir.« Das Grinsen kann sie offenbar nicht ganz unterdrücken, denn sie kichert leise vor sich hin, während sie auf mich zurutscht. Mit sicheren Fingern öffnet sie meinen Gürtel und die Knöpfe an meiner Jeans und schiebt sie langsam samt Shorts herunter. Meine Erektion reckt sich ihr entgegen. Sie befeuchtet ihre Lippen und beugt sich vor. Meine Jeans hängt mir in den Kniekehlen, aber ich bin nicht in der Lage, mich ihr ganz zu entledigen. Langsam senkt Claire ihren Kopf und umschließt mit ihren weichen, heißen Lippen meinen Penis. Ihre Zunge umkreist meine Eichel und leckt den ersten Lusttropfen weg. Ich stöhne laut und lege den Kopf in den Nacken. Unglaublich. Ein paar Momente genieße ich, dann entziehe ich mich ihr. Ich will sie spüren. Will in sie eindringen. Ohne jegliche Barriere. Hoffentlich verhütet sie. Nichts soll zukünftig zwischen uns stehen. Keine Erinnerungen, keine Theorien, keine Philosophen, keine Zweifel, keine Angst, nicht einmal die dünnste Gummihaut.

Als würde sie meine Gedanken hören, haucht sie: »Bitte, ich will dich ganz. Ich nehme die Pille. Und ich bin sauber.«

»Das bin ich auch, Claire«, antworte ich erleichtert.

Jetzt gibt es endgültig kein Halten mehr. Sie streckt die Arme hoch, sodass ich ihr das Shirt wegreißen kann. Den BH übernimmt sie selbst, während ich aus meiner Hose steige und sie wegkicke. Sie legt sich wieder aufs Bett, ihre vollen Brüste heben und senken sich erwartungsvoll, die Brustwarzen sind hart. Ihr Atem geht schnell, und ihre Wangen sind gerötet. Sie ist genauso erregt wie ich. Kurz erlaube ich mir, sie einfach nur zu bewundern, und fahre mit einem Finger ihren Hals hinab bis zu ihren Brüsten. Umkreise ihre Brustwarzen, beiße leicht hinein und lecke sie. Dann wandere ich mit Lippen und Fingern zu ihrem Bauchnabel und noch tiefer. Sie wölbt sich mir entgegen. Meine Hand verschwindet in ihrer Jogginghose und findet den Ort, den ich so lange vermisst habe. Durch den feuchten Slip hindurch reibe ich ihre Klitoris. Sie windet sich, stöhnt, will mehr. Hastig ziehe ich meine Hand zurück und befreie sie von Hose und Slip. Erhitzt und erregt liegt sie vor mir, präsentiert sich mir nackt in all ihrer Schönheit. Schenkt mir ihre Seele, ihren Körper, ihr Herz, ihr Sein. Nie habe ich etwas Schöneres gesehen. Mein Penis pocht ungeduldig, aber er muss noch warten. Ich will, dass sie unter mir zerfließt, will, dass ich allein ihre Glückseligkeit bin. Sie ist mein Glück, das ist sicher.

Ich senke meinen Kopf zu ihrer wunderbaren Mitte und sauge ihren Duft in mich hinein. Ist das pervers, zu schnüffeln wie ein Hund und dabei noch erregter zu werden? Selbst das ist mir egal.

Mit der Zunge kreise ich um ihre Klitoris, fahre gleichzeitig mit einem Finger in sie hinein. Sie empfängt mich und umschließt mich wie einen lang vermissten Geliebten.

»O ja«, stöhnt sie und gibt sich ganz meinen Berührungen hin, die Hände ins Bettlaken gekrallt.

Ich lasse einen zweiten Finger folgen und drücke gegen den rauen Punkt in ihrer Vagina. Kurze Zeit später kommt sie zuckend und schreiend auf meiner Hand. Noch bevor ihr Orgasmus verebbt ist, krabble ich über sie und gleite in sie, dringe langsam in sie ein und koste den Moment voll aus. Hier ist mein Zuhause. Nur hier. Warum habe ich mir das nur so lange selbst verboten?

»Lange werde ich nicht durchhalten, Claire«, keuche ich, während ich mich in ihr bewege. »Nicht jetzt.«

Sie schlingt die Beine um mich und zieht mich dadurch noch tiefer in sich hinein. Ihr Atem geht stoßweise, ihr Mund steht offen. Gleichzeitig stöhnen wir auf, als ich mich bis zum Anschlag in sie versenke.

»Halt dich nicht zurück«, bringt sie zwischen den Stößen hervor und seufzt lang gezogen, weil ich daraufhin anfange, mich schneller zu bewegen.

Sie biegt sich mir entgegen, ich verliere jegliche Kontrolle, überlasse mich ihr vollkommen, presse meinen Mund auf ihren und stammle Unverständliches.

»Jetzt.« Augenblicklich erschaudert sie, verfällt in einen Krampf, der sich auf mich überträgt.

»Claire«, stöhne ich und ergieße mein Sperma, mein Sein und meine gesamte Existenz in sie.

Nach Atem ringend breche ich auf ihr zusammen, immer noch mit ihr verbunden. Ob wir wohl für immer so bleiben könnten? Ich in ihr? Es würde den Alltag deutlich erschweren, aber momentan will ich nirgendwo anders sein. Sie streichelt meinen Rücken, ihre Beine halten mich immer noch umschlungen.

»Wow«, sagt sie bloß. Wie recht sie hat. Mehr gibt es nicht zu sagen.

Später liegen wir ermattet und verschwitzt einander zugewandt.

Claires Finger streichen unendlich zärtlich über mein Gesicht, erforschen jede Linie. Ihre Handfläche schmiegt sich an meine Wange, und ich schließe glücklich die Augen. Langsam nähert sie sich und küsst mich hauchzart.

»Du hast eine Erklärung verdient«, sage ich leise.

Wortlos sieht sie mich an.

»Wir waren viel unterwegs«, beginne ich. »Die ersten Jahre unterrichteten meine Eltern mich zu Hause. Oder besser gesagt, da, wo wir gerade waren. Neben Mathematik, Grammatik und Geschichte lernte ich auf unseren Reisen auch viele andere Dinge. Nützliches, zum Beispiel wie man jemandem so ins Gesicht schlägt, dass er sich nicht mehr rühren kann, aber nicht tot ist. Wie man trotz Regen, Lärm und Gestank schlafen kann. Wie man mit einem Campingkocher leckere Mahlzeiten zubereitet. Aber auch Dinge, die mich bis heute belasten und mich zu dem gemacht haben, was ich jetzt bin. Verkorkst, gestört, verkopft. Ein Arsch, der dir von Anfang an nur wehgetan hat. Ich wusste nie, wo ich als Nächstes aufwachen würde, wer meine nächsten Nachbarn sein würden.«

Je länger ich erzähle, umso leichter fällt es mir, mein seltsames Innenleben in Worte zu fassen. Claire hat ihre gefalteten Hände unter ihren Kopf geschoben und hört mir aufmerksam zu. Die Decke ist heruntergerutscht, sodass ihre nackten Brüste herausschauen. Ich ziehe die Decke wieder über ihren Körper. Ablenkung kann ich jetzt nicht gebrauchen. Nicht, bevor sie verstanden hat. Bevor sie alles weiß.

»Ich wusste nie, wem ich vertrauen kann, wann meine Eltern ins Zelt zurückkommen, wie sie drauf sein werden. Versteh mich nicht falsch. Sie liebten mich. Und ich sie. Aber es konnte sein, dass sie weggingen und sagten, sie kämen in einer halben Stunde wieder, und dann versumpften sie mit anderen Groupies hinter der Bühne oder sonst wo. Mehr als einmal musste ich die Kotze meiner Eltern wegwischen oder sie in die stabile Seitenlage drehen, damit sie nicht nachts plötzlich ersticken. Dazwischen gab es Phasen, da war alles fast normal. Wir wohnten in einer ganz normalen Wohnung, besuchten meine Großeltern, kauften im Supermarkt ein und so. Aber ich wusste nie, was kommt. Alles war unvorhersehbar. Nicht greifbar. Ich hatte keine Sicherheit, keine Grenzen, an denen ich mich orientieren konnte, keine Routine, keine ganz normalen Freunde, mit denen ich die Ferien verbrachte. Jedes Mal, wenn ich mich jemandem zuwandte, mich öffnete, ihn oder sie in mein Herz ließ, verließ er mich. Oder ich ihn. Weil wir weiterzogen. Ich war allein unter Tausenden anderen Menschen. Meine Eltern wollten mir nie etwas Böses, und es ist nicht so, dass ich ihnen egal war, dass es ihnen egal war, wie ich mich fühlte. Sie wussten nicht, wie dringend ich all das brauchte, was sie mir nicht geben konnten. Ich habe es ihnen nie gesagt. Sie konnten es sich schlichtweg nicht vorstellen, dass sie einen Eigenbrötler wie mich gezeugt hatten, weil ihr Leben daraus bestand, in ständiger Gesellschaft zu sein.«

Claire beugt sich vor und küsst mich aufs Kinn. Zeigt mir stumm ihre Unterstützung und ihre Liebe.

»Natürlich gab es auch schöne Phasen. Spannend. Zügellos. Ich war frei. Ohne Regeln. Aber oft wünschte ich mir, ich hätte welche. Ich hätte mehr Kontrolle. Jemanden, der mich führt. Also musste ich lernen, selbst einen Weg zu finden, mein Leben zu beherrschen. Ich brauchte so dringend Kontrolle. Außen war alles durcheinander. Mir blieb nur mein Inneres, auf das ich mich konzentrierte. Nur wusste ich nicht, wie ich es beeinflussen konnte.

Erst die Junior High durfte ich wie jeder andere besuchen. Dort lernte ich im Übrigen auch Zane und Cole kennen. Sie akzeptierten mich. Trotz der ganzen Unterschiede. Das tun sie noch heute. Eine Lehrerin dort sagte zu mir, ich sei ein schlaues Kerlchen und solle mich auf das hier verlassen.« Ich tippe mir an die Stirn. »Sie gab mir ein Buch, für Denker wie mich, meinte sie. Es war ein Philosophiebuch für Kinder. Ich las es in einer einzigen Nacht durch. Es schien mir alles so logisch. Es war wie eine Erleuchtung. Zum ersten Mal hatte ich etwas in der Hand, das mir half, das Leben zu verstehen und zu kontrollieren. Mein Verstand, die Ratio, half mir, mein Leben zu ordnen.« Ich schweige, schließe für einen Moment die Augen, um mich zu sammeln. »Aber das alles bewahrte mich nicht vor ...«

»Vor was?«, flüstert Claire.

Weil mich Claires Finger, die meine Rippen entlangstreichen, ablenken, greife ich ihre Hand und drücke sie auf meine Brust auf Höhe des Herzens. »Vor dem Schmerz. Hier drin.« Sanft bewegt Claire ihre Finger auf meiner Brust. »In einem Sommer schickten mich meine Eltern in ein Ferienlager. Sie meinten, es würde mir guttun, nicht so viel allein zu sein, nicht immer nur diese Philosophiebücher zu lesen. Dabei hatte ich doch Zane und Cole, das reichte mir. Egal, das hat nichts mit der Geschichte zu tun. Auf jeden Fall musste ich den Sommer mit hundert anderen Teenagern verbringen. Anfangs war es beinahe unerträglich. Wie früher bei den Festivals. Dann lernte ich Olivia kennen. Oder besser gesagt, sie mich. Sie war zwei Jahre älter als ich und riss mich quasi auf. Ich war naiv und unerfahren und – wie Zane es ausdrücken würde – eine nerdige Jungfrau. Wir verbrachten einen wunderbaren Sommer miteinander. Ich liebte sie. Wusste bis zu diesem Zeitpunkt gar nicht, dass es solche Gefühle gibt. Wie schön und unbeschwert und befriedigend das Leben sein konnte. Ich hätte alles für sie getan. Fernbeziehung, alles. Ich wollte sie nur für immer behalten, das, was sie in mir aufgeweckt hatte, die Lust, die Liebe, die ich zu ihr empfand, nie mehr aufgeben.« Ich hole tief Luft. »Tja. Letztendlich stellte sich heraus, dass sie lediglich ein paar nette Wochen mit mir verbringen wollte, Spaß haben, Sex, nicht allein sein. Sie hatte einen Freund zu Hause. Ich war nur ein Zeitvertreib. Weil ihr langweilig war, was auch immer.« Selbst jetzt, nach so vielen Jahren, wallt der Schmerz von damals wieder in mir auf.

»Sie hat dir dein Herz rausgerissen und es zerstört.«

Ich nicke. Sie rutscht zu mir und küsst mich auf die Schulter.

»Es tat so weh. Ich dachte, ich müsse sterben. Klingt pathetisch im Nachhinein, aber so war es. Ich war niemand, der sich in Gefühle stürzt oder sich schnell verliebt. Ich hatte ja bereits meine Erfahrungen damit, dass man sich besser nicht zu stark an andere bindet, weil die ebenso schnell wieder weg sein können, wie sie kamen. Aber bei ihr konnte ich nicht anders. Sie ...«

»Du hast dich verliebt. Da ist nichts Falsches dran«, sagt Claire leise.

Doch, es war falsch.

»Du warst die Erste, die diese Gefühle wieder in mir entfacht hat. Noch viel stärker als damals. Ungleich heftiger. Ich ...« Wieder kann ich nicht weitersprechen. »Damals musste ich irgendwie versuchen, über Olivia hinwegzukommen. Also kehrte ich zurück zu dem, was ich am besten konnte, was ich kontrollieren konnte. Meinen Verstand. Auf mein Herz konnte ich mich nicht verlassen, es hatte mir nur Schmerz und Leid beschert. Ich versenkte mich in die Philosophie. Wie ein Besessener begann ich, alles zu lesen, was mir in die Finger kam. Als mir das nicht mehr reichte, besorgte ich mir die Texte im Original, wollte weg von den vereinfachten und viel zu verkürzten Fassungen für Laien. Ich hatte so viele Fragen. Leider konnte ich weder Altgriechisch noch Latein oder Sanskrit und war auf die englischen Übersetzungen angewiesen. Platon, Sokrates, Aristoteles sie alle wurden meine besten Freunde. Sie erklärten mir die Welt. Sie halfen mir, mich zurechtzufinden. Olivia zu vergessen. Den Schmerz zu vergessen.«

Sie sieht mich ernst an. »Und deswegen hast du dir dieses abstruse Gedankenkonstrukt aufgebaut? Um nicht wieder verletzt zu werden?«

Ich führe ihre Hand zu meinem Mund und küsse ihre Knöchel. »So ungefähr. Ja.«

»Also noch mal zum Mitschreiben. Du willst keine Dates ...«

»Wollte«, verbessere ich sie. »Jetzt will ich schon. Aber nur mit dir.«

Sie lächelt. »Du wolltest keine Dates, weil Dates zu Gefühlen führen können. Gefühle kann man nicht kontrollieren. Es besteht die Gefahr, verletzt zu werden. Wie bei dieser Olivia. Verletzt werden bedeutet Leid und Schmerz. Bei Leid und Schmerz verliert man die Kontrolle. Aber Kontrolle ist nötig, um den rechten Weg einzuschlagen. Richtig so?«

Mein Mädchen ist schlau. Sie fasst meine verkorksten Gedanken hervorragend zusammen.

»Ziel ist die alleinige Glückseligkeit, stimmt's?«

Wieder nicke ich.

»Und dieses schreckliche Mädchen hat dir gezeigt, dass Glück nicht durch Liebe erreichbar ist.« Sie stützt sich auf den Ellbogen. »Aber das Leben ist nicht so einfach. Es besteht nun mal aus Dualitäten. Wo Glück ist, ist auch Unglück. Tag und Nacht. Gut und Böse. Leben und Tod. Batman und Joker. Käse und Wurst. Liebe und Hass.« Empörung schwingt in ihrer Stimme mit. »Außerdem bin ich nicht Olivia. Ich bin Claire. Ich liebe dich und werfe dich nicht einfach weg wie einen heißen Stein.«

»Kartoffel«, erwähne ich besserwisserisch. »Eine heiße Kartoffel.«

Sie verdreht die Augen.

»Ich weiß, was du mir sagen willst«, gebe ich zu. »Und ich bin jetzt bereit.«

Rose winselt vor dem Bett. Also nehme ich sie hoch und setze sie zwischen uns. Sie dreht sich ein paarmal um ihre eigene Achse und rollt sich dann zusammen. Abwesend streichelt Claire Roses Bauch.

»Für diese Erkenntnis hast du zwei Monate gebraucht?« Ihre Stimme klingt skeptisch.

»Nein, ich habe noch über viele andere Antworten nachgedacht.«

Sie hält dabei inne, Rose zu kraulen, und legt ihren Kopf schief. »Zum Beispiel?«

»Ich wusste vom ersten Augenblick an, dass du mir gefährlich werden wirst. Dass du mein Gedankenkonstrukt hättest einstürzen lassen können. Was auch passiert ist. Ich konnte mich irgendwann nicht mehr wehren. Der einzige Weg, mich selbst weiter zu schützen, war, dich wegzustoßen. Aber du kamst immer wieder. Und dann dieser Abend, an dem dieser Typ ... Als wir miteinander geschlafen hatten, bekam ich so verdammte Angst, dass ich nicht mehr atmen konnte. Ich wollte mir nicht eingestehen, dass ich mich längst in dich verliebt hatte. Alles war aus dem Ruder gelaufen. Ich hatte nichts mehr unter Kontrolle. Nichts. Verstehst du?«

Sie nickt leicht, zieht ihre Hand unter Rose hervor und greift nach meiner. Drückt sie ermutigend.

»Du hast das einzig Richtige getan und dich von mir abgewendet, mich aus deinem Leben verbannt«, rede ich weiter. »Das war das, was ich die ganze Zeit wollte. Trotzdem konnte ich es kaum aushalten. Als ich den Zettel in meinem Spind fand ... Du hast mich quasi mit meinen eigenen Waffen geschlagen. Du wolltest wissen, wo ich uns in der Maslowschen Bedürfnispyramide einordnen würde.«

Sie schweigt, aber in ihren Augen sehe ich ein großes Fragezeichen.

»Ich war mir lange nicht sicher. Zuerst dachte ich, weil wir Sex hatten, gehörst du in die unterste Ebene. Körperliche Befriedigung und so. Das wäre das Einfachste gewesen, weil ich dann einen guten Grund gehabt hätte, mir einzureden, dass du mich beim Aufstieg in die obersten störst. Und dass dadurch, dass wir es endlich getan haben, ja die physiologischen Bedürfnisse gestillt sind, sodass ich die aufbauenden Stufen angehen kann. Aber dann ist mir klar geworden, dass du aus keiner der Ebenen wegzudenken bist. Du gibst mir Sicherheit, einfach indem du du bist und mich liebst und nimmst wie ich bin. Du bist Teil meiner sozialen Bedürfnisse. Ich will am liebsten immer mit dir zusammen sein. Ich brauche dich. Ich ...«

Sie umfasst meine Wangen und zieht mich zu sich herunter. Drückt ihre weichen Lippen auf meine und bringt mich so zum Schweigen. Es ist schwierig, sie zu küssen, ohne dabei Rose zu zerquetschen. »Eigentlich ist es mir völlig egal, wo ich in dieser doofen Pyramide sitze. Hauptsache, du hast endlich kapiert, dass wir zusammengehören. Ich liebe dich, du kauziger Nerd. Oder nerdiger Kauz oder einfach nur Freak.« Wieder küsst sie mich, und ich lege all meine Bestätigung in meinen Kuss, zeige ihr wortlos, wie sehr ich sie auch liebe.

»Du bist meine einzig wahre Glückseligkeit, das Ideal meiner Liebe, mein Anfang und Ende, mein Alles. Scheiß auf Platon, scheiß auf Sokrates, scheiß auf Biologie und irgendwelche Theorien. Du bist alles, was ich will und was ich brauche.«

Sie lächelt mich unendlich glücklich an, schiebt Rose zur Seite und schmiegt sich an mich.

»War das zu kitschig? Ich bin nicht besonders geübt in solchen Gefühlsdingen.«

Ich spüre, wie sie an meine Brust gedrückt nickt und leise kichert. Sie dreht mich auf den Rücken, setzt sich rittlings auf mich und rutscht über meine wiedererwachte Erektion. Dann hebt sie ihren Po und nimmt mich in sich auf, reitet mich abwechselnd langsam zärtlich und leidenschaftlich wild.

Dann bin ich eben kitschig. Was soll's. Endlich bin ich zu Hause. Sind meine Gedanken angekommen. Ich gebe ihr alles, was ich bin. Hirn, Geist und Seele. Zusammen sind wir die perfekte Einheit.

Ja, Liebe ist tatsächlich eine Geisteskrankheit. Nicht zu kontrollieren, nicht mit dem Verstand zu erfassen. Aber dennoch die beste und schönste Krankheit der Welt. Eine, die es vermag zu heilen. Ob Platon das jemals verstanden hat?

Ich habe es, mit Claires Hilfe. Und das ist alles, was jetzt noch zählt.

Ende

Danksagung

Liebe Lesende (in Erinnerung an Claires Gender-Studium habe ich mich für die geschlechtsneutrale Formulierung entschlossen),

vielen Dank an alle, die Ethan und Claire auf ihrem schwierigen Weg zueinander begleitet haben und mit ihnen mitgefiebert haben. Ohne euch Lesesüchtige wäre ein Autor nichts wert.

Liebe ist nie einfach, manchmal schmerzt sie, manchmal können wir alte Verletzungen nicht vergessen. Dennoch: traut euch zu lieben! Traut euch zu kämpfen. Liebe ist das Schönste, was es gibt, und hält uns am Leben.

An dieser Stelle auch ein Dank an die Menschen, die *ich* am meisten liebe. Meinen Mann und meinen Sohn. Danke, dass ihr mich immer unterstützt und an mich glaubt. Ihr zeigt mir, dass Liebe auch funktionieren kann, wenn man verschieden und nicht immer einer Meinung ist. Danke für eure Liebe.

Danke an meine zwei Kater, denen Abgabetermine, Lektorate oder Löcher im Plot völlig egal sind, Hauptsache, der Napf ist gefüllt und sie werden gekrault. Ihr erdet mich mit eurem Schnurren und eurer Ruhe, auch im größten Stress.

Danke an Forever und meine Lektorin Caroline Funke, die mir bei jedem Buch aufs Neue hilft, das Beste aus der Geschichte herauszuholen.

Ich freue mich über jede Rückmeldung und ehrliche Rezensionen auf der Plattform eurer Wahl, eurem Blog oder einfach, indem ihr von Ethan und Claire erzählt.

Liebe Grüße!
Christiane Bößel